길 위에서

국립중앙도서관 출판시도서목록(CIP)

길 위에서 : 정태규 소설집 / 정태규. – 부산 : 산지니, 2007
    p. ;   cm

ISBN  978-89-92235-25-9 03810 : ₩10000

813.6-KDC4
895.735-DDC21                              CIP2007003436

# 길 위에서

정태규 소설집

산지니

어느덧 가을입니다. 세월이 참 빨리도 흘러가는군요. 시골 농가의 마당가에 등황색의 감들을 달고 서 있는 감나무처럼 우리의 삶도 저렇게 풍성한 사유로 가득 찼으면  얼마나 좋겠습니까.

창작집 2집을 이제야 냅니다. 1집을 낸 지 10여 년 만입니다. 1집을 낸 후 많은 사람들이 보여주었던 기대에 부응하지 못하고 오랫동안 소설과 멀어져 있었습니다. 열심히 하겠노라는 다짐과는 달리 나침반을 잃고 그동안 참 많이 방황했습니다. 쓰고 싶은 절실한 것, 지향할 만한 가치, 온전히 나만의 색깔을 지닌 성찰, 적어도 자신을 속이지 않는 그 무엇을 찾을 수가 없어 많이도 절망했습니다.

그 절망 속에서 간간이 써낸 이번 2집의 작품들도 밀도와 완성도 면에 있어서 마음에 반도 차지 않습니다. 그대는 그걸 늙어서 힘이 떨어졌다고 직설적으로 표현하더군요. 아하, 우리가 벌써 늙었다는 소릴 들을 나이가 돼 버렸군요. 그만큼 열정이 떨어졌다는 말이겠지요. 맞습니다. 소설쓰기에 도무지 열정이 생겨나지 않는 답답한 날들이었습니다. 대신 일상의 잡답(雜沓)에 얽매여 나는 끝없이 마모되어 온 것 같습니다. 부끄러울 뿐입니다.

그래도 그대와 함께 한 많은 세월이 있어 끝까지 소설쓰기를 포기하지 않고 여기까지 올 수 있었던 것 같습니다. 내 소설의 대부분은 그대와 함께 한 시간의 흔적이요 기록입니다. 내 사유의 촉발은 언제나 그대로부터였습니다. 그대가 내게 유언·무언으로 보내 준 그 많은 암시와 영감을 제대로 형상화할 수 없었던 것은 순전히 나의 부족한 역량 탓이요 게으름의 결과입니다. 반성하고 있습니다.

미래의 비전에 대한 희망을 잃어 가는 것은 사람이 나이 들어간다는 증거일까요. 이번 소설이 대부분 어두운 색채로 마무리된 것도 그런 것과 무관하지 않을 듯싶군요. 그러나 그게 꼭 부정적인 측면만 있다고 생각하지는 않습니다. 희망 없음의 언술이 새로운 희망에 대한 갈구와 소망의 또 다른 표현이 될 수도 있으니까요.

그 표현의 묘를 얻고자 이곳저곳을 기웃거렸습니다. 때로는 어설프게 때로는 힘들게 여러 분야와 여러 유형의 상상력 속을 헤매 다녔습니다. 덕분에 그 여정을 묶어 놓으니 이도저도 아닌 잡종이 돼 버린 것 같군요. 그럼에도 상상력의 다양성을 추구하고자 한 본래의 목적을 어느 정도 성취한 것 같아 위안이 되기도 합니다. 그대는 어떻게 보셨는지요.

늘상 자유롭고 싶었습니다만 현실은 내게 너무 무거운 갑옷이 되어 있군요. 갑옷처럼 경직된 사고를 두려워하면서도 나는 그 속으로 자꾸만 움츠러들고 있습니다. 삶이 갈수록 피폐해지고 허무해지는 느낌입니다. 때로는 모든 것을 향해 문을 닫고 싶을 때도 있습니다.

올해는 유난히 더 아팠고 더 많이 방황했습니다. 그대도 아프고 힘들었으리라 생각됩니다. 나로 인해 그대가 아프지 않길 바랍니다. 다만 그 아픔의 끝에 아픈 만큼 더 단단해진 사유의 뼈를 거둘 수 있기를 바랍니다. 그래서 다시 시작한 내 소설쓰기가 더 옹골차게 되기를 바랍니다. 가을입니다. 곧 낙엽이 다 지고 찬바람이 불겠지요. 그걸 누가 막을 수 있겠습니까. 그래도 우리 삶에 대해서 스스로 강파해지지 않기로 합시다. 겨울이 지나면 곧 새봄이 오겠지요.

2007년 늦가을에 정태규

# 차 례

작가의 말 • 005


솔베이지의 노래 • 011

길 위에서 • 039

구글 어스 • 071

시간의 향기 • 099

겨울에서 봄으로 • 123

육교를 건너서 • 163

감춰진 머리 • 189

브루스 리를 추억함 • 235

정글 게임 • 293


해설 | 구모룡 • 319

# 솔베이지의 노래

그는 놀라서 그녀를 돌아보았다. 그러나 그녀는 담담한 옆얼굴을 보이며 멀리 들판 쪽으로 시선을 주고 있었다. 갑자기 온 산이 수런수런 깨어나는 듯했다. 나뭇잎들이 일제히 흔들리며 가지들이 서로 부딪쳐 삐걱삐걱 소리를 내기 시작했다.

산길을 걸어올라 절 입구에 도착했을 때 추적추적 내리던 가을비는 어느새 실낱같은 보슬비로 변해 있었다. 윤서가 함께 쓰고 있던 우산 밖으로 손을 내밀어 보더니 진우를 돌아보며 우산을 접는 게 좋겠다고 했다. 그녀의 유난히 크고 검은 눈과 마주치자 진우는 버릇처럼 가슴에 아릿한 통증 같은 게 스쳐 지나갔다. 아주 오래되고 낯익은 통증이었다. 갑자기 물비린내가 풍겨 왔다. 그는 천천히 우산을 접어 손에 들었다.

일주문으로 통하는 돌계단이 시작되는 지점에서 윤서는 걸음을 멈추고 절 뒤편의 바위산을 감탄어린 표정으로 올려다보았다. 병풍처럼 둘러쳐진 웅장한 바위 절벽과 한창 무르익어 가는 단풍이 어우러져 동양화 한 폭을 그려 내고 있었다.

"영국에서 이런 풍경이 얼마나 보고 싶었는지 몰라요. 거긴 높은 산이 거의 없거든요. 보이는 거라곤 들판과 언덕뿐이에요. 우리나라 산수가 참 아름답다는 걸 외국에서 깨달았어요."

윤서가 뒷산 풍경에서 시선을 떼지 않은 채 낮은 목소리로 말했다. 진우는 윤서와 함께 눈을 주고 있다가 그녀의 손을 슬며시 찾아 쥐었다. 윤서는 다시 걸음을 옮기며 가만가만히 그의 손아귀에서 손을 빼냈다.

일주문 앞에는 제법 큰 연못이 있었다. 연못가에는 키 큰 회나무가 잎을 다 떨어뜨린 채 서 있었다. 통나무 벤치가 놓여 있었지만 비에 젖어 있어서 앉을 수가 없었다. 진우가 우산으로 물기를 털어 내고 호주머니에서 손수건을 꺼내 깔았다. 둘은 나란히 앉아 수면에 비친 나무 그림자를 바라보았다. 앙상한 연꽃대들이 난파선의 돛대마냥 수면 위로 삐죽삐죽 솟아 있었다. 윤서의 시선은 연꽃대 끝에 오래 머물렀다. 진우는 그런 그녀의 옆얼굴을 슬쩍슬쩍 훔쳐보았다.

동그란 이마와 깊고 서늘한 눈매, 오뚝한 콧날과 야무지게 다문 입술, 사려 깊고 따뜻한 인상은 그대로였지만, 눈가와 입가에 생겨난 잔주름은 13년이란 까마득한 세월의 흔적, 아니면 그 세월 동안 그녀가 살아 낸 신산한 삶의 흔적을 고스란히 보여 주고 있었다. 그는 자신보다 다섯 살이 연상인 그녀의 나이를 생각했다. 마흔아홉. 그녀는 벌써 쉰에 가까워져 있었다. 그는 속으로 한숨을 쉬었다. 삼십대의 그녀는 어디로 가 버렸을까.


그녀를 처음 본 것은 그녀가 서른넷의 나이였을 때였다. 선배의 권유로 나가게 된 야학에서였다. 낮에는 대학원을 다니며 밤에는 학원 강사 노릇을 하던 고달픈 시절이었지만 일주일에 한 번만 나와 달라는 대학 선배의 간곡한 요청을 매정하게 거절하지 못했다.

처음 야학엘 나간 것은 어느 봄날 저녁이었다. 선배가 일러 준 대로 찾아간 동사무소 마당엔 벚꽃이 지천으로 지고 있었다. 야학은 동사무소 이층을 빌려 쓰고 있었다. 교실에서는 수업이 한창이었다. 선배의 톤 굵은 목소리에 섞여 학생들의 웃음소리가 간간히 들렸다. 진우는 교실을 지나쳐 옥상에 있다는 교무실로 올라갔다. 명색이 교무실이란 게 임시로 지어 놓은 가건물에다 탁자 너덧 개와 낡은 의자 몇 개가 놓인 게 전부였다. 그래도 구색을 갖추느라고 벽에는 학교 현황을 기록한 커다란 칠판이 걸려 있었다.

모두 수업을 갔는지 교무실에는 아무도 없었다. 아니 처음엔 그런 줄 알았는데 누군가 있었다. 어떤 여자가 제일 안쪽 자리의 창가에 붙어 서서 밖을 내다보고 있었다. 여자는 비스듬히 옆모습을 보이며 정물처럼 꼼짝도 없이 그렇게 서 있었다. 여자의 시선은 창문 밖의 벚나무에 고정되어 있었다. 창 밖에는 보안등 불빛이 벚나무를 환하게 비추고 있었다. 비람이 불 직마다 눈송이 같은 꽃잎들이 시나브로 떨어져 내렸다. 여자는 낙화에 정신이 팔려 사람이 온 기척도 듣지 못한 듯했다.

진우는 어떻게 처신해야 할지 몰라 잠시 혼란스러웠다. 그녀의 무아지경을 깨뜨리고 싶지도 않았고 그렇다고 멀쭘하니 그냥 서 있기도 곤란했다. 그러나 곧 봄날 저녁의 분위기에 한껏 젖어 있는 감상적인 여인네를 감상하는 것도 괜찮겠다는 다소

악동 같은 생각이 들어 그냥 지켜보기로 했다. 카키색 치마에 하얀 칼라의 연둣빛 블라우스를 받쳐 입은 여자의 목선과 어깨선이 무척 단아해 보였다.

한참을 그런 자세로 벚꽃에 몰두하고 있던 그녀가 문득 기척을 알아차렸는지 이쪽을 돌아보곤 깜짝 놀라는 표정을 지었다. 그녀는 곧 당황한 몸짓으로 진우 쪽을 향해 주춤주춤 걸어왔다.

"새로 오신다던 국어 선생님이……."

"네. 강진우라고 합니다. 미안합니다. 하도 열심히 보고 계시길래……."

"아뇨. 아뇨. 잘 오셨습니다. 한윤서예요."

그녀는 겸연쩍게 웃었다. 진우보다 연배로 보이는 나이에 어울리지 않게 그녀는 귓불이 붉어져 있었다. 그녀의 속쌍꺼풀이 진 큰 눈을 보는 순간 진우는 가슴 어디쯤이 쿵 하고 내려앉는 소리를 들은 듯했다. 그녀의 눈은 오랜 사색에서 이제 막 깨어난 듯한 깊이를 느끼게 했고 어딘가 슬퍼 보였다. 갑자기 횡격막 근처가 간지러워 오는 느낌이 들었다. 그는 그녀가 내미는 손을 허둥거리며 맞잡았다. 그때부터였을까. 진우가 사랑에 빠지게 된 것은. 그는 남녀가 첫눈에 반한다는 말을 믿지 않았다. 그러나 이제 그것이 얼마나 어리석은 일이었는가를 깨달아야 했다.

첫 수업이 끝난 후에 선배는 신입인 진우를 위해 회식 자리를 마련했다. 수영복 차림의 아가씨가 야한 포즈를 취하고 있는 소주 광고가 벽마다 붙여져 있는 선술집이었다. 술집에는 그날 비번인 선생들까지 모두 나와 있었다. 교장직을 맡고 있는 선배가 일어서서 먼저 진우를 모두에게 소개했다.

"오늘부터 우리 식구가 된 강진우 선생입니다. 저와 절친한 대학 후배이자 주로 부르조아적인 소설을 쓰는 소설갑니다. 하지만 앞으로 위대한 소설을 쓸 것으로 기대해마지 않습니다. 다 같이 환영합시다."

모두들 박수를 쳤다. 소설가란 말에 놀라 진우는 아직 소설가가 아니라고, 그저 소설쓰기를 좋아하는 풋내기일 뿐이라고 손사래를 치며 꾸벅꾸벅 절을 해댔다. 선배가 이번에는 선생들을 소개했다. 선생들 중에는 아직 앳된 대학생도 끼어 있었지만, 대부분 진우와 비슷한 처지의 직장인들이었다.

"우리 형설 야학의 대모이시며, 살림꾼인 한윤서 선생님이야. 현재 시내 중학교에서 영어를 가르치고 계시는 진짜 선생님이셔. 우리 같은 무자격 선생과는 격이 달라. 앞으로 알아서 모시도록. 중요한 건 말이야. 아직 시집 못 간 처녀란 거다. 대한민국 총각들은 뭐 하나 몰라. 이런 진국 처녀를 안 데려가고."

그녀 차례가 되자 선배가 이렇게 너스레를 떨었다. 그녀는 첫인상과는 달리 사람들과 잘 어울렸고, 소주잔을 곧잘 비워 냈다. 사람들은 맘씨 좋은 누나를 대하듯 스스럼없이 그녀를 대하고 있었다. 그들 사이에는 오래 함께 고생을 해 온 사람들 특유의 끈끈한 유대감이 느껴졌다. 진우는 괜한 소외감에 옆 사람에게 부지런히 술잔을 권했다.

늦게 시작한 술자리라 사람들은 빨리 취해 갔고, 나중엔 젓가락 장단에 맞춰 노래판이 벌어졌다. 모두들 흘러간 옛 노래를 한

곡조씩 뽑았다. 진우도 가사도 맞지 않는 노래를 억지로 두어 곡 불러야 했다. 그녀는 내내 남의 노래를 듣고만 있었는데 막판에 이르러서야 선배가 그녀를 지목했다. 그러자 모두들 젓가락을 요란하게 두들기며 '솔베이지 송'을 연호했다. 아마 그게 그녀의 소위 십팔번인 모양이었다. 젓가락 장단과는 전혀 어울리지 않는 곡목이어서 그는 좀 의아했다. 그녀는 잠시 머뭇거리다 마이크 대용인 숟가락 꽂힌 소주병을 들고 일어나 영어 가사로 노래를 부르기 시작했다.

"그 겨울이 지나 또 봄이 가고, 그 여름날이 가면 또 세월 간다. 또 세월 간다. 아, 그러나 나는 알고 있네. 내 님이 다시 돌아올 것이라는 것을. 내가 약속한대로 기다리는 나를 내 님은 찾아올 것이네. 내가 약속한대로 기다리는 나를 찾아올 것이네."

선술집에서 듣는 '솔베이지 송'은 좀 생뚱맞은 느낌을 주었지만 그녀의 노래 솜씨는 놀라웠다. 워낙 미성인데다 고음을 한껏 이끌어 올렸다가 애잔하게 떨며 고비를 넘어 다시 평지로 내려앉는 맵시가 보통이 아니었다. 게다가 적절한 감정 조율로 멜로디의 애절함을 더욱 잘 살려 내고 있었다. 그녀가 노래할 동안 사람들은 젓가락 장단도 치지 않고 모두들 지그시 눈을 감고 노래에 빠져들어 있었다. 선배는 멜로디에 따라 두 팔을 흐느적거리듯 흔들거렸다. 노래가 끝나자 열렬한 박수와 환호가 터졌다. 노래를 다 마친 그녀의 얼굴이 발갛게 달아올라 있었다.

하늘이 점차 개어 가고 있었다. 맞은편 부도(浮屠) 터 앞의 고염나무 가지 사이에서 작은 새 몇 마리가 붉게 익어 가는 열매들 사이를 오르내렸다. 윤서는 바위 틈새에서 피어난 금잔화를 허리를 굽혀 들여다보고 있었다.

"그거 알아요? 꽃을 너무 좋아하면 연애 복이 없다는 거."

"누가 그래요?"

"내가."

"흥, 소설가 아니랄까 봐 말은 잘 지어 내요."

윤서는 웃어 보였지만 그 웃음 끝이 왠지 쓸쓸해 보였다.

"그 노래 한 번 불러 봐요."

"무슨 노래?"

"왕년의 십팔번 솔베이지 송."

"오호, 그게 내 십팔번인 줄 아직도 기억하고 있었단 말이죠. 대단한 영광인데요. 하지만 난 술 마시지 않으면 노래하지 않아요."

"나중에 술 사 주면 부를래요?"

"그 노래 안 부른 지 오래 돼요. 가사도 다 잊었고……. 이젠 그런 노랜 너무 슬퍼서 싫어요."

그녀는 허리를 펴며 계단 쪽으로 돌아섰다.

일주문을 지나 절 마당으로 들어서자 제일 먼저 눈에 띄는 것이 대웅전 맞은편에 이층으로 서 있는 범종루였다. 거대한 향나무 기둥들이 받치고 있는 종각은 단청이 화려했다.

"목어는 왜 치는지 알아요?"

윤서가 범종 옆에 매달린 목어를 보며 물었다. 그것은 울긋불긋하게 칠이 되어 있고 몸통이 잉어 모양을 하고 있었다. 머리 부분만 용의 형상이었다.

"글쎄요. 밥 먹을 때 됐다고 치는 거 아닌가요?"

진우가 장난스레 말하자 윤서가 풋 하고 웃음을 터뜨렸다.

"지금은 그런 용도로 쓰이기도 해요. 본래는 뭍이나 물에 사는 미물들을 천도하기 위해 울리는 거라고 해요. 물고기는 중생을 의미하고 용은 깨달음을 얻은 보살을 뜻하죠. 깨달음을 얻기 위해서 물고기의 눈처럼 한시도 감지 말고 불면면학(不眠勉學)하라는 뜻도 있어요. 물 속의 미물들까지 구제하려는 불교는 얼마나 자비로운 종교예요."

그는 윤서가 독실한 불교 신자였음을 기억해 냈다.

계단을 올라서자 오층탑이 서 있고 그 뒤로 대웅전이 자리 잡고 있었다. 대웅전은 천년 고찰의 역사를 대변하듯 목재가 낡았고 벽의 탱화가 희미하게 벗겨져 있었다. 윤서가 댓돌 앞에 신발을 벗어 두고 법당으로 들어갔다. 그리고 긴 마루를 지나 불상 앞에서 잠시 합장을 하고 섰다가 절을 하기 시작했다. 허리를 굽혀 엎드리며 두 손바닥을 하늘을 향해 떠받쳐 올렸다가 다시 일어서며 합장을 하는 동작을 천천히 반복했다. 진우는 옆문을 통해 그녀의 오체투지를 지켜보며 불교의 예배만큼 간절한 예배가 있을까 하는 생각을 했다. 신체의 가장 높은 곳에 위치한 이마를 바닥에 닿게 해 자신의 존재를 한없이 낮추고 부처의 발을 두 손으로 떠받쳐 무한한 공경을 표하는 그 예법은 언제 봐도 눈물겨운 데가 있었다. '나'를 죽여 무화시키고 우주를 떠받드는 저 간절함. 그녀의 절은 삼배로 끝나지 않고 꽤 오래 계속되었다. 그녀의 삶 속에는 대체 어떤 간절함이 숨어 있는 것일까. 진우는 돌아서서 마당 한가운데 서 있는 탑의 상륜을 바라보며 그녀의 예불이 끝나기를 기다렸다.

"예불을 드린 것도 참 오랜만이군요. 향불 냄새가 참 좋아요."

법당을 나서 뒤편 숲속에 위치한 요사채로 향하면서 윤서는 감회어린 목소리로 말했다. 요사채는 오래되고 단아한 건물로 꽤 유명했다. 낡고 규모가 작았지만 서까래와 처마의 곡선이 날아갈 듯 유연했다. 뒷산의 배경과 어울려 그것은 한복 입은 여인네의 자태를 연상시켰다.

"지붕의 선이 한 선생님 어깨와 닮았네요."

진우는 윤서의 어깨에 손을 얹으며 말했다. 웬일인지 그녀는 몸을 빼치지도 않고 그냥 있었다.

"거짓말 말아요. 저번엔 할망구 다 됐다고 놀리더니."

"어? 내가 그런 소릴 했어요. 설마, 내가 그 정도로 취했나?"

"취중진담이겠죠."

"이런, 이런, 그 말은 취소할게요. 처녀보고 할머니라니."

진우는 정말 당황해서 두 손을 내저었다.


그녀로부터 십여 년 만에 전화가 온 것은 일주일 전이었다. 그를 찾는 낯선 여자의 목소리가 "저 윤서예요. 한. 윤. 서."라고 했을 때, 그는 감전된 사람 모양 수화기를 잡고 잠시 우두커니 서 있었다. 머릿속에서 필름 하나가 맹렬하게 거꾸로 돌아가기 시작했다. 오래 잊고 있던 그녀에 대한 기억들이 먼지를 툭툭 털고 거짓말처럼 말갛게 되살아났다. 웃을 듯 말 듯한 입가의 묘한 미소, 긴 속눈썹이 보이게 내려뜬 눈매, 가만가만해서 언제나 은밀하게 들리던 목소리, 그리고 그녀와 나누었던 많은 이야기들이 한꺼번에 와르르 기억 속으로 밀려 들어왔다. 그녀는 영국에서 두어 달 전에 다니러 왔노라고 했고 진우는 당장 만나자고 했다.

시내 카페에서 마주앉았을 때 둘은 한동안 서로의 늙어 가는 얼굴을 건너다보며 피식피식 웃기만 했다. 할 말이 무척 많았던 것 같은데 정작 얼굴을 대하자 가슴이 먹먹해지고 머릿속이 텅 비어 버린 듯했다. 식사가 나왔다. 스프를 뜨면서 그녀는 영국에서 박사학위를 취득했고 그곳 대학에 용케 자리를 잡았다고 했다. 그가 결혼은 했느냐고 묻자 그녀는 씁쓸한 웃음을 떠올리며 한쪽 어깨를 조그맣게 으쓱해 보이고 고개를 가로저었다.

"결혼했단 소식은 오래 전에 누군가로부터 들었어요. 아내 되는 사람은 어떤 사람인가요? 그리고 아이는……."

이번에는 그녀가 물었다. 왠지 말끝을 흐렸다.

"그저 평범한 사람이죠 뭐. 아이는 아직 없어요."

의례적인 말투로 말했지만 진우는 마음이 착잡했다. 설익은 비애 같은 것이 가슴 밑바닥에 그득히 차올랐다.

아내와는 모든 게 맞지 않았다. 세상을 보는 눈과 세계를 받아들이는 시각이 서로 어긋나기만 했다. 아내는 그의 소설쓰기를 건성으로 인정하는 체하면서 속으론 코웃음을 쳤고 그는 아내의 취향을 속물스럽다고 드러내 놓고 빈정거렸다. 아내는 그의 비현실성에 염증을 내었고 그는 아내의 비지적인 성향을 혐오했다. 처음 몇 년간은 그게 서로 잘 맞는 것이라고 착각하며 살았다. 그리고 또 몇 년간은 서로 맞추기 위해 노력하며 살았다. 그러나 한번 어긋나기 시작한 각도는 점점 더 벌어져만 갔다. 그런 과정에서 둘은 서로 간에 눈에 보이지 않는 상처를 주고받았다. 상처는 상대방에 대한 은밀한 분노를 쌓았고 어느 날 문득 이래선 안 되겠다는 깨달음이 왔을 때는 이미 그것은 돌이킬 수 없는 것이 되어 있었다.

아내와의 사이에 아이가 생기지 않은 것도 그 불화를 더욱 심화시켰다. 아이라도 있었다면 둘은 공통의 목적을 향해 그나마 함께 걸어갈 길을 찾았을 것이다. 그래서 그럭저럭 남들과 같은 평범한 가정을 꾸려 나갔을 것이다. 그러나 둘은 그런 기회마저 갖지 못했다.

결국 그와 아내는 결혼 십 년 만에 별거하기로 합의하고 말았다. 그녀는 친정으로 갔고 그는 빈 아파트에 혼자 살았다. 아내와 그는 가끔씩 안부 전화를 했고 가끔씩 만나 같이 식사를 하거나 영화를 보았다. 서로의 삶에 간섭하지 않으며 그렇게 사는 것이 그에게는 오히려 편하게 느껴졌다.

식사를 끝낸 후 진우와 윤서는 근처 맥주 집으로 자리를 옮겼다. 그리고 둘은 주로 야학 시절 학생들과 선생들 이야기를 했다. 진우가 그들의 소식을 전했고 윤서는 반가움과 감탄과 비감으로 답했다. 그날 그는 많은 술을 마셨고 혼자 취해서 횡설수설했던 것 같고 나중엔 기억이 가물가물했다. 그녀가 다음주에 영국으로 돌아간다고 했고, 떠나기 전에 함께 가까운 절에 다녀왔으면 좋겠다고 했고, 그는 그렇게 일찍 떠날 거면서 연락은 왜 했냐고, 섭섭하다고, 알았다고, 내가 잘 아는 절이 있으니 꼭 함께 가자고, 약속한다고, 어이없게 큰소리를 쳤던 것만 간신히 기억났다.

야학에서의 첫 만남 이후 그녀는 진우에게 특별한 존재가 되어 버렸다. 물론 진우 혼자만의 일방적인 관심이었지만 진우는 그녀의 일거수일투족에 신경을 곤두세웠다. 그녀의 무심한 몸짓 하나, 조그만 한숨 하나에도 무슨 대단한 의미가 담긴 것으로 여겨 그 의미를 알아내려 터무니없이 안달을 하곤 했다. 그건 까까머리 고등학생 시절에 이웃집 여학생을 처음 짝사랑했을 때의 행태와 닮아 있었다. 사랑이란 늘 사람을 유치하게 만드는 것이었다.

야학에 나가는 날이 기다려졌다. 학생들과의 수업에도 재미를 붙였다. 낮에는 직장생활을 하고 밤 시간을 아껴 공부해야 하는 학생들은 늘 피곤에 절어 있는 표정이었지만 명랑하고 선생들을 잘 따랐다. 대부분 집안 형편 때문에 늦깎이 공부를 하는 관계로 머리가 굵을 대로 굵었고 다들 철들이 들어 있었다. 그 중에는 진우와 비슷한 연배의 학생도 있었다.

그렇다고 영 고충이 없는 것은 아니었다. 여름철엔 교실 가득히 본드 냄새와 고무 냄새가 떠돌아 머리가 지끈거릴 정도였다. 그 반 학생들은 대부분 신발 공장이나 타이어 공장에서 일하고 있었다. 조도가 별로 좋지 못한 형광등 아래서 꾸벅꾸벅 졸고 있는 학생을 보면 마음이 안쓰럽기도 했다.

윤서는 수업 외에도 야학의 여러 가지 교무를 떠맡고 있었다. 학생과의 상담은 언제나 그녀의 몫이었고, 학교 경비를 조달하는 재원을 확보하는 것도 그녀의 일이었다. 학생이나 학교나 다 가난했으므로 그녀는 늘 여기저기 손을 벌리고 다니는 모양이었다.

야학을 마치고 돌아올 때 그녀와 집 방향이 같은 것은 행운이었다. 수업이 파한 후면 진우는 늘 그녀의 고물 자동차를 얻어 탈 수 있었다. 그 해 유월인가 차 안에서 그가 그녀에게 이번 일요일에 뭐 할 거냐고 묻자 그녀는 특별한 계획이 없다고 했다. 그러면 송정으로 바다 구경을 가자고 했다. 그건 오래 벼르던 말이었지만 의외로 쉽게 나왔다. 그녀는 잠시 망설이는 눈치더니 선선히 좋다고 했다.

그날 송정의 백사장엔 오후의 햇빛이 하얗게 부서지고 있었다. 더운 바람이 불었고 바다는 짙은 옥색으로 출렁거렸다. 흰 면사포를 쓴 파도들이 줄지어 해변으로 밀려왔다. 바닷가를 따라 걸으며 그는 콘래드의 해양소설에 대해 이것저것 주워섬겼던 것 같고 그녀는 로자 룩셈부르크의 투쟁적이고 비극적인 삶에 대해 이야기했던 것 같다. 그는 하루 종일 어떤 열기에 들떠 있었다. 그날의 만남이 그녀와의 사랑의 시작쯤으로 여겼다.

　그 후로도 진우는 수시로 그녀와 단둘만의 시간을 갖기 위해 갖가지 핑계를 꾸며 냈다. 그 핑계를 정말로 믿었는지 알 수 없지만, 이상한 것은 그녀는 그와의 만남을 특별한 이유 없이는 거절하지 않는다는 사실이었다. 만남이 거듭될수록 진우는 그녀에게 깊숙이 빠져들고 있었지만 그녀의 태도는 늘 변함이 없었다. 동료교사로서의 멀지도 가깝지도 않은 항상 그만큼의 거리를 빈틈없이 유지했다. 진우의 의도적인 접근, 장난을 가장해서 손을 잡거나 팔짱을 끼거나 허리를 껴안는 등의 수작을 나이 어린 동생뻘의 귀여운 장난쯤으로 취급해 버리거나 정색을 해서 그를 무안케 했다. 그가 한껏 분위기를 잡고 진지하게 그녀와의 관계 재정립에 대한 이야기를 꺼낼 기미가 보이면 재빨리 화제를 야학이나 이중섭이나 시몬느 베이유 등으로 돌려 버렸다.

　그럴수록 진우는 애가 탔고 쓸쓸했다. 대놓고 프러포즈를 할 상황도 아니었고 또 그럴 배짱도 없어서 늘 속으로만 끙끙거리고 앓았다. 그것은 고교시절 첫사랑 이후, 가장 지독한 사랑앓이였다. 책을 읽을 양으로 펼쳐 놓으면 윤서의 얼굴이 지면 위에 어른거렸다. 그건 비유적인 표현으로서가 아니라 실제의 영상이 떠오를 정도였다.

　그런 와중에 하루는 수업을 마치고 나오는데 선배가 좀 보자고 했다. 예의 선술집에서 선배는 왠지 심각한 얼굴을 하고 있어서 뭔가 할 말이 있는데 자꾸 뜸을 들이는 눈치였다. 술이 몇 잔 오고간 뒤에 선배는 비로소 본론을 꺼내기 시작했다.

　"언제부터야?"

선배는 느닷없이 그렇게 물었다.

"네?"

"네가 임마, 한 선생 꽁무니 따라다니는 거 다 알고 있어."

진우는 속으로 뜨끔했지만 변명의 여지가 없었다.

"물론 네가 한 선생 좋아하는 거 이해해. 남자가 여자를 좋아하는 거야 당연하지. 더구나 한 선생 같은 여자라면 어느 남잔들 좋아하지 않겠냐. 나이 차이가 나는 것도 뭐 요즘 세상에 큰 문제 될 거 없어. 시쳇말로 사랑에 국경이 어딨니. 근데 아무래도 상대를 잘못 택한 것 같다. 한 선생은 과거에 사는 사람이야. 과거에 갇혀서 사는 사람이라구. 적어도 사랑 문제만큼은. 난 네가 상처 입을까 봐 걱정돼."

"상처라뇨?"

"말했잖아. 한 선생은 과거에 갇혀 있다고. 옛날에 서로 좋아했던 사람이 있었어. 너 한 선생 노래 들었지? 그녀가 솔베이지라면 페르퀸트가 있다는 이야기야. 아니, 방탕했던 페르퀸트보단 혁명가인 체 게바라가 더 어울리겠다. 그 게바라가 누군지 아니? 바로 우리 야학을 처음 세운 사람이야. 한 선생과는 대학시절부터 연인 사이였어. 나하고는 운동권에서 만났는데 참 열렬했었지. 옥살이도 많이 하고 결국 그 후유증으로 세상을 떴지만."

그는 운동권 후배들의 우상이었다고 했다. 열렬한 투사였고 덕분에 여러 번 투옥되었다고 했다. 마지막 옥살이에서 얻은 위궤양이 결국 위암으로 번져 석방 후 일 년 만에 세상을 떠났다는 것이었다.

　"문제는 한 선생이 아직도 그를 잊지 못하고 있다는 거야. 한 선생의 마음엔 네가 들어갈 자리가 없어. 나도 한 선생이 좀 더 현실적이 되었으면 좋겠다. 제발 그 형을 잊고 다른 남자가 생겼으면 좋겠다구. 하지만 한 선생에게는 그게 어려운가 봐. 해서 하는 말인데 서로 간에 괜한 상처 만드는 일 따윈 처음부터 아예 하지 않는 게 좋지 않겠어? 지금까지 많은 남자들이 한 선생의 마음을 여는 데 도전했지만 아무도 성공하지 못했어. 모두 상처만 입고 돌아섰지. 너도 그렇게 될까 봐 미리 해 주는 이야기니까 명심하고 처신해."


　탑 옆에 있는 불구 판매소에 들러 진우는 염주와 작은 카드를 하나 샀다. 동자승들이 해맑게 웃고 있는 그림이었다. 그걸 건네자 윤서는 귀한 선물이라며 잘 간직하겠다고 했다.

　절을 빠져 나오며 이왕 온 김에 암자까지 올라가 보자는 진우의 말에 윤서는 쉽게 동의했다. 암자로 가는 길 옆에는 아름드리 소나무들이 숲을 지키고 서 있었다. 비는 완전히 개어 잎새들 사이로 햇빛이 비쳐 들었다. 나무들의 둥치는 아직 젖어 있었고 나뭇잎들은 더욱 선연한 색채를 띠고 있었다. 숲에서 바람이 불어 왔다. 잎새들이 일제히 몸을 뒤채며 빗물을 후두둑 떨어뜨렸다. 바람 속에는 눅진한 흙냄새가 뒤섞인 숲내음이 묻어 있었다. 둘은 천천히 길을 걸어 올랐다. 이따금 하산하는 등산객들과 마주쳤다. 갑자기 둘은 말이 없어졌다. 윤서는 고개를 숙이고 발밑만

보며 무슨 생각에 잠긴 듯했다.

"한 자리에 있는 사람들 사이에 갑자기 대화가 끊기면 천사가 지나가는 중이랍니다."

침묵이 어색해진 진우가 그렇게 농담을 했다.

"절하고 천사는 안 어울리는 것 같은데요. 그보다 강 선생님은 요즘 사는 게 어때요? 재미있나요?"

윤서는 뜬금없이 그렇게 물었다.

"사는 게 시시해요. 요즘 애들 말로 인생 뭐 있나요?"

그 말은 사실이었다. 나이 탓인지 몰라도 진우는 요즘 때때로 삶의 일상이 무의미하게 느껴지곤 했다. 꿈이며 야망이며 성공이며 사랑이며 하는 것들, 인생을 둘러싸고 하루하루의 일상을 지탱해 주는 그런 것들의 시시함이 절실하게 느껴지는 것이었다. 한때는 인생의 가치에 대해서 혹은 사회적 가치에 대해서 뚜렷한 신념을 가진 적도 있었다. 그리고 그 가치의 실현에 대한 열정을 불태우기도 했었다. 그러나 그 불은 서서히 꺼지고 있는 중이었다. 남은 것은 삶의 관성뿐이었다. 이미 정해진 일상의 궤도를 별 탈 없이 굴러가는 것. 건강을 걱정하여 담배를 끊고 운동을 시작하고 아파트 평수를 늘릴 궁리를 하는 것. 집과 직장 사이를 시계추처럼 오가며 오늘이 어제 같고 내일이 오늘 같을 세월에 떠밀려 살아가는 것. 삶은 그런 불모(不毛)의 것이 되어가고 있었다.

"소설 쓴다는 사람의 말치곤 너무 시시한 거 아닌가요?"

"소설 포기한 지 오래 됐어요. 도무지 글이 나와 주질 않아요.”

그랬다. 한때는 열렬하게 소설에 몰두하던 때도 있었다. 문학 잡지의 추천으로 소위 등단이란 것도 해 보았다. 그러나 갈수록 열정은 줄어들었고 재능은 밑바닥을 보였다. 글다운 글이 나오지 않는다는 것은 엄청난 압력으로 그를 강박했다. 그런 강박감은 초조감과 불안감으로 이어졌다. 그 불안과 초조로부터 벗어나기 위해 결국 그가 택한 길은 소설을 버리는 것이었다.

“요즘엔 마음이 갑갑해요. 다 버리고 그저 어디론가 떠나고 싶어요. 아무도 아는 사람이 없는 곳, 외롭더라도 마음이 편안해지는 그런 곳에 가 혼자 살고 싶기도 해요. 그런 곳이 어디 없을까요?”

정말 그럴 수만 있다면 어딘가로 떠나고 싶었다. 가끔씩 스스로 자폐되어 있다는 답답증 때문에 가슴이 터질 것만 같은 때가 있었다. 그럴 때면 히말라야의 산 속으로 가고 싶었다. 만년설을 이고 선 산봉우리엔 신들이 살아 인간의 마을을 굽어보고 있고 산기슭엔 도인들의 움막이 드문드문 보이고 별빛이 내리는 마을엔 사람들이 착하게 잠이 들고 계곡 사이 푸른 초원에는 말과 양들이 아침의 햇빛 아래 풀을 뜯는 그 산 속의 어느 귀퉁이에 작은 움막을 하나 짓고 살고 싶었다. 눈 녹아 흐르는 그 시린 계곡물에 아침마다 세수를 하면 잃어버린 자신의 얼굴이 말갛게 되살아날 것 같았다. 설산을 향해 매일 내가 누구인가 하고 물으면 어느 날 문득 그럴듯한 대답 하나가 마음 깊숙한 곳으로부터 우렁우렁 울려 나올 것도 같았다.

"너무 큰 걸 바라는 거 아녜요? 사람살이가 어딘들 번뇌가 없
겠어요?"

윤서가 어깨에 얹힌 낙엽을 집어내며 심상한 어조로 말했다.
'그럼, 당신은 왜 떠났나요? 그건 번뇌를 벗어나기 위한 도피가
아니었던가요?' 하고 그는 속으로 그녀에게 묻고 있었다.


윤서에게 그녀의 마음을 아직도 사로잡고 있는 남자가 있다
는 사실은 진우에겐 충격이었다. 그러나 그 사실이 그녀에 대한
그의 사랑을 멈추게 하지는 못했다. 그녀의 마음을 얻은 그 사내
에 대한 깊은 질투심이 끓어올랐다. 동시에 투사로서가 아니라
사랑의 승리자로서 그에 대한 존경심도 들었다. 그러나 어쨌든
그는 이미 죽은 사람이었고 진우 자신은 살아 있는 인간이었다.
자신이 그녀를 사랑하지 못할 하등의 이유가 없었다. 그녀를 결
코 포기할 수 없었다.

그런 오기에도 불구하고 그녀와의 거리는 여전히 좁혀지지
않았다. 진우가 다가서면 그녀는 꼭 그만큼의 거리로 물러섰고
그가 물러서면 어느새 처음의 자리로 되돌아와 있었다. 그녀의
태도는 한결같았고 넘지 못할 벽을 느끼게 했다. 그런 와중에서
도 둘의 만남은 꾸준히 이어졌다. 가끔씩 그녀의 차를 타고 교외
로 나가기도 했고 맛나다는 음식점을 찾아 함께 식사를 하기도
했다. 그런 만남의 기회마저 없었다면 그는 도무지 견디지 못했
을 것이었다.

사랑은 외로움이며 기쁨이었다. 그는 그녀의 대수롭지 않은

몸짓 하나에도 절망했고 조그만 웃음 하나에도 환희로 달떠 올랐다. 그러나 기쁨보단 외로움이 더 컸다. 그녀를 생각하면 그는 가슴이 저릿저릿하도록 늘 외롭고 쓸쓸했다. 밤마다 수없는 번민과 고통으로 야위어 갔다. 사랑은 또한 일종의 광기(狂氣)라고 했던가. 그는 그녀에게 미쳐 가고 있었다.

그런 광기가 결국 일을 저질렀다. 어느 레스토랑에서였다. 취기에 힘입어 용기를 쥐어짠 그가 그녀의 입술을 훔친 것이었다. 창졸간에 당한 일에 그녀는 한동안 경악을 금치 못하다가 무섭게 화를 내기 시작했다. 나중엔 붙잡는 그의 가슴을 모지락스럽게 밀치고 혼자 나가 버렸다. 그는 이제 다시 그녀와 만날 수 없으리란 낭패감에 빠져 벌서는 아이처럼 자리에 앉아 있었다.

그 다음주에 그는 그녀와 대면할 일을 두려워하며 야학엘 나갔다. 그런데 묘한 것은 그녀의 태도였다. 그녀는 마치 아무 일도 없었던 것처럼 그를 대했다. 조곤조곤한 목소리와 보일 듯 말듯한 미소가 여느 때와 다름이 없었다. 무섭게 화를 내던 모습은 어디에도 없었다. 그녀는 어느새 그렇게 제자리에 돌아와 있었다. 그가 그날 너무 취했다고, 죄송하다고 했을 때 표정이 조금 굳어졌을 뿐이었다. 사과의 의미로 커피를 사도 되겠느냐는 말에도 순순히 고개를 끄덕여 보였다.

"한 선생님의 페르퀸트는 어떤 사람이었나요?"

커피숍에서 무슨 말 끝에 그가 그렇게 뜬금없이 물어보자 윤서는 잠시 의아한 얼굴이더니 곧 말귀를 알아들은 듯 고개를 숙였다. 그리곤 한참 동안 말이 없었다.

"강 선생님은 참 호기심이 많은 사람이군요. 지금은 말하고 싶지 않군요. 다음에 말할 기회가 있겠죠."

그녀는 그러면서 늦었다며 자리에서 일어섰다.

그리고 또 세월이 흘렀다. 둘은 가끔씩 따로 만났지만 둘의 관계는 여전히 답보상태였다. 입맞춤 사건 이후 진우는 그녀에게 더 다가갈 엄두를 내지 못했다. 어느 토요일이었던가. 그녀로부터 먼저 전화가 왔다. 좀처럼 없는 일이었다. 오늘은 어디를 함께 가 주었으면 좋겠다고 했다.

시내에서 만난 그녀는 차를 몰아 교외로 빠져 나갔다. 고속도로를 한참 달리다 국도로 들어서서 다시 산 속 길을 오래 달렸다. 그녀는 목적지도 말해 주지 않았고 유난히 말수가 적었다. 차가 닿은 곳은 공원묘지 입구의 주차장이었다. 윤서는 총총한 무덤들 사이를 돌아 휘적휘적 앞서 걸어 올라갔다. 그리고 어느 묘비 앞에 섰다.

"누구?"

그때까지 영문을 몰라 서 있던 진우가 그렇게 물었다.

"강 선생님이 말하던 소위 그 페르퀸트의 무덤이에요."

그녀는 잠잠히 말하고 다시 말이 없었다. 아아, 그것은 그 혁명가 게바라의 무덤이었다. 둘은 오후의 햇빛을 받으며 오래 망주석(望柱石)처럼 서 있었다.

"……그이는 운동권이라기보다는 시인이었어요. 눈매가 참 선한 사람이었어요. 처음엔 그 눈매에 반했지만 나중엔 그의 시에 반했죠. 그의 시는 눈매와 다르게 신념으로 가득 차 있었어

요. 그이는 강한 사람이에요. 그 무엇에도 자기 신념을 굽히려
들지 않았어요. 그러다 얼뜨기처럼 죽고 말았지만, 적어도 얼치
기는 아니죠. 그이는 그러면서도 부드러운 남자였어요. 인간적
이었죠. 그래서 시를 썼는지도 모르죠……. 이제 세상은 아무도
그이를 기억하지 않아요. 바보 같은 사람…….”

묘지 길을 내려오면서 그녀는 혼잣말처럼 그 사람과의 인연
을 들려주었다.

그날 둘은 바닷가 마을로 나와서 횟집에서 소주를 마셨다. 웬
일인지 그녀는 그가 건네는 술잔을 마다하지 않았다. 밤엔 백사
장으로 나가 파도소리를 들으며 마셨다. 밤이 늦어서야 근처 민
박집 방을 빌렸다. 그리고 한 이불을 덮고 누웠다. 그는 성급하
게 그녀를 안았다. 그녀의 벗은 몸은 한없이 따뜻하고 부드러웠
다. 그는 그녀의 몸 속에서 오랜 여행을 끝낸 듯한 안식의 열락
을 맛보았다.

다음날 그가 눈을 떴을 때 그녀는 이미 가고 없었다. 그래도
그는 아직도 공중에 떠 있는 기분이었다. 그녀가 이제 모든 것을
잊고 그의 사람이 되기로 마음먹은 것으로 단정했다. 어제 그녀
가 보여 준 행동은 그러한 결심을 위한 그녀 나름대로의 통과의
레쯤으로 이해했다.

그러나 그녀로부터는 다시 연락이 오지 않았다. 그가 하는 전
화도 받지 않았다. 그가 그 다음주 야학에 나갔을 때 선배는 우
울한 낯빛으로 그녀가 유학을 떠났다고 알려 주었다. 그리고 그
의 앞으로 남긴 편지 한 통을 넘겨주었다.

"강 선생님, 이렇게 인사도 없이 훌쩍 떠나는 무례함을 용서하시기 바랍니다. 오래 생각하고 결정한 것입니다만 남에게 알려 번잡하게 하고 싶지 않았습니다.

더는 이 땅이 견딜 수가 없군요. 많은 사람과의 추억이 내 발길을 무겁게 하지만 이제 그만 모든 것으로부터 자유롭고 싶어요. 제 가슴에 얹힌 과거의 짐도 내려놓고 싶습니다. 사람살이가 어디든 가볍겠습니까만 이 땅에선 잊혀지지 않는 것들이 너무 많아요. 어제 그 사람의 무덤에서 속으로 그 사람에게 말했지요. 날 놓아주지 않는 당신이 미워서 이제 찾아오지 않겠노라고. 그러자 그 사람은 그러더군요. 그러라고, 이젠 오지 않아도 된다고 고개를 끄덕이며 웃어 주었어요. 그래서 돌아서 오는 내 마음이 한결 가벼웠답니다. 저도 이제 그 사람을 놓아 주렵니다.

강 선생님, 그동안 저에게 보여 준 좋은 감정들 결코 잊지 못할 것입니다. 그 감정을 받아들일 여지가 없는 내 좁은 가슴이 때때로 원망스럽기도 했지만, 사랑은 사람의 힘으로도 어쩔 수 없는 구석이 있는가 봐요. 우리의 인연은 이쯤인 것 같습니다.

처음 강 선생님을 뵈었을 때가 기억나는군요. 벚꽃이 우리 야학의 교무실 창가에 구름처럼 내려앉아 있던 날이었지요. 내가 처음 인사를 하자 소년처럼 얼굴이 붉어져서 저와 눈도 제대로 맞추지 못하더군요. 그게 참 보기 좋았어요.

지금 와서 하는 이야깁니다만 제가 강 선생님과 많은 시간을 보낼 수 있었던 것은 강 선생님의 어느 구석이 그 사람과 흡사한

데가 있기 때문일 겁니다. 저는 강 선생님에게서 그 사람의 모습을 찾고 있었는지도 모르겠습니다. 강 선생님 입장으로는 기분 나쁜 일이겠지만, 너무 꾸짖지 말아 주십시오. 앞으로 내가 짊어져야 할 후회와 죄책감이 있다면 달게 받아들여 견디겠습니다.

외국에 가서 내 자신을 들여다보는 공부를 열심히 해 보려고 합니다. 거기선 내 자신을 더 객관적이고 관조적으로 볼 수 있으리라 믿습니다. 그래서 내 삶과 다른 이들의 삶에 좀 더 너그러워질 수 있기를 바랍니다.

삶의 길이 세월 갈수록 더 어렵게 느껴져요. 우리 걸어가는 길 위에서 다시 만나게 될까요. 서로의 길이 엇갈려 다시 만날 수 없다고 해도 서로에 대한 짐은 내려놓고 우리 씩씩하게 자기 길을 걸어가도록 해요. 잘 있어요. 당신이 오래 그리울 겁니다. 윤서 드림."


진우는 편지를 손에 들고 차에 받힌 사람처럼 멍하니 서 있었다.


암자로 가는 길은 임도를 벗어나 돌투성이의 가파른 비탈길로 이어졌다. 천천히 걸어 오르는 데도 윤서는 벌써 숨이 차는 모양이었다. 몇 번을 돌아서서 그녀가 올라오기를 기다려야 했다. 그녀는 그를 보고 먼저 올라가라고 손짓을 했다. 괜히 암자까지 오자고 했다고 후회했지만 다행히 비탈길은 그리 길지 않았다.

암자에서 바라본 조망은 아름다웠다. 숲속에 싸인 절이 장난감처럼 내려다보였다. 정면으로는 아득히 넓은 들판과 공항이 이내에 싸여 있었다. 이제 막 이륙한 비행기 한 대가 북쪽으로 선회하고 있었다. 왼편으론 산등성이 너머 유장하게 흘러가는 강줄기가 한눈에 들어오고 강 건너 아파트들이 햇볕을 받아 희게 빛나고 있었다.

"언제 떠나지요?"

진우가 잠잠히 멀리 시선을 풀어놓고 있는 윤서에게 물었다.

"모레요."

"부럽네요. 나도 어디 떠날 데가 있었으면 좋겠군요."

"그러지 마세요. 난 돌아오고 싶어요. ……영국 가서 한 삼 년인가 되었을 때였어요. 공부하는 게 하도 힘들고 외로워서 하숙집 근처 성당을 찾아 갔더랬어요. 늦은 시간이라 성당은 텅 비어 있더군요. 십자가 앞에 혼자 서 있는데 갑자기 눈물이 솟구치는 거예요. 그리곤 도무지 주체할 수 없이 흘러내려요. 온갖 생각이 다 떠올랐어요. 내가 이 나이에 이 먼 곳에 와서 왜 이러고 있나 하는 생각, 돌아가고 싶다는 생각이 막 들면서 얼마나 서럽던지 세 시간을 꼬박 서서 울었어요."

"그래도 이제 거기서 자리를 잡았다니 다행이네요."

"아뇨. 지금도 돌아오고 싶어요. 그 먼 타국에서 혼자 늙어가고 싶지 않아요. 이번에 온 것도 여기 대학에 자리를 알아보러 왔는데 불행히도 이 땅엔 내가 들어갈 자리가 없네요. 그러니 떠나려 하지 마세요. 자기 태어난 땅이 그래도 제일 좋은 땅이에요."

윤서가 쓸쓸하게 웃었다.

"그러고 보니 여긴 떠나고 싶어하는 자와 돌아오고 싶어하는 자가 함께 서 있군요. 우린 늘 이렇게 엇갈린다니까."

윤서가 조금 크게 웃었고, 이 여자와 다시 만날 수 있을까, 그런 생각에 그는 우울해졌다. 햇빛이 산봉우리의 바위를 희게 비추었다. 산바람이 불어와 그녀의 머리칼을 흔들었다. 세상은 고요했고 세존은 산 아래에 좌정해 계셨다.

"아까 부처님께 뭘 그리 열심히 빌었어요?"

진우는 심상하게 물었다.

"……아이를 위해서요."

그녀가 잠시 머뭇거리다 대답했다.

"아이요?"

그는 어리둥절해서 되물었다.

"영국에 가서 얼마 되지 않아 임신한 사실을 알았어요. 넉 달 만에 유산하고 말았지만……. 제 유일한 아이였죠. 세상에 태어나 보지도 못하고 죽어 버린 그 아이의 명복을 빌었어요."

'영국 가서 넉 달 만이라면?' 그는 놀라서 그녀를 돌아보았다. 그러나 그녀는 담담한 옆얼굴을 보이며 멀리 들판 쪽으로 시선을 주고 있었다. 갑자기 온 산이 수런수런 깨어나는 듯했다. 나뭇잎들이 일제히 흔들리며 가지들이 서로 부딪쳐 삐걱삐걱 소리를 내기 시작했다.

# 길 위에서

아버지는 자다가 한밤중에 괴성을 지르며 깨어나곤 했다. 그럴 때면 아버지는 불을 켜라고 다급하게 소리쳤고, 불빛에 드러난 아버지는 온몸을 부들부들 떨고 있었다. 무엇에 쫓기는 사람 모양 흡뜬 눈으로 눈동자를 빠르게 이리저리 굴리며 방 안을 휘둘러보았다. 마치 낯선 곳에 갇힌 사람 같았다.

다리를 건넜다. 다리 아래론 콜타르 같은 검은 물이 역겨운 냄새를 피워 올리며 흐르고 있었다. 길은 거기서 갑자기 좁아지며 비탈진 골목길로 바뀌었다. 두 사람이 겨우 비켜갈 만한 골목길은 어깨를 맞대고 늘어선 키 낮은 집들 사이를 용케도 이리저리 빠져나가고 있었다. 그는 이따금 멈춰 서서 아까 대머리 통장이 그려준 약도를 꺼내 들여다보았다. 딴에는 정성을 들여 그린 품이었지만, 약도는 길을 가리켜 주기보다 감추기 위해 그려 놓은 보물지도처럼 난해했다. 통장이 힘주어 화살표를 쳐 놓은 457번지의 그 집을 제대로 찾을 자신이 영 생겨나지 않았다. 과연 그 집이 이 지상에 존재하는지조차 의심스러울 지경이었다.

이 길의 끝에는 무엇이 있을까. 난 무엇을 찾아 새삼스레 이 길을 나선 것일까. 그런 의문이 다시 고개를 들었다. 아버지란 이름, 혹은 그 이름의 허망한 흔적, 그리고 그 이름이 되살려 줄 혐오스런 유년의 기억들. 그 길의 끝에서 그가 만날 수 있는 것은 필경 그런 어둠과 막막함뿐이라는 것을 그는 잘 알고 있었다. 그 기억들은 그가 이제껏 잊어버리려 애써 왔고, 또 실제로 완벽하게 망각의 강물 속으로 흘려보낸 지푸라기들이었다. 그런데 왜, 생청스럽게 그 기억의 지푸라기들에게 다시 발목을 잡혀 버린 것일까. 그렇게 벗어나려 열망했던 그 기억 속으로 스스로 걸어 들어가는 그 길이 그는 자꾸만 아득해지는 느낌이었다.

골목에서 말타기 놀이에 신명이 난 아이들을 지나쳤고, 슈퍼마켓이란 간판이 차라리 희극적으로 보일 만큼 옹색한 구멍가게를 지났다. 몇 번인가 계단을 오르고 성벽처럼 높은 축대 밑으로 난 비탈길을 올라서서야 그는 뒤를 돌아보았다. 방금 지나쳐온 집들이 눈 아래로 들어왔다. 기울어 가는 오후 햇빛 속에 오밀조밀 엎드려 있는 슬래브 지붕들이 하얗게 빛나고 있었다. 멀리 U시의 시내가 스푸마토 기법의 풍경화처럼 뿌연 스모그 속에 아련히 가라앉아 있는 게 보였다. 시내 쪽에서 후덥지근한 바람이 불어왔다. 바람 속에서 퀴퀴한 하수구 냄새가 묻어났다. 그것은 아까 개천을 건너올 때부터 그를 따라온 냄새였다.

어렵사리 찾은 457번지는 어느 골목 끝의 붉은 철대문 집이었다. 눈 밑에 기미가 완연하고 오종종한 얼굴의 주인 여자는, 김인섭 씨를 찾는다는 그의 말에 한참을 뜨악한 표정이더니, 사오 년 전에 여기 살았을 것이라고 그가 덧붙이자 그제야 아, 그 손가락 없는 김씨 아저씨 말인기요? 라며 목소리를 높였다. 그는 속으로 아, 하는 자신의 낮은 신음소리를 들었다. 오른손의 검지와 중지가 둘째 마디에서 뭉턱 잘려 나간 아버지의 손가락. 예기치 못한 슬픔 하나가 감나무 열매처럼 가슴으로 툭 떨어져 내렸다. 어릴 때, 그런 아버지의 손가락은 언제나 무섭고 슬펐다.

"김씨 아저씨가 우리 집에 살던 기 운젠데……. 벌써 이사가 삐릿소. 하마 삼사 년은 될 낀데……."

"그랬군요. 혹시 어디로 이사 가셨는지 모르십니까?"

어차피 아버지가 아직도 여기 살고 있으리란 기대는 하지 않았다. 아버지의 지나온 삶의 궤적을 뒤밟아 가는 그 대책 없는 막막한 여행을 시작한 이래 그가 알게 된 것은 아버지는 결코 한 곳에서 일 년 이상을 머물지 않는다는 사실이었다. 결국 이 집도 아버지가 잠시 쉬어간 길 위의 나무 그루터기에 불과할 것이다.

"우린 통 모리겄소. ……혹시나 아랫방 윤 영감님이 알랑가 모리겄네. 같이 한 방을 썼응께."

주인 여자는 마루 없이 마당에서 바로 방문을 열도록 되어 있는 창고처럼 허름한 아래채를 가리켜 보였다.

"지금 그분 계십니까?"

"운제요. 일 마치고 들어올라모 한참 멀었소. 꼭 만나 볼라모, 요 아랫동네에……. 머시라 쿠더라……. 맞다. 현대고물상이라 꼬 그겔 한 분 가 보소."

"고물상요?"

"그게가 그 영감님 직장이라카이. 요 아랫동네 내리 가서 고물상을 물으모 다 알 끼구마는. 그게 가서 윤씨 영감님을 찾으소. 그라모 될 끼구마."

"아, 예. 고맙습니다. 실례 많았습니다. 그럼……."

"그란데 젊은 양반은 김씨 아저씨와 우떤 사이요?"

인사를 차리고 돌아서려는데 주인 여자가 다시 붙잡았다.

"……제가 아들 되는 사람입니다."

"시상에나, 집도 절도 없는 떠돌인 줄 알았더마 저런 훤칠한 아들이 다 있었구마. 얄궂어라. 쯧쯧쯧……."

그는 대문을 나서며 주인 여자의 혀 차는 소리를 들었다.


바위투성이의 산이 보인다. 검은 바위들은 달빛을 받아 모서리가 하얗게 빛나고 있다. 바위산의 오른편으로 풀 한 포기 보이지 않는 황야가 달빛에 푸르게 젖은 채 펼쳐져 있다. 방금 그 황야를 건너온 듯한 늑대 한 마리가 바위산 꼭대기에 서 있다. 늑대가 한 번씩 움직일 때마다 곤두선 회갈색의 털끝에서 달빛이 은색으로 부서져 내린다. 이윽고 움직임을 멈춘 늑대가 단단히 균형 잡힌 다리와 긴 몸통의 측면을 보이며 고개를 돌려 이쪽을 바라본다. 늑대의 축 처진 꼬리가 무척 지쳐 보인다. 늑대의 얼굴이 클로즈업되어 온다.

빳빳이 일어선 삼각형의 귀, 검은 털이 덮인 넓은 이마, 길게 뻗어 나온 주둥이, 그리고 파아랗게 인광을 내뿜고 있는 눈, 그 눈이 확대되어 다가온다. 늑대의 눈은 지독히 냉철하고 객관적인 느낌이다. 일말의 주관적인 감정도 용납하지 않을 듯한 눈이다. 이쪽을 쏘아보고 있음에도 불구하고 이쪽의 존재 자체에는 아무런 관심이 없는 듯하다. 아니면 상대방을 꿰뚫고 상대방 너머의 어떤 점을 응시하고 있는 듯한 그런 눈이다. 그 눈엔 어떠한 영혼의 기미도 느껴지지 않는다. 아니 그 완전한 냉정함으로 해서 그 눈 안쪽에 강철처럼 그 무엇에도 흔들리지 않을 것 같은 영혼의 벽이 느껴진다. 그 강철의 벽이 너무 단단해서 오히려 슬프고 외로운 느낌을 준다.

우우우우……. 늑대가 갑자기 달을 향해 목을 뽑아 올리며 길게 울부짖는다. 바위산 전체가 흔들리는 느낌이다. 깊고 어두운 동굴에서 울려 나오는 소리 같다. 이쪽의 가슴 밑바닥까지 흔들어 대는 듯한 울음이다. 그 소리는 달빛마저 흔들며 황야로 길게 퍼져 나간다. 늑대는 일정한 간격을 두고 똑같은 높낮이로 울어 대고 있다.

늑대 울음소리가 전화벨 소리로 바뀌어 들리면서 그는 잠에서 깼다. 제기랄, 하고 그는 속으로 투덜거렸다. 젖은 빨래 모양 아직 잠기에 젖어 있는 속에서도 골머리 전체가 쥐어 짜이듯 욱신거려 옴을 느꼈다. 눈을 뜨려 했지만 방 안의 햇빛이 너무 눈부셨다. 그는 돌아누우며 머리통을 베개 밑으로 쑤셔 박았다. 그러는 사이에도 전화벨은 그악스럽게 울려 대고 있었다. 아아, 저놈의 전화통을 누가 박살내 주었으면. 그는 누군가 제발 그놈의 전화벨 소리를 그치게 해 주기를 간절히 바란다. 하지만 그런 일은 절대 일어나지 않을 것이다. 지금 방 안엔 그 말고 아무도 없다는 사실을 그는 직감적으로 알고 있다.

새벽에 엉망으로 취해서 자신의 독신자 아파트로 주희 년을 끌어들인 기억이 났다. 하지만 그녀는 이미 가고 없을 것이다. 그녀는 늘 그랬다. 똑같이 마시고 똑같이 취해도 그가 깨어날 때쯤이면 그녀는 거짓말처럼 사라지고 없었다. 황량한 폭음과 질탕한 섹스의 흔적만 남기고. 베갯잇에서 아직 그녀의 향수냄새가 느껴졌다.

전화벨은 계속 울리고 있었다. 이럴 땐 혼자라는 사실이 귀찮다고 그는 생각한다. 그때 구원처럼 전화벨 소리가 뚝 그치더니 대신 덜컥 하고 자동응답기의 테잎이 돌아가는 소리가 들렸다. "저는 지금 외출 중이오니 전하실 말씀이 있으시면 삐이 소리가 난 후에 말씀해 주시기 바랍니다." 그는 베개 밑에서 꿈 속처럼 아련히 자신의 목소리를 듣고 있다. 녹음된 자신의 목소리를 듣는다는 건 꿈 속이라도 빌어먹을 일이다.

불특정의 누군가를 위해 저장된 목소리, 그건 공허하기 짝이 없다. 불특정 대상을 향한 것은 모든 대상을 향한 것이고 모든 대상을 향한 것은 아무에게도 향하지 않는 것이다. 광고처럼. 자동응답 메시지를 지워 버려야겠다는 생각이 든다. 아니 전화 코드를 뽑아 버려야겠다고 그는 결심한다.

"김진우 씨, 이번이 정확히 아홉 번째 전화하는 겁니다. 부장님이 급히 찾고 계십니다. 지금 즉시 회사로 전화해 주시기 바랍니다. 꼭 연락해 주세요. 부탁합니다."

입사동기인 미스 정의 코맹맹이 목소리가 흘러나왔다. 그녀의 목소리는 사무적이었고 다소 짜증이 섞여 있었다. 그는 잠에서 완전히 깨어났지만 그대로 꼼짝 않고 누워 있었다. 속이 메슥거려 왔다. 어제 마신 소주가 아직도 목구멍을 치받고 있었다. 그는 침대에서 억지로 몸을 일으켜 휘청거리며 화장실로 들어가 속엣것을 토해 내기 시작했다. 누런 액체가 식도를 타고 거슬러 올라와 동그란 변기 구멍 위로 주르르 쏟아져 내렸다.

그는 조그만 광고회사에서 도안 디자이너로 근무했었다. 변변찮은 미술전문대를 졸업하고 겨우 찾아 들어간 직장이었다. 그러나 그는 며칠 전 새로 나온 커피 제품의 광고 도안에 대한 기획회의에 참석하고 있다가 화장실이라도 가는 사람 모양 슬그머니 사무실을 빠져 나왔다. 그리곤 주차장으로 내려가 자신의 고물차를 몰고 나와 한여름의 햇볕으로 달구어진 시내 거리로 미끄러져 들어갔다. 그리고 다시 사무실로 돌아가지 않았다. 앞으로도 돌아갈 마음이 전혀 없었다.

그는 거실로 걸어 나가 담배를 찾아보았다. 그러나 여기저기 팽개쳐진 옷가지와 어지럽게 널린 잔과 술병 사이에서 와짝 쭈그러진 채 뒹굴고 있는 담뱃갑만 발견했다. 재떨이에서 피다만 담배를 찾아 불을 붙였다. 담배연기에 머리 속이 휘휘 내둘렸다.

오전 시간의 카페 안은 물 속처럼 조용했다. 잘디잔 물결 같은 경음악이 실내를 가볍게 떠다녔다. 띄엄띄엄 자리를 차지한 사람들은 금붕어처럼 조용히 차를 마시고 담소하고 있었다. 카운터 위의 시계는 아직 약속 시간에 못 미쳐 있었다. 그는 맞은 편 벽에 걸린 그림들을 훑어보았다. 그림들은 뜻밖에도 소위 세계적 명화에 속하는 작품들의 복제판이었다. 페르낭 레제의 작품이 루오의 그 유명한 '자크 보놈'과 함께 나란히 걸려 있었다. 좀 떨어진 곳에 잭슨 폴록 풍의 추상화 한 점과 맥나이트의 꼴라쥬…….

레제와 루오는 퍽이나 대조적이다. 그림을 걸어 둔 이는 분명 극적인 취미를 가졌으리라. 레제의 것은 엷은 원색 콤퍼지션을 바탕으로 해서 산과 구름과 나무와 풀, 그리고 풀밭 위에 앉고 누워 있는 세 남녀의 모습을 매우 단순하게 선묘한 그림이다. 양감과 음영을 말끔히 지우고 굵고 명쾌한 외곽선만으로 밝고 즐겁고 평화로운 휴식시간을 화폭 가득히 살려 내고 있다. 반면에 자크 보놈은 루오 특유의 어둡고 무거운 색감과 단숨에 그려 내린 듯한 거칠고 투박한 터치로 일관되어 있다. 달밤이다. 잿빛의 어두운 들판을 흰 셔츠와 푸르고 짧은 바지를 입고 붉은 허리띠를 맨 사나이가 걸어가고 있다. 긴 막대기를 메고 무거운 짐을 진 채 허리를 구부리고 걷는 사내의 고통이 화폭을 흘러내릴 듯하다. 이 그림의 원제가 '오랜 고통의 변두리'였던가.

그는 레제의 그림 제목을 생각해 내려 애써 보았다. 생각날 듯 말 듯한데 미꾸라지처럼 영 잡히지 않았다. 그는 끝내 자리에서 일어나 벽 쪽으로 다가가 그림을 자세히 들여다보았다. 다행히 그림 밑에는 작고 단아한 글씨로 '시골에서의 놀이, 페르낭 레제, 1954년, 캔버스 유화'라고 씌어 있었다. 그래, '시골에서의 놀이'였다. 그는 자리로 돌아와 앉았다.

그는 시골에서 보냈던 어린 시절을 떠올렸다. 집 앞을 흐르던 맑은 개울물과 검정고무신으로 잡아 올리던 은빛 붕어들, 해거름에 산길을 내려오는 아버지의 높다란 나뭇단에 꽂혀 있던 진달래 묶음, 누렇게 익은 보리가 바람에 출렁이던 들판, 뽕나무 가지에 바지를 찢겨 가며 따먹던 오디의 붉은 맛, 호미로 밭두둑을 건드리기만 해도 툭툭 불거져 나오던 고구마, 여름 한낮에 혼곤한 낮잠에서 깨어나 듣던 그 짙푸른 매미소리, 추수가 끝난 텅 빈 들판으로 날려 보내던 화살의 하얀 포물선, 볏짚단의 황금빛 냄새……. 그것은 분명 레제적인 풍경이었다. 그러나 그의 어린 시절의 주된 풍경은 레제적이기보단 루오적이었다. 그리고 그의 현재는, 과거도 미래도 없는 저 폴록의 추상화 같은 것이나 아닌지…….

"진우야."

부르는 소리에 눈을 들자 중늙은이 여자가 옆에 와 있는 게 보였다. 그 여자였다. 미색 한복 차림의 그 여자는 그의 손을 잡을 듯이 두 손을 약간 앞으로 내민 채 엉거주춤하게 서 있었다. 그는 말없이 자리에서 일어섰다. 그리고 둘은 한참 동안을 정지 화면처럼 그런 자세로 상대방의 얼굴만 멀거니 바라보았다. 그 여자의 표정은 복잡했다. 곧 울 듯하기도 하고 반가워하는 듯도 하고 당황한 것 같기도 했다. 그래서 도미에의 그림처럼 얼굴의 윤곽선이 불분명해 보였다. 그는 담담할 수 있을 것이라 자신했음에도 불구하고 가슴이 고동치고 있음을 느꼈다.

“앉자.”

그 여자가 먼저 두 손을 거두어들이며 앞자리에 앉았다. 차가 나올 때까지 둘은 또 멀거니 다탁만 내려다보고 있었다. 할 말이 산처럼 쌓였던 것 같은데 그 많은 말들이 남김없이 증발해 버리고 머릿속이 텅 빈 느낌이었다. 댓돌이 얹힌 듯 가슴이 묵지근해져 왔다.

“……길거리에서 만나면 몰라보겠구나. 간간이 네 소식 듣고 있었다.”

이윽고 그 여자가 말했다. 그는 고개를 반짝 들고 그 여자를 정면으로 마주보았다. 그의 시선에 잡힌 그 여자의 눈빛이 포충망에 걸린 나비의 날개처럼 떨리고 있었다. 그 여자의 얼굴에 잡혀 있는 잔주름들이 눈에 들어왔다. 그 여자는 늙어 있었다. 한때는 그의 어린 영혼을 송두리째 사로잡았던 그 얼굴. 끝없는 그리움으로 떨게 하고, 밤마다 저주의 시퍼런 칼날을 갈게 하고, 하루에도 수십 번씩 염원과 원한, 그 천국과 지옥을 방황하게 만든 그 얼굴. 그리하여 어린 그의 가슴을 숯덩이처럼 까맣게 태우고 세월과 함께 서서히 잊혀져 갔던 그 얼굴이 그 세월만큼이나 늙은 채 거짓말처럼 눈앞에 앉아 있었다.

“알아볼 필요도 없겠지요.”

그는 될 수 있는 한 차갑게 말했다. 그 여자의 얼굴이 다시 허물어지고 있었다. 그리곤 또 긴 침묵.

“용서하라곤 말하지 않으마. 내가 죄가 많다. 너에겐……. 하지만 이제 너도 어른이니 이 에밀 이해해 줄 순 있지 않겠니.”

“모두 다 이해해 주고 나면 나는 누가 이해해 주죠?”

“그래, 안다. 네가 얼마나 외롭게 컸는가를. 마음은 늘…….”

그 여자는 한 손으로 이마를 짚고 고개를 숙이고 있었다. 그리고 다시 낮은 목소리로 말했다.

“변명 같지만 모든 게 운명이란 생각이 든다. 너나 나나 아버지……. 그래 아버지나 모두 그런 팔자로 태어난 걸 어떡하겠니.”

그 여자는 아버지란 말을 무척 힘들게 발음했다. 그리고 팔자라고 말했다. 타고난 팔자. 아버지의 그 병도 타고난 팔자였을까. 술기운 없인 잠들 수 없는 병. 자다가 발작을 일으키는 그 빌어먹을 아버지의 병.

아버지는 자다가 한밤중에 괴성을 지르며 깨어나곤 했다. 그럴 때면 아버지는 불을 켜라고 다급하게 소리쳤고, 불빛에 드러난 아버지는 온몸을 부들부들 떨고 있었다. 무엇에 쫓기는 사람 모양 홉뜬 눈으로 눈동자를 빠르게 이리저리 굴리며 방 안을 휘둘러보았다. 마치 낯선 곳에 갇힌 사람 같았다. 그러다가 갑자기 방문을 박차고 밖으로 뛰쳐나갔다. 그리곤 깜깜한 들판을 논이고 밭이고 가리지 않고 짐승처럼 휘젓고 다니는 것이었다. 그런 아버지가 이슬과 땀에 젖어 흘레질 끝난 개처럼 지친 발걸음을 터덜거리며 집으로 돌아오는 것은 언제나 새벽이었다. 아버지는 아무 일도 없었던 것처럼 슬며시 이부자리로 기어들어가 다시 잠이 들곤 했다.

“모든 걸 운명으로 돌리진 마세요. 운명이란 것도 만들기 나름 아니겠어요?"

"너무 그러지 말아라. 나도 너만큼 괴로웠다. 난들 이날 이때 껏 맘 편히 살았겠니?"

그 여자는 기어코 손수건을 꺼내 눈가를 훔치기 시작했다. 낮은 오열로 떨리는 그 여자의 어깨를 바라보며 그는 아아, 이게 아닌데 라고 생각했다. 그가 바란 것은 결코 그런 통속적인 풍경이 아니었다. 그는 비로소 그 여자에게 전화한 사실을 후회하기 시작했다.

사람들은 아버지의 병을 '월남병' 이라 불렀다. 어린 그는 그 말의 뜻을 깨닫지 못했다. 아버지가 월남전 참전 용사라는 것은 알고 있었다. 아버지의 손가락이 수류탄 파편에 날아가 버렸다는 것도 알고 있었다. 그러나 월남병이란 말은 오랫동안 이해할 수 없었다. 월남이란 곳에는 그런 몹쓸 병을 일으키는 병균이 우글거리고 아버지는 재수 없게 그 병균에 덜미를 잡힌 것이라고 생각했다. 하지만 사람들도 아버지의 병의 원인을 정확히는 알지 못하는 듯했다. 커서 들은 이야기지만, 미군들이 밀림의 나뭇잎을 말라 죽게 만드는 약을 엄청 뿌려 댔는데 그 약에 중독된 것이라고도 했고, 베트콩에게 포로로 잡혀 있다가 구사일생으로 살아 나온 그 후유증 때문이라고도 했다. 그 원인이 무엇이든 간에 중요한 것은 그 병이 치유될 가능성이 전혀 없다는 것이었다.

"아뇨, 나는 그럴 자격이 있습니다. 그렇지 않나요?"

그 여자를 다그칠 권리가 자신에게 없다는 것을 그는 잘 알고 있었다. 처음부터 단추를 잘못 끼운 것은 그 여자가 아니었다. 그 여자의 말대로라면 운명일지도 모른다. 그러나 입이 생각을 따라주지 않았다. 그 여자의 흐느낌 소리가 높아졌다.

"울지 마세요. 이제 와서 그게 무슨 소용이겠어요."

그러나 그 여자의 울음은 쉽게 그쳐질 것 같지 않았다. 카페의 창문 너머로 안개가 내리고 있었다. 그는 거리를 천천히 흐르고 있는 안개의 지느러미를 망연히 바라다보았다.

아버지의 병은 주기적이었다. 그리고 날로 심해져 갔다. 평소의 아버지는 건실한 농사꾼이었고, 무뚝뚝하지만 별 흠잡을 데 없는 가장이었다. 그런 아버지가 어떤 시기가 닥치면 사람이 홱 바뀌어 버렸다. 농사일도 완전히 손을 놓아 버리고 늘 술에 절어 살았다. 술에 취하면 어김없이 집 안의 살림살이를 모조리 때려 부수고 어머니에게 손찌검을 했다. 때로는 울어 대는 어린 그의 뺨을 모지락스럽게 후려치기도 했다. 그럴 때의 아버지의 씩씩거리는 숨결에서 뿜어져 나오는 지독한 술 냄새와 광기로 희번덕이는 아버지의 눈. 주위의 모든 것에 대한 까닭 모를 적의로 가득 차 있던 그 눈, 그것은 이미 사람의 것이 아니었다. 그것은 어린 그에게 사람에 대한 최초의 공포를 가르쳐 주었다. 나뭇단에 진달래를 가득 꽂아 오던, 팽이를 깎아 주고 토끼에게 함께 먹이를 주던 그런 아버지는 더 이상 없었다. 아버지는 오직 두렵고 무서운 존재일 뿐이었다. 그런 아버지의 존재는 그를 말이 없고 늘 겁먹은 듯한 우울한 아이로 만들었다.

그 여자는 계속 흐느끼고 있었다. 그는 그 여자가 울도록 내

버려 두었다. 가슴 속으로 강물이 하나 끝없이 흐르고 있었다. 소리도 없이 자욱한 안개 속으로 흘러가는 강물. 그는 손가락을 뚝뚝 꺾으며 아득한 기억의 저편에서 울고 있는 아버지의 모습을 떠올리고 있었다.

아버지가 우는 것을 본 적은 딱 한 번 있었다. 그날 아버지는 그를 방으로 불러들였다. 술기가 전혀 없는 말짱한 낯이었다. 아버지는 자기 앞에 앉은 그를 제법 애잔한 눈길로 내려다보며 말했다.

"진우야. 아버지가 밉지?"

아버지가 그렇게 다정하게 자기 이름을 불러 준 것이 하도 오랜만이어서인지 그는 아무 말도 못 하고 그저 방바닥을 손가락으로 문지르고만 있었다. 아버지는 다시 말이 없었다. 해거름의 방 안엔 어둠이 내리고 있었고 아버지의 숙인 이마에도 더 짙은 어둠이 몰려 있었다. 한참 동안 그를 내려다보던 아버지는 그만 나가 놀아라, 하고 말했을 뿐이었다. 방문을 나서려는데 등 뒤에서 잔뜩 억눌린 울음소리가 들렸다. 그는 미처 닫히지 않은 문틈으로 돌아다보았다. 아버지는 두 발을 뻗고 앉아 고개를 가슴에 파묻은 채 끄윽끄윽 울음을 누르고 있었다.

그날 밤은 달이 밝았다. 아버지는 달빛으로 푸르게 젖은 마당가에 장승처럼 오래 서 있었다. 그리고 이튿날 아침, 아버지는 집 안의 어디에서도 그 모습을 찾을 수 없었다. 아버지는 그렇게 집을 떠나 그 먼 여행을 시작했다.

"아버지……. 아버지 소식은 듣고 있니? 내가 이런 걸 물을 염치는 없다만……."

울음을 그치고 손수건으로 얼굴을 수습한 그 여자가 잔뜩 잠긴 목소리로 말했다. 눈가가 부석부석해져 있었다. 그는 대답하지 않았다. 아버지의 흔적을 찾아 저 먼 U시를 헤매어 다녔던 이야기를 그 여자에게 할 필요를 느끼지 않았다.

"제 동생은 몇 명이나 두었죠?"

그 여자를 괴롭힐 생각을 이미 버리고 있었지만, 가학성도 관성의 법칙대로 움직이는 모양이었다. 이번에는 그 여자가 말이 없었다. 그는 실내를 흐르고 있는 오래된 팝송에 귀를 기울이고 있었다.


……별들이 반짝이는 밤. 푸른색과 잿빛으로 칠하세요. 내 영혼의 어둠을 보는 눈으로 여름날을 보세요. 언덕의 그늘과 나무와 수선화를 그립시다. 산들바람과 겨울바람을 리넨 같은 대지를 덮고 있는 흰 눈의 색깔로 그려 보세요…….


아버지는 다시는 집으로 돌아오지 않았다. 소식조차 없었다. 서울에서 보았다, 부산의 누구네로 찾아왔더라, 울산의 공사장에서 보았다는 등의 풍문만이 들려왔다. 어머니는 그때마다 그 풍문을 확인하기 위해 길을 떠났지만, 돌아올 땐 한숨만 늘어 있었다. 그는 어머니가 아버지를 찾아 길을 떠날 때마다 이번에는 어머니도 영원히 돌아오지 않을지도 모른다는 두려움에 시달렸다. 아니 어머니도 아버지처럼 자다가 어디론가 사라질지 모른다고 생각했다. 그래서 밤중에 어머니가 뒷간에만 가도 두 귀를 세우고 기척을 살피다가 그녀가 자리로 돌아와야 안심하고 잠들 수가 있었다. 그러나 그는 자신이 잠든 사이 어머니가 슬그머니 일어나 자리를 빠져 나가는 것을 알지 못했다. 그리고 그녀가 달빛 가득한 마당을 서성이다가, 대숲이 바람에 몸을 부비는 뒷산을 배회하다가, 남새밭에 내린 이슬로 발등을 적시고 다시 돌아오는 것을 눈치채지 못했다. 그리고도 한참 동안을 어두운 방 안에 우두커니 앉아 내쉬는 그녀의 한숨소리를 듣지 못했다.

"꼭 그런 식으로 떠나야만 했나요?"

그는 찻잔의 밑동을 만지작거리며 지나가는 말처럼 심상한 투로 물었다. 사실은 그 여자를 한 번이라도 만나게 되면 꼭 해 보리라고 수없이 다짐하며 간직해 왔던 질문이었다.

"내가 죄가 많은 년이다. 젊은 게 죄였지. 그땐 이 에미도 젊었었다."

그 여자는 손수건을 힘주어 잡고 있었다. 그는 어린 시절, 그 여자의 등에 업혔을 때, 그 등에서 맡아지던 그 아련한 냄새와 귀를 대 보면 두근대며 들려오던 심장의 박동소리를 생각했다. 돈 맥클린이 아직도 속삭이고 있었다.


……이제 알 것 같아요. 당신이 내게 무엇을 말하려 했는지. 당신의 영혼이 얼마나 고통스러워했는지. 또 얼마나 자유로워지고 싶어했는지. 사람들은 알지도 듣지도 못했지만 언젠가는

알게 되겠지요…….

　다니러 간 부산의 친척집에 그를 재워 두고 어머니는 밤사이 사라졌다. 일주일 후에 그는 친척 아주머니의 손에 이끌려 고아원으로 들어갔다. 그때부터 어머니는 '그 여자'가 되었다.
　그는 그 여자의 얼굴을 다시 들여다보았다. 다시는 못 볼 얼굴이었지만 아쉽다는 생각은 들지 않았다. 이것으로 그 여자와의 이 세상에서의 인연은 끝났다는 느낌이었다. 그 여자의 얼굴은 지치고 외로워 보였다. 루오가 말했던가. '외로움이란 얼마나 큰 제국이며 얼마나 견고한 감옥인가.' 그 여자는 평생을 그 감옥에서 살아갈 것이다. 그것 또한 그 여자의 운명일 것이다. 그는 그것을 확인하고 싶어서 그 여자에게 전화를 한 것인지도 모른다고 생각했다. 그는 일어설 시간임을 깨달았다.

　그는 4B연필로 늑대의 눈동자를 조심스럽게 그려 넣었다. 역시 틀렸다. 그게 아니었다. 늑대의 눈은 박제된 유리알 눈처럼 생동감이 전혀 없었다. 그는 켄트지를 북 찢어 구겨서 휴지통으로 집어던졌다. 벌써 열두 번째 실패였다. 그는 늑대 눈의 이미지를 떠올리려 정신을 모았다. 그 고독하고 냉연한 야성과, 사막처럼 텅 빈 듯하면서도 그 너머에 무언가를 향하여 타오르는 영혼의 불꽃을 느끼게 하는 그 눈. 머릿속에선 선명히 떠오르는 그 눈이 종이에 옮기려면 안개 속으로 흐릿하게 사라지곤 했다. 빌어먹을 늑대의 눈.

그는 유리잔에 소주를 부어 단숨에 들이켰다. 식도와 명치께를 짜릿한 기운이 훑고 지나갔다. 왜 하필이면 늑대인가. 왜 느닷없이 늑대를 그리고 싶어졌을까. 그것도 무리에서 떨어져 나와 혼자 황야를 어슬렁거리는, 동물의 시체를 찾아 헤매는 그런 비루먹고 볼품없는 늑대를. 이 무슨 진부한 상상력인가 싶어 그는 쓴웃음이 나왔다. 그는 방바닥에 흩어져 있는 스케치들을 발로 펴 다시 들여다보았다. 그림들은 하나같이, 황량한 바위산을 헤매고 다니는 늑대가 아니라 방금 주인이 먹다 남긴 밥찌꺼기를 게걸스럽게 먹어 치운 잡종개 같은 꼴이었다. 아득한 절망감이 밀려왔다. 그는 그림들을 아무렇게나 걷어차 버렸다.

그는 옷을 벗기 시작했다. 무언가라도 하지 않으면 견딜 수 없을 것 같았다. 윗도리를 벗고 런닝과 팬티까지 벗었다. 그리고 완전한 알몸이 되었다. 그는 방 가운데 우뚝 서서 자신의 벌거벗은 몸을 오래 내려다보았다. 그의 남성은 쓸모없는 물건처럼 축 처진 채 매달려 있었다. 그렇게 한참 동안 자신의 몸을 내려다보고 있자 몸의 저 깊숙한 곳에서 슬픔이 안개처럼 스멀스멀 피어났다. 아주 낯설고 출처를 알 수 없는 슬픔이었다. 그것은 가슴에서 연원하는 것이 아니라, 단전의 아래께에서 온몸을 잡아당기는 것 같은 슬픔이었다. 간질 발작을 일으키기 직전의 느낌이 이렇지 않을까 하고 그는 생각했다.

그는 물감 튜브를 집어 팔레트에 잔뜩 짜 놓았다. 그리곤 펜나이프로 물감을 이겨 알몸 위에 바르기 시작했다. 피부에 와 닿는 차갑고 미끄러운 물감의 촉감이 심한 혐오감과 적대감을 불러 일으켰다. 그러나 그는 얼굴과 가슴과 배와 허벅지의 순서로 꼼꼼하게 물감을 발라 나갔다. 유성물감의 기름 냄새에 머리가 어질어질해 왔다. 그는 물감을 먹어 버리고 싶은 충동을 느꼈다. 빨간색은 무슨 맛일까. 파란색은……, 연두색은……? 얼마 지나지 않아 손이 닿지 않는 등을 제외하곤 온몸이 온갖 색깔의 물감으로 뒤덮였다. 음경의 끝까지 두터운 물감의 막으로 칠해졌다. 그는 팔레트와 펜나이프를 책상 위에 내려놓았다. 물감이 말라 가면서 피부를 조여 왔다. 그건 퍽 익살스런 느낌이었다. 그는 어떤 단단한 보호막이 온몸을 감싸고 있다는 안온한 느낌에 빠졌다. 처음의 적대감과 혐오감이 사라지고 없었다.

그는 맨손체조를 하는 것처럼 천천히 팔을 들어 앞으로 쭉 뻗어 보았다. 그리고 배를 집어넣고 허리를 굽히며 엉덩이를 뒤로 뺐다. 한 다리를 쭉 뻗고 다른 쪽은 잔뜩 굽혔다. 다시 몸을 일으키고 돌아서서 같은 동작을 반복했다. 근육이 움직일 때마다 피부가 민감하게 조이고 풀어졌다. 심호흡을 하고 이번에는 천천히 숨을 내쉬면서 춤을 추듯이 양팔을 번갈아 들어올리고 어깨를 흔들어 보았다. 그리고 상상했다. 나는 한 마리 늑대다. 달밤이다. 나는 바위투성이 산을 오르고 있다. 눈에 들어오는 것은 달빛에 젖은 황량한 들판과 달빛을 하얗게 반사시키고 있는 차가운 바위들뿐. 나는 고개를 들고 운다. 앞발에 힘을 주고 으르렁거리고, 온몸을 떨고, 다시 달을 향해 고개를 뽑아 올리고 울부짖는다. 바위와 바위를 건너뛰고 건너온 바위를 돌아다보고 다시 눈앞의 바위를 기어오른다.

온몸의 근육을 수축시키고 뒤틀어 올리고 팔과 다리를 흔들어 뻗고 허리를 굽혔다 펴고 어깨를 흔들며 그는 천천히 방 안을 돌았다. 그러나 슬픔은 그의 가슴에 둥지를 튼 새처럼 날아갈 줄 몰랐다. 그 슬픔은 여전히 낯설었다. 마른 물감들이 더께가 되어 그의 움직임에 따라 파편처럼 떨어져 내렸다. 물감이 떨어져 내린 자리는 헌데 난 상처처럼 보였다. 그는 숨이 차서 도저히 계속할 수 없을 때까지 움직임을 멈추지 않았다. 온몸을 흐르는 땀이 물감과 뒤범벅되고 있었다.


"여기 있는 건 죄다 헌 것뿐이여."

종이상자 더미에서 크기대로 골라내어 쌓으며 윤 영감이 허허롭게 말했다. 종이상자 더미 옆으론 TV세트며 세탁기 냉장고 등속의 때 묻은 가전제품들이 산을 이루며 쌓여 있고, 또 그 옆엔 윤기 잃은 가구들이 먼지를 덮어쓰고 있었다. 넓은 고물상 안은 그런 버림받은 물건들로 가득했다. 그것들은 저마다 조금은 억울하고 조금은 섧은 표정으로 여기저기 널브러져 있었다.

"맨 내 인생 꼬라지 보는 것 같어."

그러고 노인은 그를 돌아다보며 허허거리며 웃었다. 아닌 게 아니라, 남루한 작업복 속의 왜소한 체구며 굽은 허리며 얼굴을 덮고 있는 굵은 주름살이 노인을 주위에 깔려 있는 헌 물건 중의 하나쯤으로 보이게 했다.

"기래도 이 헌것들 중에는 뜯어보모 에북 씰 만한 기 많은디 요즘 것들은 물건 귀한 줄을 통 모리는 기라. 쬐매만 낡았다 싶으모 갖다 내삐리고 새것만 찾는다 말이제.”

　노인은 접혀진 박스를 운반용 손수레에 들어 옮기며 툴툴거리듯 말했다. 손수레가 다 차자 노인은 박스더미 위에 털퍼덕 앉으며 담배를 꺼내 물었다. 그는 노인의 옆자리에 쪼그리고 앉으며 라이터로 불을 붙여 주었다.

　“자네 부친은……”

　연기를 한 모금 길게 내뿜고 나서 윤 영감은 눈가를 비비며 천천히 말을 이었다. 세월에 짓물러진 눈가가 노인이 살아온 신산한 삶을 짐작케 했다.

　“한동안 여게서 저 물건들을 정리하는 일을 맡아 했제. 지나내나 올 데 갈 데 없는 따라지 신세이지 싶어서 같이 있자 했던 긴데, 처음 울매 동안은 일도 걱실걱실 잘하고 사람도 무던하다 싶더라꼬. 그랬는디 그기, 그놈에 벵이 도진기라.”

　“여기는 어떻게 해서 뜨시게 되었습니까?”

　그는 마블링 무늬처럼 머리를 풀고 하늘로 오르는 담배연기를 눈으로 쫓다가 노인을 돌아다보았다. 마음이 자꾸 조급해지고 있었다.

　“그기 다 마음의 벵이제. 그 사람은 한자리에 눌러붙어 있을 팔자가 아닌 기라. 맴이 한 분 뒤집히모 지도 지 맴을 감당을 못 하는구로 우짤 끼고. 바람따라, 문지따라 날아갈 수빼끼 없는 기라. 내도 여게 붙잡아 앉힐라꼬 무던히 애도 씨 봤는데 아무 소용이 없더라카이. 술만 처묵우모 저게 물건들을 때리뿌사 대문서 지랄발광을 쳐 대는데 하— 고런 난장질이 오데 있겄노 말</p>

다."

　역시 짐작대로였다. 아버지의 병은 여기서도 여전했던 모양
이었다.

　"증세가 심하셨나요?"

　"하모. 날이 갈수록 사람이 이상시러버졌제. 멀쩡히 일도 잘
하고 해서 안심이 좀 된다 싶우모 오데서 술을 억병으로 처마시
고 와서 그 지랄을 해 대는데 말릴 장사가 있나. 우떤 때는 사흘
동안 밥도 안 묵고 술만 처마서 대는 기라. 내 말기도 보고 달래
도 봤지마 그기 오데 들어 묵어야 말로 하제. 술만 안 처묵우모
다시 없는 사람인데 무신 맴 병이 고리 단단히 들었는공……."

　"……영감님이 고생이 많으셨군요."

　가슴이 다시 막막해져 왔다. 사막의 한가운데 홀로 내버려진
듯한 느낌이었다. 어디를 둘러봐도 마른 모래 언덕뿐이고 뜨겁
고 건조한 바람만 불어오는 사막. 그는 말없이 고개를 숙였다.

　"내 치사 들을라꼬 하는 이바구는 아이제. ……그런 아부지라
도 찾을 끼라꼬 여까장 온 자네 맴이 고마바서 하는 이바구네
만, 사람 사는 기 알고 보모 다 별거 아인 기라. 이래 시달리고
저래 부대끼고 사는 기 우리 한평생 아이겄나. 다 누구나 한 가
지씩은 한이 있고 벵이 있는 기제. 그 사람도 지가 글카고 싶어
서 글카겄나. 우짜겄노. 그걸 다 끌어안고 다독기리며 사는 기
제. 그기 우리 인생살이 아이겄나."

　"어디로 가셨다는 소린 못 들으셨는지요?"

　"그기 보자. 여겔 나간 지 울매 안 돼서 길거리서 술 취해 자

다가 무신 복지원이라 카는 데로 끌리들어갔다 카는 소리는 들었구마. 한참 지내서야 파출소 순경이 집으로 찾아와서 글쿠는 기라. 그 순경이 이것저것 인적 사항을 물어봐쌓더마 내가 아는 기 있어야제. 그 사람이 그런 쪽으론 통 이바구를 해 준 기 없어서……."

"혹시 그 복지원을 아시는 분이 없을까요?"

"글씨……. 파출소에 가 보모 혹시 알랑가 모리겠네."

윤 영감은 담배를 작업화의 두터운 밑바닥에다 대고 비벼 껐다. 그는 양철 울타리 너머의 키 큰 플라타너스를 오래 바라다보았다.


락카페 안은 시끄러웠다. 요란한 랩댄스 음악이 실내를 진동시키고 있었다. 휘황한 조명이 꿈처럼 돌고 있었다. 플로어엔 한 무리의 남녀들이 몸을 비틀고 요동치며 춤을 추고 있었다. 그 남녀 중의 하나가 들어서는 그를 향해 손을 번쩍 들어 보였다. 주희였다. 그는 빈자리를 찾아 앉았다. 주희가 빠르게 다가와 앞자리에 앉았다. 긴 머리칼의 일부가 땀에 젖어 이마에 달라붙어 있었다. 숨을 몰아쉬며 그녀가 뭐라고 말했지만 시끄러운 음악소리에 묻혀 잘 들리지 않았다. 그가 손가락으로 귀를 가리키자 그녀는 악을 쓰듯 큰소리로 말했다.

"그동안 뭘 했냐구요."

"늑대를 잡으러 갔었지."

그도 악을 쓰듯 대답하고 웃어 보였다.

“웬 늑대씩이나?”

“정말이야.”

“멀리 갈 거 뭐 있어요? 진우씰 보면 되지. 진우씨가 늑대 아
녜요?”

“이거 왜 이래? 양 같은 사람보고.”

“양 같은 사람들이 다 늑대에게 잡아먹힌 모양이죠? 진우씨
가 양 같게…….”

“니가 다 잡아먹은 건 아니고?”

“딴소리 말고, 솔직히 말해 봐요. 또 어디서 다른 계집애 홀리
구 다녔죠?”

“그랬으면 좋겠다. 젠장할.”

술이 나왔고 그는 그녀의 잔에 맥주를 가득 채워 주었다. 그
녀는 목이 타는 듯 단숨에 잔을 비우고 그에게 건넸다. 플로어
의 패거리들이 휘파람을 불어 대며 그녀를 부르고 있었다.

“나가지 않겠어요?”

그녀가 그를 돌아보았다. 그는 고개를 흔들었다. 그녀는 휘청
거리는 걸음새로 다시 플로어로 나갔다. 그녀의 긴 머리칼이 다
시 리듬을 타며 물결치기 시작했다. 그는 연체동물처럼 흐느적
거리는 그녀의 몸매를 망연히 바라다보았다.

락카페를 나섰을 때는 자정이 넘어 있었다. 주희는 상당히 취
해 보였다. 그는 그녀의 어깨를 감싸 안았다. 그도 꽤 취기가 올
라 있었다. 길거리엔 아직도 불빛이 환했고 오가는 사람들이 많
았다. 거리의 네온 간판의 물결을 거슬러 올라 둘은 천천히 공

원 쪽으로 올라갔다. 중간에 편의점에 들어 코코넛과 캔 맥주를 샀다.

밤의 공원은 적막했다. 짙은 수목의 그림자와 창백한 가로등이 뭉크의 그림들을 연상시켰다. 둘은 어두운 벤치에 앉아 맥주를 들이켰다.

"그래, 늑대는 잡았어요?"

주희가 물었다. 웬일인지 전혀 취하지 않은 목소리였다.

"아니."

"잡힐 것 같아요?"

"아니."

"계속 잡으러 다닐 거예요?"

"몰라."

"잡으면 뭐 할 건데? 동물원에 기증할 거야?"

"몰라. 너한테 선물할까?"

"나보구 늑대를 기르라구? 싫어."

"왜?"

"난 심각한 건 질색인 거 몰라요?"

그리고 그녀는 소리 높여 웃었다. 그리고 둘은 말없이 어둠 속에 앉아서 술을 홀짝였다. 멀리서 도심의 자동차 소리가 벌레 소리처럼 들려왔다.

"무서워요."

한참의 침묵 후에 주희가 뜬금없이 내뱉었다.

"뭐가?"

"이렇게 산다는 게."

"방금 심각한 건 싫다며?"

"아뇨. 정말 늑대라도 한 마리 기를까 봐요. 그게 덜 무서울 것 같아."

그녀의 목소리에 웃음기가 사라지고 없었다. 그건 뜻밖이었다. 그녀를 만난 이래로 그녀가 그렇게 진지한 목소리로 말하는 것은 처음이었다. 그녀를 만난 것은 일 년쯤 전이었다. 그즈음 그녀는 삼류 광고모델 노릇을 하고 있었다. 삼류 광고쟁이와 삼류 광고모델의 만남은 자연스러웠고 가벼웠다. 둘은 쉽게 만났고 쉽게 술을 마셨고 쉽게 춤을 췄고 쉽게 섹스를 했다. 그리고 쉽고 가볍게 헤어지곤 했다. 쥐뿔도 어려울 것도 진지할 것도 없었다. 그런데 그녀가 어둠보다 더 무거운 목소리로 사는 게 무서워요, 라고 말하고 있었다.

그는 새삼스레 어두운 공원의 숲을 바라보았다. 숲속에서 어두운 바람이 불어왔다. 갑자기 시내 쪽에서 짐승이 울부짖는 것 같은 소리가 들려왔다. 그건 무척 낯익은 소리였다. 그는 그것이 늑대 울음소리라는 걸 깨달았다.

"이봐, 무슨 소리가 들리지 않아?"

그는 주희의 어깨를 잡아 흔들었다.

"잘 들어봐. 저 소리 말야."

"아무 소리도 들리지 않는데?"

"저 소리가 안 들린단 말야?"

"무슨 소리가 들린다고 그래요. 정말 취했나 봐."

그녀가 다시 고무공처럼 깔깔깔 웃었다. 그러나 그의 귀에는 분명 늑대 울음소리가 들리고 있었다. 우우우우─. 그것은 도시의 하늘을 흔들며 멀리 퍼져 나가고 있었다.

산기슭을 의지해서 하얗게 뻗어 있는 길을 그는 천천히 걸어 올랐다. 산등성이엔 이미 가을이 진군해 있었다. 단풍 든 활엽수들의 잎새가 호화찬란한 문양을 이루며 눈길을 잡아끌었다. 길옆에는 들국화와 코스모스가 바람에 흔들리고 있었다. 앞서 가던 안내인이 그를 자꾸 뒤돌아보며 뜻 모를 웃음을 히죽히죽 띄워 올렸다. 이씨라는 안내인은 아무래도 정신이 온전치 못해 보였다. 아까 원장실에서 처음 대할 때부터 이씨는 도무지 나이를 짐작할 수 없는 얼굴에 거품 같은 웃음을 노상 매달고 있었다. 결코 울거나 화를 낼 줄 모를 것 같은 얼굴이었다. 어쩌면 이씨는 이 세상에서 가장 행복한 사람인지도 모른다고 그는 생각했다.

뒤돌아보니 복지원의 회색빛 건물들이 눈 아래로 내려다보였다. 그보다 더 아래쪽으로 사람들의 집들이, 거리와 자동차의 물결이, 그리고 거대한 도시의 일상이 질펀하게 누워 있는 게 보였다.

"부친께서는 입원 당시에 이미 심각한 알콜 중독과 영양실조 상태에 빠져 있었습니다. 거기다 우리 의무실에서 실시하는 치료에 지극히 비협조적이었소. 먹으라고 준 약을 화장실 변기통에 버리기 일쑤였으니까요. 그래서 결국……. 안됐습니다. 가족이 있는 줄 알았다면 어떻게든 연락을 취했을 텐데요. 무척 유감입니다."

원장실에서 유들유들한 인상의 원장은 그에게 위로의 말을 건넸지만 원장의 말투는 무척 건조했다. 그리고 원장의 말에는 복지원 측으로선 할 일을 다 했으며 아버지의 죽음에 대한 추호의 책임도 없다는 뜻이 담겨 있었다.

산모퉁이를 하나 돌아들자 비로소 공동묘지가 나타났다. 봉분들의 부드러운 곡선이 뜻밖에도 무수한 여인들의 젖가슴을 생각나게 했다. 각목에 페인트칠을 한 비목들이 햇빛에 하얗게 빛나고 있었다. 총총히 들어선 무덤 사이를 돌아 비교적 최근에 생긴 듯한 무덤들 근처에서 이씨는 걸음을 멈추었다. 그리고 다시 히죽이 웃으면서 어느 한 묘비를 가리켜 보였다. 묘비엔 검은 페인트 글씨로 '김인섭의 묘'라고만 씌어 있었다.

아버지는 그 먼 여행을 끝내고 거기 그렇게 말없이 초라한 묘비 하나로 누워 있었다. 그러나 그는 아버지의 여행이 거기서 끝났다는 생각이 들지 않았다. 어쩌면 아버지는 거기에 그 굴왕신 같은 육신의 옷을 벗어 두고 어디 먼 세계로 다시 길을 떠났다는 느낌이었다.

그는 품속에서 소주병을 꺼내 이빨로 마개를 벗겼다. 그리고 일회용 컵에 가득 넘치게 술을 따르고 묘비 앞에 놓았다. 그리고 일어서서 두 번 절했다. 슬픈 느낌이 들지 않았다. 다만 아버지의 잘려 나간 손가락이 갑자기 생각났다. 월남의 어딘가에 아직도 뒹굴고 있을 아버지의 손가락. 아버지는 어쩌면 그 손가락

과 함께 당신의 인생도 월남 땅에 묻고 온 것이 아닐까. 아버지
의 무덤은 이미 월남의 그 전쟁터에 일찌감치 터를 잡은 것은
아닐는지. 그는 술을 봉분 위에 뿌렸다. 그리고 담배를 피워 물
고 무덤 앞에 앉아 산모퉁이에 가려 끝자락을 보이고 있는 도시
의 시가지를 내려다보았다.

　잠시 보이지 않던 이씨가 어디선가 실국화를 한 움큼 꺾어와
그에게 건네주었다. 이씨는 여전히 웃고 있었다. 꽃을 받아 무
덤 앞에 놓았다. 그리고 이씨를 마주보며 웃어 주었다. 잇몸을
온통 다 드러내 놓고 소리 없이 웃고 있는 이씨를 보며 그는 어
쩌면 늑대를 그릴 수 있을지도 모르겠다는 생각을 했다. 까닭
모를 자신감이 피어올랐다. 아니, 그건 오기 같은 것이었는지도
모른다. 그제야 그는 슬퍼지기 시작했다.

# 구글 어스

수저통과 주방의 수납장을 모조리 뒤졌지만 과
도는 감쪽같이 사라지고 없었다. 아쉬운 대로
식칼을 찾아보았지만 그것마저 발견할 수 없었
다. 별일이었다. 도대체 칼들이 모두 어디로 사
라졌단 말인가. 아내는 칼들을 어디로 치워 버
린 것일까.

　등나무 쉼터로 가는 길에는 봄햇볕이 눈부시게 내려 있다. 손을 내저으면 햇살의 입자가 복숭아털처럼 묻어날 것 같다. 그는 가벼운 어지럼증이 일어나 잠시 눈살을 찌푸렸다. 어제 밤에 잠을 설친 탓일 것이다. 그는 휠체어의 손잡이를 잡은 채 걸음을 멈추었다. 길섶을 따라 심어 놓은 영산홍의 꽃잎들이 핏빛처럼 붉다. 그 적나라한 붉은 빛이 그는 싫다. 그러면서도 그는 햇볕을 받아 더욱 생생하게 눈을 찔러 오는 꽃잎들을 망연히 바라보고 섰다. 그는 시간이 잠시 멈춰 버린 듯한 느낌에 빠져 든다.

　그가 한참을 서 있자 휠체어에 탄 아내가 고개를 돌려 그를 올려다본다. 그는 그제야 손잡이를 밀며 다시 걸음을 옮긴다. 아내는 앞을 바라보며 여전히 말이 없다. 염색을 하지 않아 희끗희끗한 아내의 새치머리가 눈에 들어온다. 아내는 휠체어에 앉아 늙어 가고 있다. 손잡이를 통해 느껴지는 그녀의 체중이 새털처럼 가볍기만 하다. 빈 휠체어를 밀고 있는 기분이다.

그녀가 식사를 제대로 못한 지도 제법 된 것 같다. 그녀는 포도당 링겔을 주식으로 삼고 있다. 냄새가 역겨워 밥이 도무지 목구멍으로 넘어가질 않는다는 것이다. 요양원에서 때마다 나오는 식사를 겨우 참새모이만큼씩 먹으면서도 컥컥 욕지기를 해댄다. 팔다리가 그야말로 참새다리처럼 야위어지고 볼살이 빠져 아주 낯선 사람이 된 듯하다.

"비타민제처럼 하나만 먹으면 식사가 해결되는 그런 약은 없을까요."

언젠가 아내는 몇 번 뜨다만 식반을 물리며 중얼거리듯 물었다. 그때 그는 엉뚱하게, 우주선을 타고 대기권 밖을 유영하는 우주선 승무원들이 그런 약을 먹는다는 사실을 떠올렸다. 사실인지 아닌지는 모르지만 어디선가 그런 소릴 들었던 기억이 있었다.

"글쎄, 미국 나사에 한 번 알아볼게. 우주인들이 그런 약을 먹는다니까……."

그의 농담에 그녀는 오랜만에 희미하게 웃어 보였다. 그러나 그는 농담을 해 놓고도 웃음이 나질 않았다.

요양원의 담당의사는 아내의 그런 증상을 일종의 거식증 증세라고 진단했다. 그는 거식증이란 용어마저 생소했다.

"거식증은 정확하게 알려져 있진 않습니다만 가족의 사망이나 새로운 환경에의 적응, 대인 관계에서의 갈등 등에서 오는 스트레스가 그 원인이 아닌가 추정됩니다. 스트레스에 대처하기 위한 방어적 노력의 일환으로 거식증이 생겨날 수 있다는 것이지요. 심리적으론 방어적 노력이지만, 결과적으론 자신의 몸에 고통을 가하는 자학증의 일종으로 볼 수 있습니다. 부인의 경우는 현재 심한 우울증을 앓고 있는데 거식증은 그 우울증으로부터 파생된 것 같습니다. 우울증을 치료한다면 거식증도 곧 사라질 것으로 보입니다. 약물 치료를 병행하겠습니다만 무엇보다 우선되어야 할 것은 환자를 심리적으로 안정시키는 일입니다. 마음이 낳은 병은 마음으로 다스릴 수밖에 없는 일이지요.”

그러면서 의사는 일주일에 두어 번 있는 심리 상담 치료에 적극적으로 협조해야 한다고 아내를 달래듯이 말했다. 그러나 아내는 의사의 말에 시큰둥했고 치료에도 별로 협조적이지 않았다. 그녀는 자신이 병적인 상태라는 사실을 인정하려 들지 않았다. 자신은 아무렇지도 않으며 지금은 단지 좀 피곤할 뿐이라고 생각하는 눈치였다. 아내는 병실 침상 머리맡의 달력에다가 퇴원하기로 한 날짜에 붉은 볼펜으로 크게 원을 그려 놓았다. 그녀는 아침에 잠을 깨면 가장 먼저 어제 날짜에 가위표를 긋곤 했다.

등나무 쉼터에는 등꽃들이 머리 위로 보안 등불처럼 매달려 피어 있다. 꿀벌들이 꽃잎 사이로 전령처럼 분주히 날아다니고 꽃향기가 바람에 가볍게 흩어지고 있다. 아내는 요양원의 흰 건물들 너머 신록으로 물든 건너편 산자락을 하염없이 바라다본다. 그는 휠체어의 잠금쇠를 채우며 그녀의 얼굴을 슬쩍 들여다본다. 꽃그늘이 진 그녀의 얼굴은 오히려 더 병색이 도드라져

보인다. 아내의 눈빛은 깊은 생각에 빠진 듯도 하고 아무 생각
도 없이 텅 비어 있는 듯도 하다. 그는 아내 옆에 우두커니 섰다.
그녀도 말이 없고 그도 말이 없다. 벌들의 잉잉거리는 소리 외
엔 아무 소리도 들리지 않는다. 그는 다시 시간이 멈춰버린 듯
한 느낌에 빠진다.

아내가 없는 아파트 안은 어둡고 괴괴하다. 현관 옆의 전등
스위치를 올리자 실내의 사물들이 저마다 화들짝 놀란 표정으
로 그를 돌아다본다. 저희들끼리 무슨 음모를 꾸미다 들킨 내시
들 같다. 옷을 갈아입고 세수를 하고 냉장고의 맥주를 꺼내러
갔을 때 그는 사물들의 모의가 부엌에서 일어났음을 깨닫는다.
개수대엔 밥풀이 말라붙은 빈 그릇들이 산더미처럼 쌓여 있고,
바닥엔 라면 봉지들이 흩어져 있다. 휴지통과 음식쓰레기통은
뚜껑이 닫히지 않을 지경으로 미어터졌다. 냉장고엔 바닥을 드
러낸 밑반찬 통이 몇 개 쌓여 있을 뿐 비어 있다. 그와 아들 녀석
이 저지른 소행으론 믿기지 않는다. 아무래도 그들이 없는 사이
에 식탁과 의자와 소파와 장식장과 텔레비전과 시계가 작당을
하여 분탕질을 쳐 놓은 것이 분명하다.
그는 김치 냉장고에서 캔 맥주 하나를 겨우 찾아내어 뚜껑을
따고 소파로 가 앉는다. 고등학교에 다니는 아들 녀석이 돌아올
시각은 아직 멀었다. 학교에서 야간자습을 마치고 학원에 들렀
다 오려면 자정이 가까울 것이다. 그는 맥주를 꿀꺽꿀꺽 소리
내어 마신다. 한숨 같은 트림이 끅끅 올라온다. 그는 거실의 벽

을 멀거니 바라본다. 조금 외롭고 막막한 느낌이다. 갑자기 벽시계가 뎅뎅 울린다. 시계는 아무 짓도 하지 않은 양 천연덕스럽게 열 번을 울리고 조용해졌다. 그는 또 조금 외롭다. 그는 소파 옆의 컴퓨터 앞으로 가 전원을 넣는다.

　바탕화면에 깔려 있는 구글 어스의 아이콘을 클릭하자 로고가 떴다가 사라지고 화면 중앙에 동전만 한 지구가 생겨나더니 점점 커지면서 눈앞으로 다가온다. 파란 바다와 푸른 대륙의 지구는 화면을 가득 채우더니 정지한다. 한반도가 지구의 중앙에 위치해 있다. 인공위성에서 내려다보면 지구는 이런 모습일 것이다. 구글 어스는 실제로 인공위성에서 찍은 사진을 토대로 만들어진 프로그램이다. 놀라운 세상이다. 그는 조정판의 줌인을 누른다. 한반도가 급작하게 확대되어 온다. 그는 인공위성에서 곧바로 낙하한다. 지구의 중력은 무서운 속도로 그를 잡아당긴다. 중력은 힘이 세다. 그는 충청도 상공에서 줌인을 놓는다. 중력은 거짓말처럼 정지한다. 그는 공중에 떠서 커서로 한반도 전체를 움켜쥐고 위로 끌어올린다. 아니 그가 남부지방으로 순식간에 이동한다.

　그는 그가 사는 P시의 상공으로 옮겨와 다시 줌인을 누른다. 줌인의 속도를 조절하며 그는 패러슈터처럼 천천히 낙하하는 즐거움을 누린다. 강과 선상지와 항구와 해안선과 음영으로 드러나는 산맥들이 천천히 다가온다. 흰구름에 가려 보이지 않는 부분도 있다. 시가지와 복잡하게 얽힌 도로가 가시거리에 들어

올 때쯤 그는 다시 정지한다. 화면을 이리저리 조정하여 그는 그의 아파트가 있는 동네 위로 날아온다. 그리고 다시 화면을 당겨 그는 현재 자신이 들어앉아 구글 어스를 가동하고 있는 자신의 아파트를 위에서 내려다본다. 어쩌면 그는 자신을 내려다보고 있는 건지도 모른다. 아니 공중의 그가 지상의 그를 내려다보는 것인지 지상의 그가 공중의 그를 보고 있는 것인지 불분명하다. 위에서 내려다본 아파트의 옥상은 거무칙칙하다. 아파트의 긴 그림자가 일반 주택들을 덮고 있다. 주차장에 도열한 자동차의 지붕이 보인다.

그는 갑자기 두려워진다. 우리의 삶이 저 자동차들처럼 누군가의 시선 속에 감시당하고 있다는 생각 때문이다. 누군가의 시선 속에 갇혀 있는 삶, 그 무엇에 갇혀 있는 삶. 그래 산다는 건 누군가의 손바닥 속에서 놀아나는 그 무엇인지도 몰라. 그런 생각을 하며 그는 몇 년 전에 살던 아파트 상공으로 날아간다. 아내와 그가 신혼시절을 보낸 서민 아파트이다. 나무들이 무성하고 낮은 5층 건물이 정답던 곳이었다. 그러나 그가 살던 아파트는 사라지고 없다. 휑한 빈터만이 내려다보인다. 재개발을 한다더니 그새 모두 철거를 해 버린 모양이다. 세상은 추억거리를 그냥 두지 않는다.


아내가 처음 그 증세를 나타낸 것이 언제부터였는지 알 수가 없다. 그것은 집 안에서 식칼과 과도가 사라진 것으로부터 시작된 일인지도 모른다. 어느 날 아내가 외출을 한 사이 그는 과일을 깎으려 부엌에서 과도를 찾았지만 도무지 찾을 수가 없었다. 수저통과 주방의 수납장을 모조리 뒤졌지만 과도는 감쪽같이 사라지고 없었다. 아쉬운 대로 식칼을 찾아보았지만 그것마저 발견할 수 없었다. 별일이었다. 도대체 칼들이 모두 어디로 사라졌단 말인가. 아내는 칼들을 어디로 치워 버린 것일까.

그는 잔뜩 화가 나서 아내가 돌아오기를 기다렸다. 이윽고 외출에서 돌아온 아내를 보자마자 칼의 행방을 캐물었다. 아내는 다소 당황한 표정으로 잠시 머뭇거리더니 베란다 옆에 나있는 창고 쪽으로 가는 것이었다. 그리곤 한참만에야 고무줄로 칭칭 감긴 비닐봉투 하나를 들고 왔다. 고무줄을 풀고 봉투를 열자 그 속엔 식칼과 과도와 심지어 문구용 칼까지 함께 들어 있었다. 그는 어이가 없어 칼과 아내를 번갈아 보며 도대체 칼을 왜 숨겼냐고 언성을 높였다.

"얼마 전 뉴스 못 들었어요? 도둑질하러 들어온 사람이 들키자 그 집 부엌칼로 주인 부부를 찔러 죽였대잖아요. 그래서……."

그는 말문이 막혀 할 말을 잃고 한동안 아내를 노려보기만 했다.

"구더기 무서워 장 못 담그니? 걱정할 걸 걱정해야지. 그럼 앞으로 칼 안 쓸 거야? 요리는 뭘로 하고 과일은 뭘로 깎을 건데?"

"필요할 때 꺼내 쓰고 도로 넣어 두면 되지 뭐."

"아 글쎄, 쓸데없이 그런 불편한 짓을 왜 하냐구."

"불편해도 내가 불편하지 당신이야 상관있나요. 신경 쓰지 말아요."

　아내는 아무런 문제가 될 게 없다는 투로 담담하게 말했다. 하긴 따지고 보면 아내의 말이 전혀 틀린 말은 아니었다. 그가 요리를 위해 칼을 쓸 일은 일 년을 통틀어 한두 번이 될까 말까 할 정도였다. 본인이 불편을 감수하겠다는 데야 큰소리 칠 이유도 없었다. 그래도 그는 아내의 속을 도무지 알 수가 없었다. 왜 갑자기 그런 생각을 하게 된 것일까. 아내는 본래 심약하고 은근히 까탈스런 면이 없진 않았다. 가령 그가 욕실에서 세수를 하고 물기를 미처 닦지 않아 젖은 발로 나오기라도 하면 기겁을 하곤 했다. 부랴부랴 수건을 챙겨와 기어이 닦아 내야 직성이 풀렸다. 그런 깔끔을 떠는 거야 여자라면 누구나 조금씩 가지고 있는 성벽이므로 크게 신경 쓸 일이 못 되었다. 그러나 집 안의 칼을 모두 숨겨 두는 것은 아무리 양보해 생각해도 쉽게 납득이 되지 않는 행동이었다.

　아내는 그날 이후로 정말 칼을 꽁꽁 숨겨 두었다가 필요할 때만 꺼내 썼다. 반찬거리를 장만하거나 과일을 깎을 때마다 창고의 비닐봉투를 꺼내 풀었다 묶는 짓을 귀찮은 내색도 없이 되풀이했다. 나중엔 그도 심상해져 버렸다. 뉴스에서 들은 살인사건이 아내에겐 꽤나 큰 충격이었던 모양이라고 여기며 그럴 수도 있겠거니 하고 넘기게 되었다. 그러나 그게 함정이었다. 불행은 때때로 아주 우스꽝스러운 모습으로 찾아오기도 하는 것이었다.

　아내와 둘이 식탁에서 저녁식사를 할 때였다. 거실에 켜 놓은 텔레비전에서 저녁뉴스를 전하고 있었다.

……일반 가정에서 흔히들 많이 쓰고 있는 플라스틱 제품에서 환경호르몬이 검출되었다는 연구조사 결과가 발표되었습니다. ○○대학교의 환경문제연구소에 의하면 일상생활에서 널리 사용되고 있는 식수통이나 반찬통, 그리고 음식물을 싸서 보관하는 비닐 랩 등에서 기준치를 초과하는 환경호르몬이 검출되었다는 것입니다. 환경호르몬은 포름알데히드와 같은 환경오염물질로 이것이 인체에 쌓일 경우 암을 유발하거나 면역력을 약화시키고, 남성의 경우 정자수를 감소시키는 등 심각한 피해를 주는 물질로 알려져 있습니다…….

여기까지 듣던 아내가 갑자기 수저질을 멈추었다. 그리곤 식탁 위에 놓인 음식 용기들을 쭉 둘러보았다. 그것들은 대부분 플라스틱 제품들이었다. 그녀는 수저를 놓고 일어서더니 찬장으로 가 사기그릇들을 꺼내왔다. 그리고 반찬들을 그 그릇으로 옮겨 담기 시작했다. 그날 이후 부엌의 플라스틱 용기는 모두 사라졌다. 아내는 그것들을 모조리 버리고 꽤 거금을 들여 유리 그릇을 사 들였다. 지금도 아내는 슈퍼에서 파는, 페트병에 든 식수를 마시지 않는다. 그가 페트병에 든 맥주를 마시려 들면 질겁을 하고 뜯어 말리는 것이었다. 아내는 유기농법에 의해 생산된 것이라고 확인되지 않으면 쌀이든 채소든 절대로 사지 않게 되었다. 유기농이 훨씬 비싸고 필요할 때마다 즉시즉시 구할 수 있는 것이 아니라서 식탁은 날로 초라해져 갔다. 나중엔 그가 제발 남들처럼 대충 먹고 살자고 애원도 해 보고 협박도 해 보았지만 아내는 그럴 생각이 전혀 없어 보였다.

그녀의 전에 없던 고집이 크게 이상할 것은 없었다. 가족들의 건강을 위한 주부들의 강박증은 대한민국 사회의 일반적인 현상이 되어 버린 지 이미 오래이지 않은가. 문제는 아내가 변하고 있다는 사실이었다. 평소에 전혀 관심도 두지 않았던 일에 아내는 이상스레 자기 고집을 세우고 집요해졌다.

얼마 후 아내가 인터넷 쇼핑으로 주문한 물건이 배달된 걸 보고 그는 깜짝 놀랐다. 택배 상자에서 나온 것은 호신용 전기 충격기였다. 이게 웬 거냐고 묻자 아내는 그냥 필요할 거 같아서라며 얼버무렸다.

"그거 하나 있으면 맘이 든든하잖아요. 무슨 일이 있더라도……."

"일은 무슨 일이 있다는 거야? 당신 요즘 왜 그래? 안 하던 짓만 골라 하고. 도대체 왜 그러는 거야?"

그는 기어이 역정을 내고 말았다.

"사람 일이라는 게 내일 무슨 일이 생길 지 어떻게 알아요. 미리 미리 대비해 두는 게 좋죠."

그의 역정에 잦아드는 목소리였지만 그녀는 자신의 조심성이 당연하다고 여기는 눈치였다. 그는 그제야 사태가 뭔가 잘못되어 가고 있음을 어렴풋이 깨닫기 시작했다. 불길한 그림자 하나가 창문 밖을 얼핏 스쳐 지나가는 느낌이었다.

아내가 방독면을 구입했을 때 그는 불같이 화를 내었다. 아내는 식구 수대로 최신형 방독면을 세 개나 주문했던 것이다. 이번에는 이유도 묻고 싶지 않았다. 아내는 분명히 '화재가 나면 사망자의 대부분은 유독가스에 질식되어 죽는 거래요,' 라든지, '전쟁이 나서 독가스가 살포될지도 모르잖아요.' 라는 가당치도 않은 이유를 들이댈 것이 뻔했다.

그는 당장 반품시키라고 그녀를 윽박질렀다. 아내는 꾸중 듣는 아이마냥 아무 말도 하지 않고 섰더니만 나중에야 겨우 고개를 끄덕여 보였다. 틀림없이 반품시키라고 몇 번이나 다짐을 받아냈지만 그는 얼마 후에 창고 깊숙이 감춰져 있는 그것을 발견하고야 말았다. 아내 몰래 가져다 버릴까 하다가 집 안에 두어 딱히 해가 되는 물건은 아니라는 생각과 거의 체념하는 심정으로 모른 척하고 말았다. 그러나 불길한 그림자가 이제 구체적인 모습을 드러내며 창문을 비집고 들어오고 있다는 느낌은 지울 수가 없었다. 그는 사태의 심각성을 서서히 깨닫고 있었다. 아내를 저토록 불안하게 하는 게 무엇일까. 아내는 도대체 무엇을 두려워하고 있는 것일까. 그는 아내가 자꾸만 낯설어져 가고 있는 것이 두려웠다.


커서를 줌아웃에 대고 누른다. 아파트가 멀어지고 시가지가 멀어지고 한반도가 멀어진다. 그는 대기권을 향해 수직으로 아득히 날아오른다. 적당히 날아올라 중국대륙이 한눈에 들어오는 지점에 그는 멈춘다. 그리고 북경 상공을 지나 몽골의 광활한 초원 위로 이동한다. 위에서 내려다보는 몽골의 초원은 의외로 아름답다. 마블링 무늬처럼 색채와 모양이 다양하다. 그는 다시 천천히 낙하한다. 화면은 해상도를 조정하느라 흐릿해졌다가 또렷해지기를 반복한다. 우기의 물길의 흔적이 빗자루질 자국처럼 흘러내린 사막지대로 그는 하강한다. 그리고 화면 상단의 버튼을 눌러 화면을 기울인다. 화면은 서서히 기울어져 지평선이 드러난다. 그는 화살표를 눌러 천천히 앞으로 전진한다. 사막을 지나자 푸른 초원이 시작된다. 낮은 언덕이 가끔씩 보일 뿐 끝도 없는 평원이 계속된다.

그는 말을 타고 그 넓은 초원을 달려가는 유목민들을 생각한다. 아니 자신이 지금 말을 타고 초원을 달리고 있다고 상상한다. 말발굽 아래 밟히는 부드러운 풀들과 유월의 따스한 햇볕과 초원에 불어 오는 바람의 촉감을 생생하게 느낄 수 있을 것 같다. 사방을 둘러봐도 시선을 가로막는 산 하나 없이 아득한 지평선만이 그를 유혹하고 먼 하늘에 독수리가 큰 원을 그리며 돌면서 생과 사의 경계 사이를 날고 있다. 그는 점차 자신을 잊어간다. 그의 영혼이 초원 위를 달리다가 드디어 대기의 일부가 돼 버린 듯한 느낌이다. 그것은 무한한 자유의 느낌이자 희열감이다. 그는 그 희열감을 마음껏 들이마시며 초원 위를 마구 달린다.

그는 인도 평원에 도착하여 다시 화면을 기울이고 설산들이 즐비하게 늘어서 있는 히말라야 산맥으로 전진한다. 평야가 끝나자 암녹색의 고산들이 눈앞으로 울끈불끈 일어선다. 고산 너

머로 한층 높은 산봉우리들이 머리가 하얗게 센 신선들처럼 좌
정하고 있는 게 보인다. 신들이 산다는 지구의 지붕이다. 그는
인간의 발길이 한 번도 닿지 않았을 눈 덮인 산정 위에서 오래
내려다본다. 신들은 지금 무엇을 하고 있을까. 인간사는 버려두
고 바둑이나 포커에 열중하고 있을까. 그는 그런 부질없는 생각
들을 해 본다.

그는 중동의 사막과 리베리아 반도를 훌쩍 건너 뛰어 프랑스
의 남부도시 칸느에 도착한다. 칸느는 조그맣고 조용한 해안도
시다. 시가지는 푸른 숲과 하얀 건물들이 조화롭다. 도시의 남
쪽엔 지중해의 코발트빛 바다가 펼쳐져 있다.

그는 언젠가는 칸느엘 꼭 가 보고 싶다는 생각을 한다. 그것
은 그 도시에서 해마다 세계적으로 유명한 영화제가 열리기 때
문이다. 학창 시절 그의 꿈은 영화감독이 되는 것이었다. 르네
끌레망처럼 지적이면서도 우수에 찬 스릴러 영화를 만드는 게
그의 꿈이었다. 그는 극장의 최신 개봉작을 거의 섭렵했고 영화
배우들과 유명 감독의 브로마이드 사진을 모으는 데 몰두했었
다. 덕분에 영화제목과 영화배우의 이름을 수천 개쯤 달달 외울
수 있었다. 그는 특히 프랑스 갱영화에 열광했었다. 헐리우드
갱영화에 비해 프랑스 갱영화는 철학적 깊이를 가지고 있다는
게 그의 지론이었다. 그러나 영화감독이 되고자 했던 그의 꿈은
이루어지지 못했다. 현실은 그의 꿈을 용납하지 않았다. 그는
메가폰 대신 분필을 잡는 데 만족해야 했다. 대학 졸업 후 그는
학원 선생이 되었던 것이다. 학원가에서 꽤 이름을 날리기는 했

지만 지금도 그는 영화감독에 대한 꿈을 향수처럼 간직하고 있었다.

　담배 생각이 간절하다. 그는 모니터에서 눈을 떼고 베란다로 향한다. 베란다의 의자에 앉아 그는 담배를 피워 문다. 시가지의 불빛들이 창문 가득 밀려와 있다. 어제와 꼭 같은 풍경이다. 변화하지 않는 그 풍경은 변화하지 않는 그의 삶처럼 무표정하다. 극심한 피로감이 몰려와 그는 잠시 눈을 감는다. 오늘도 학원에서 그는 6시간의 수업을 해야 했다. 수업시간 내내 쉴새없이 떠들어야 했으므로 마지막 수업엔 목소리가 갈라지고 입 안에서 단내가 날 듯했다. 목이 아파 더 이상 수업을 진행할 수 없어 학생들에게 문제지를 나눠 주고 풀도록 했다. 학생들이 문제를 푸는 동안 그는 강의실 안을 천천히 돌기 시작했다. 책상의 열 사이를 뒷짐을 진 채 어슬렁어슬렁 걸었다. 한참을 그렇게 걷다가 그는 강의실 안을 뱅뱅 돌고 있는 자신의 모습이 동물원 우리 안에 갇혀 있는 맹수와 같다는 생각을 문득 떠올렸다.

　오래 전이지만 언젠가 아내와 아이를 데리고 동물원 구경을 간 적이 있었다. 아이는 표범을 좋아했다. 온몸에 얼룩덜룩한 점이 선명히 찍힌 표범의 우리 앞에서 떠날 줄을 몰랐다.

　"아빠, 표범은 왜 똑같은 길로만 돌아다녀?"

　넋을 잃고 표범을 바라보던 아이가 뜬금없이 물었다. 무슨 소린가 했더니 표범이 우리 안에서 똑같은 동작, 똑같은 속도, 똑같은 방향으로만 계속 뱅뱅 돌고 있는 것이 아이에겐 이상하게 보였던 모양이었다. 실제로 표범은 한 동작도 틀리지 않게 우리 안을 끝없이 돌고 있었다. 가끔씩 멈춰 서서 관람객들 쪽을 바라보는 몸짓도 똑같은 지점에서 똑같이 되풀이하고 있었다. 이쪽을 바라보는 표범의 눈빛에는 무료함과 모든 게 귀찮아 죽겠다는 듯한 체념이 가득해 보였다.

"저 녀석이 지금 고향이 그리운가 보다."

그의 선문답 같은 대답에 아이는 잠시 생각하는 눈빛을 지었다.

"표범 고향은 어디야?"

"아프리카 초원."

아이가 고개를 크게 끄덕여 보였다.

우리에 갇혀 끝없이 돌고 있는 표범처럼 자신도 강의실에 갇혀 학생들을 관람객 삼아 돌고 있는 것이 아닌가 하는 자각에 그는 목이 더 아파졌다. 매일 매일을 집과 직장 사이를 시계추처럼 한 치의 오차도 없이 오가며 수업시간마다 똑같은 소리를 한 치의 오차도 없이 레코드판처럼 지껄이는 자신의 삶이 우리 속의 표범과 다를 바 없다는 생각에 그는 우울해졌다. 표범은 아프리카 초원을 그리워하지만 내가 그리워하는 곳은 어디일까. 영화감독이라도 되었다면 이보다 나은 삶이 되었을까. 그는 담배 연기를 길게 내뿜는다.

현관문 여는 소리가 들리더니 아이가 들어온다. 키가 훌쩍하게 커 버린 아들 녀석은 얼굴에 여드름 자국이 거뭇거뭇하다. 녀석은 고개를 숙여 인사를 하더니 아무 말도 없이 제 방으로 들어간다. 녀석의 뒷모습이 무척 지쳐 보인다. 새벽밥을 해 먹고 집을 나서 학교 수업과 야간 자습과 학원 수업을 끝내고 자정이 가까워서야 집으로 돌아오는 녀석도 자신의 우리에 갇혀 뱅뱅 돌고 있음이 분명하다.

아내가 기절을 한 것은 이상한 계기였다. 그날 그는 아내와 함께 마켓에 들렀다가 집으로 돌아오는 길이었다. 그 길에서 교통사고가 났다. 그와 아내는 아파트 입구의 사거리에서 신호등을 기다리고 있었다. 대형 유리를 가득 실은 타이탄 트럭이 신호의 꽁무니를 따라 좌회전을 하다가 갑자기 달려온 다른 트럭에 옆구리를 들이받혔다. 그 충격으로 유리 운반 트럭이 옆으로 쓰러졌다. 차체가 넘어지면서 목재 보호대에 얹혀 있던 유리들이 한꺼번에 쏟아져 내리며 깨어졌다. 유리가 깨지는 날카로운 파열음이 귀청을 찢을 듯이 크게 울렸다. 한순간 모든 것이 정지한 듯한 고요가 왔고, 곧 사람들이 사고 트럭으로 달려가는 게 보였다.

사거리 한복판엔 흩어진 유리 파편들로 가득했다. 깨진 유리들은 날카로운 단면들을 흉포하게 드러내며 햇빛을 반사시키고 있었다. 그때 그의 옆에 서 있던 아내가 으, 으 하는 이상한 신음 소리를 냈다. 그는 얼른 아내를 돌아다보았다. 아내는 얼굴이 백짓장처럼 창백해져서 땀을 흘리고 있었다. 그리고 곧 눈동자의 초점이 풀리면서 스르르 주저앉아 버렸다. 그가 급히 안아 올렸지만 아내는 이미 정신을 놓은 뒤였다.

"유리 때문이에요. 깨진 유리를 보는 순간 나도 모르게 그
만……."

가까운 병원 응급실에서 곧 깨어난 아내는 정밀 검사를 받아
보자는 그의 말을 가볍게 일축했다. 길바닥에 널려 있는 유리
파편들을 보는 순간 그것들이 자신의 정수리를 향해 날아올 것
같은 느낌이 들면서 뒷골이 당겨 오더란 것이었다. 순전히 그
느낌 때문이지 정말 별것 아니라면서 아내는 서둘러 병원문을
나섰다.

그러나 아내의 장담과는 달리 아내의 이상 증세는 점점 더 심
해져 갔다. 우선 체중이 현저히 빠지고 있었다. 원래 살이 붙지
않는 체질이었지만 더 야위어져 마른 삭정이 같은 얼굴이 되어
갔다. 말수가 줄었고 늘 무엇에 쫓기는 표정이었다. 말수가 준
대신에 혼잣말을 하는 경우가 많아졌다. 집안일을 하면서 아내
는 무슨 소린지 알아듣지 못할 만큼 낮고 작은 목소리로 중얼거
리곤 했다.

"내가? 언제요?"

뭘 그렇게 혼자 중얼거리느냐고 그가 묻기라도 하면 아내는
깜짝 놀란 표정으로 이렇게 되묻는 것이었다. 자신이 혼잣말을
하고 있었다는 사실을 전혀 자각하지 못하고 있는 몸짓이었다.
아내는 어느 날부턴가 외출시에도 화장을 하지 않았다. 로션마
저 찍어 바르지 않은 맨얼굴로 다니기 시작했다. 깔끔하게 치장
하기를 좋아하던 그녀는 화장하는 법을 잊어버린 듯했다. 전혀
그럴 상황이 아닌데도 걸핏하면 몸에서 열이 난다고 땀을 흘렸

다. 가만히 앉아서도 얼굴의 땀을 닦아 내느라 손수건 한 장을 흠뻑 적시기도 했다. 열이 오르는 날에는 아주 사소한 일에도 벌컥벌컥 화를 내었고 자주 짜증을 부렸다. 그건 전혀 평소의 그녀답지 않은 일이었다.

그가 우기고 달래서 겨우 병원에 데리고 가 검사를 받아 보았지만 결과는 신체상으론 아무 이상이 없다는 것이었다. 의사는 스트레스에서 오는 신경성일 수 있다고 크게 염려하지 않아도 될 것 같다는 애매한 소리만 늘어놓았다.

아내의 병세를 결정적으로 악화시킨 것은 아이의 가출 소동 때문이었다. 아이가 어렸을 때부터 아이에 대한 아내의 사랑은 익애적(溺愛的)인 데가 있었다. 아이의 일거수일투족을 따라다니며 챙겨 주지 않으면 안심을 하지 못하는 성미였다. 아이에 관한 것이라면 어떤 사소한 것도 결코 소홀히 다루는 법이 없었다. 그러나 아이가 점점 자라 이제 머리가 굵어 가기 시작하자 아내의 이런 태도를 간섭이나 잔소리로 받아들이기 시작했다. 자연히 아이와 아내의 충돌이 잦아졌다. 아이가 엄마의 말에 자주 반기를 들고 나오자 아내는 무척 속상하고 당황하는 눈치였다. 그럴 때마다 아내의 목소리는 높아졌고 신경질적이 되어 갔다.

아이가 다니던 영어학원을 그만두고 음악학원엘 등록하겠다고 선언했을 때 아내는 다시 기절할 듯한 표정을 지었다. 아이는 노래를 잘 불렀다. 그가 들어 봐도 가창에 꽤 소질이 있어 보였다. 늘 헤드셋을 귀에 걸고 살더니만 그게 결국 일을 내고 말았다. 녀석은 자기가 원하는 삶을 살고 싶다고 했다. 남들처럼 좋은 직장, 좋은 환경을 위해 자신의 삶을 허비하고 싶지 않다고 했다. 녀석은 그런 삶을 위해 실용음악과로 진학하겠다고 고집을 부렸다. 몇 번이나 타일렀지만 녀석이 끝내 뜻을 굽히지 않자 아내는 결국 폭발하고 말았다. 녀석의 뺨을 거세게 올려붙이고 말았던 것이다. 평소 같았으면 몇날 며칠이 걸리더라도 아이에게 조곤조곤히 설득을 시도했을 아내는 너무도 쉽게 자제력을 잃고 말았다. 노래 솜씨 못지않게 공부도 썩 잘해 녀석에 대한 아내의 기대가 컸던 만큼 실망도 컸던 모양이었다. 그러나 그렇다고 하더라도 아내의 반응에는 지나치게 감정적인 데가 있었다.

아이는 다음날 집에 돌아오지 않았다. 학교에도 등교하지 않았고 반 친구들 중에도 아이의 행방을 아는 애가 아무도 없었다. 아내는 거의 미친 사람이 된 듯했다. 담임선생을 찾아가고 아이의 친구들 집과 친척집으로 빠짐없이 전화를 해댔다. 밤에도 잠 한숨을 자지 않고 울기만 했다. 한시도 가만히 앉아 있지를 못하고 집 안을 서성거렸다. 식사는 아예 거들떠보지도 않았다. 아내는 거의 말라 죽어 가고 있는 중이었다.

아이는 사흘 만에야 돌아왔다. 하숙을 하고 있는 초등학교 적 친구 집에 틀어박혀 있었다면서 죄인처럼 그의 앞에 무릎을 꿇었다. 그는 녀석을 단단히 혼을 내고 엄마에게 용서를 구하라고 시켰다. 아이는 아내 앞에 고개를 조아리고 용서를 빌었다. 그러나 정작 아이가 돌아오자 아내의 반응은 이외였다. 아내는 아이에 대해서 어떤 감정적인 표현도 하지 않았다. 용서를 구하는 아이에게도 아무 대답이 없었다. 소 닭 보듯 아이의 얼굴을 멀거니 바라보기만 했다.

아내가 식사를 전면적으로 거부하게 된 것은 그 이후였다. 음식물을 입 안에 넣으면 숨이 막혀 온다는 것이었다. 숨이 막혀 물 한 모금도 삼킬 수 없다고 했다. 아이는 결국 음악학원을 포기하고 다시 학업에 몰두했지만 아내의 증상은 날로 심해졌다. 낮에는 안방과 거실과 아이들 방 사이를 뱅글뱅글 돌기 시작했다. 속에서 화닥증이 일어나 도무지 가만히 있을 수가 없다는 것이었다. 자다가 옆자리가 허전해 일어나 보면 아내는 어두운 거실의 소파에 정물처럼 혼자 앉아 있었다. 그러다 날이 밝기가 무섭게 집을 뛰쳐나가 아파트 경내를 이리저리 돌아다니다 한참 후에야 돌아오는 것이었다. 그리고 이상하게 좁은 공간에 있는 것을 극도로 두려워했다. 병원에 가느라 택시를 타고 가다가 불안증과 갑갑증 때문에 도중에 내린 적이 한두 번이 아니라고 했다.

아내는 대꼬챙이처럼 말라 갔고 말수를 잃어 갔다. 그는 결국 아내를 입원시키기로 결정했다. 아내는 입원을 할 정도는 아니라고 버티었지만 강제로 끌다시피 병원으로 데려갔다.

"일종의 공황장애 같습니다. 공황장애란 뚜렷한 원인이 없을 수도 있고 또 사랑하는 이의 죽음 같은 극도의 상실감 등이 원인이 될 수도 있습니다. 이 병의 특징은 극도의 불안감, 광장공포증, 무기력감, 빈번한 전조 불안증, 극심한 우울증이 간헐적으로 나타난다는 것입니다. 불면증과 갑갑증을 호소하는 경우도 많구요. 요즘 이런 환자들이 꽤 많습니다. 다 현대병이지요. 현대인들이 오죽 많은 스트레스에 시달립니까. 그게 다 심리적인 병리현상으로 나타나는 게지요. 그러나 크게 염려는 마십시오. 절대로 죽지는 않는 병이니까요. 약물치료를 꾸준히 하면 크게 좋아질 겁니다."

병원의 의사는 그러면서 허허 웃었다.


그는 칸느의 상공으로 치솟아 오른다. 화면 오른쪽 하단의 고도계가 급속하게 올라간다. 그는 고도 4800여km에서 멈춘다. 동부 아프리카가 한눈에 들어온다. 에디오피아의 산맥들이 사방무늬처럼 줄지어 늘어서 있는 게 보인다. 그는 동부 해안선을 따라 중부 아프리카로 내려간다. 탄자니아와 케냐의 국경 근처에서 그는 정지한다. 그리고 천천히 하강을 시도한다. 나이로비의 동남쪽 방향을 더듬어 내려가다 그는 드디어 흰 눈에 덮인 산 하나를 발견한다. 아프리카에서 유일하게 만년설을 이고 서 있는 킬리만자로이다.

그는 200여km 상공에서 킬리만자로를 내려다본다. 산 정상의 흰 눈이 잿빛의 산기슭을 바탕으로 추상화처럼 펼쳐져 있다. 그는 조심스럽게 화면의 중심을 조절하며 하강한다. 10여km까지 내려가자 정상의 둥근 분화구가 모습을 드러낸다. 움푹 파인 분화구 안에도 흰 눈이 쌓여 있다. 그는 분화구 주변의 흰 눈을 오래 들여다본다. 눈 위에 얼어 죽은 표범의 시체라도 보이지 않을까. 킬리만자로의 표범은 왜 먹이도 없는 이 산꼭대기까지 올라와 얼어 죽었을까. 먹이가 아닌 그 무엇이 그를 부른 것일까. 살진 영양들이 한가롭게 풀을 뜯는 초원을 포기하고 이 고통의 산꼭대기로 올라온 그 표범이 그는 부럽다는 생각을 해 본다. 적어도 그 표범은 자신의 우리가 아예 없었거나 자신의 우리를 과감히 탈출한 자유로운 존재였을 것이다. 그는 분화구와 흰 눈과 잿빛 토양의 산비탈을 오래오래 들여다본다.

괘종시계가 뎅뎅 하고 두 시를 알린다. 그는 흠칫 놀라 거실 안을 휘둘러본다. 거실의 사물들도 흠칫 놀라 그를 쳐다보는 것 같다. 아무래도 집 안의 사물들이 그와 같은 감성체가 되었거나 아니면 그가 하나의 사물이 된 것 같은 느낌이 든다. 장식장에게 말을 걸고 싶어진다. 그러면 낮고 우렁우렁하는 목소리로 답해 줄 것 같기도 하다.

그는 매뉴얼에서 종료 버튼을 찾아 누른다. 한복판의 지구가 서서히 멀어져 간다. 캄캄한 우주 속으로 아득히 멀어져 마침내 동전만 한 크기가 된다. 동전만 한 지구, 동전만 한 인생, 그는 자신이 그 속에 갇혀 있다는 사실을 절감한다. 동전만 한 우리 속에서 뱅뱅 돌고 있는 그의 삶처럼 화면의 지구는 빙글빙글 돌다가 이윽고 사라진다. 구글 어스가 닫힌다.


등나무 쉼터의 등꽃은 벌써 지고 없다. 잎들과 넝쿨만이 무성하게 자라나 있다. 아내는 휠체어에 앉아서 녹음이 한창인 앞산을 바라보며 빵과 우유를 먹고 있다. 아이는 헤드셋을 쓰고 저만치 떨어져 서서 노래를 흥얼거리고 있다. 그는 아내 옆의 간이용 의자에 앉아 아내를 따라 시선을 준다. 하늘은 더없이 맑고 고요하다.

"당신 그 이야기 알아?"

그가 물었지만 아내는 무릎에 놓인 봉지에서 다시 빵을 꺼내어 입 안으로 우겨넣고 있다. 그는 언젠가 책에서 읽었던 이야기를 혼잣말처럼 하기 시작한다.

"……신이 인간을 만든 후에 자신과 똑같이 생긴 게 너무 대견스러워 인간에게 모든 것을 다 주기로 했대. 그래서 행복과 사랑과 슬픔과 분노와 자랑스러움과 명예 등등을 다 주었대. 그런데 꼭 한 가지 주지 않은 게 있는데 그게 뭔지 알아?"

아내는 그의 말을 듣지 않고 있다. 오로지 게걸스럽게 빵을 씹어 넘기는 데만 열중하고 있다. 그래도 그는 계속 이야기를 잇는다.

"안식이야. 안식만을 신은 인간에게 주지 않았다는군. 안식까지 주면 인간이 너무 오만해져 자신을 만들어 준 신을 잊을까 해서 그랬다지 아마."

아내는 우유를 벌컥벌컥 소리 내어 마시고 있다.

물 한 모금 넘기기 어려워하던 아내가 폭식증 증세를 보이기 시작한 것은 일주일 전이었다. 갑자기 식욕이 동하여 먹을 것이라면 눈에 보이는 대로 먹어 대기 시작했다. 병원 식사를 남김없이 먹어 치우고도 구내매점에서 빵과 과일을 사 들여 마구 먹어 치웠다. 아무리 말려도 간호사만 보이지 않으면 토할 때까지 먹어 댄다는 것이었다. 나중엔 의사의 지시로 구내매점에서 아내에겐 일정량 이외엔 팔지 못하게 해야 할 지경이었다.

"폭식증은 거식증과 동전의 양면과 같은 겁니다. 즉 강박감과 스트레스, 불안감 등의 동일한 원인에서 나오는 정반대의 이상 행동이지요. 거식증이 폭식증으로 옮겨 가는 일은 흔합니다. 부인의 경운 좀 특이합니다만, 약물 치료와 심리적 원인 치료를 병행하면 곧 나을 수 있을 겁니다."

의사는 대수롭지 않은 듯이 말했지만 그는 아내의 갑작스런 폭식증에 어리둥절하면서도 아내가 밥 한 술 넘기지 못하던 때보다 오히려 더 불안하고 혼란스러워졌다.

그 책의 이야기대로 인간은 근본적으로 안식을 갖지 못하는 존재인 지도 모른다. 그래서 늘 불안을 버리지 못하고 쫓기며 사는 지도 모른다. 그래, 삶이란 불안이란 질병을 앓는 과정일 테지. 그는 아내의 옆얼굴을 보며 속으로 한숨을 쉰다. 아내도 불안이란 질병의 우리 안에 갇혀 있다고 그는 생각한다. 그 자신도 예외가 아니었다. 그 자신도 일상이란 우리에 갇혀 죽어 가고 있다는 느낌이다. 그는 아이 쪽을 바라본다. 아이도 제 나름의 우리 속에 갇혀 살아갈 뿐이다. 살아간다는 건 저마다 마음속에 감옥을 짓는 일인지도 모른다. 그 감옥 속에서, 의사의 말대로 쉽게 죽지는 않을 병을 앓으며 또한 서서히 죽어 가는 게 삶이다.

밤마다 구글 어스에 들어가 온 세계를 돌아다닌다 하더라도 그의 삶은 여전히 동전만 한 지구에 갇혀 있을 뿐이었다. 아내가 공황장애 증상 속으로 도피하였다면 그는 구글 어스 속으로 도피한 데 불과했다. 아이는, 아이는 음악 속으로 도피하였을까.

아내는 종이 봉지에서 다시 빵을 꺼내고 있다. 그는 얼른 아내의 손을 잡는다. 손이 잡힌 채 그녀는 웬일인지 꼼짝도 하지 않는다. 그는 다시 아내의 얼굴을 들여다본다. 아내의 눈에 눈물이 그렁그렁 맺혀 있다. 그런 채로 둘은 한참을 그대로 있다

그는 간밤의 꿈을 생각한다. 그는 꿈 속에서 한 마리 표범을 보았다. 그것은 나뭇가지 위에 길게 드러누워 있었다. 그는 카메라를 어깨에 메고 풀숲에 엎드려 몰래 표범을 바라보고 있었다. 표범의 점박이 무늬와 늘씬한 자태가 너무도 아름다워 그는 황홀한 느낌이었다. 그는 뷰파인더를 통해 표범의 얼굴을 클로즈업시키며 촬영하기 시작했다. 어디선가 누군가가 작은 목소리로 외쳤다. 레디 고.

# 시간의 향기

그는 다시 주위를 돌아다본다. 그는 굼실굼실
밀려가는 안개 속에서 선영의 그 서늘한 시선을
느낀다. 그는 다시 나무에게로 시선을 돌린다.
이 숲에서 흰 닭이 울고 광채에 싸인 황금 궤에
서 사내아이가 나오던 그 신화의 시대엔 이 숲
의 나무들도 정말 꿈틀거리며 걸어 다녔을지 모
를 일이다.

숲으로 들어가는 출입문은 닫혀 있었다. 문에는 작고 앙증맞은 자물통이 채워져 있었다. 매표소 직원이 출근하기에는 너무 이른 시각이었다. 그는 하얀 칠이 된 키 낮은 철제 울타리를 흔들어 본다. 울타리 바로 뒤엔 그만한 키의 개나리 울타리가 덧대어 있었다. 노오란 개나리꽃송이들이 새벽이슬에 젖어 있었다. 그는 철제 울타리에 올라서서 개나리 담을 훌쩍 뛰어넘었다. 그리곤 돌아서서 울타리 너머에 서 있는 딸아이에게로 두 팔을 벌렸다. 아빠의 묘기를 미소를 띠고 바라보고 있던 민지가 신이 난 듯 그의 팔을 잡고 울타리 위로 올라섰다. 그는 민지의 허리를 안아 내렸다. 그때 그는 아내 선영의 짧은 웃음소리를 들었다. 맑고 탄력 있으면서도 어딘가 수줍어하는 듯한 그 웃음소리. 그는 불현듯 주위를 돌아보았다. 그리곤 곧 그 웃음소리가 딸아이의 것이란 걸 깨달았다. 2년 전 그때 선영도 이렇게 안아 내려 주자 그렇게 웃었다.

그는 민지의 허리를 그대로 안은 채 잠시 동안 아이의 얼굴을 내려다보았다. 민지는 아빠가 내려 주고도 허리를 놓아주지 않자 장난인 줄 알았는지 킥킥거리며 그의 가슴을 콩콩 쥐어박으며 빠져 나가려 요동을 친다. 그제야 그는 민지의 허리를 풀어주었다. 앞장서서 단발머리를 찰랑거리며 잰걸음을 치는 민지의 뒷모습에 처녀티가 완연하다는 걸 그는 처음으로 느낀다. 요즘 아이들이란……. 그는 중2인 딸아이의 나이를 생각하며 속으로 혀를 찼다. 하긴 민지가 초경을 했다고 아내가 슬쩍 귀띔을 해 준 게 여러 해 전인 것 같다.

숲에는 새벽안개가 천천히 흐르고 있다. 천 년이나 되었다는 이 오래된 숲에서는 안개마저 천 년이나 된 듯한 느낌이다. 그는 딸애의 어깨에 손을 얹고 안개를 따라 천천히 걸었다. 모든 게 이 년 전과 꼭 같다는 느낌이다. 울타리를 넘을 때의 아내의 웃음소리, 이 오래된 숲과 새벽안개……. 단지 그땐 딸아이 대신 아내 선영이 그의 옆에 있었다. 그는 딸아이 얼굴을 다시 내려다본다. 민지는 안개 속으로 몽롱한 시선을 주고 있다. 그 눈빛마저 어쩌면 제 어미를 그렇게 쏙 빼 닮았는지……. 그는 약간 비감스런 생각이 들어 얼른 시선을 딸아이의 얼굴에서 떼어낸다.

비각을 돌아서자 안개 속에서 나무들이 자태를 드러낸다. 그는 갑자기 걸음을 멈춘다. 거대한 물푸레나무들이 안개 속에 도열해 있다. 물푸레나무는 나무라기보다 무슨 괴물 같다. 아래둥치가 세 아름쯤 될 듯한 나무는 그냥 곧장 자란 것이 아니고 이리저리 뒤틀려 있다. 그래서 그 나무가 꿈틀거리고 있는 듯하다. 뒤틀리는 지점마다 맷돌만 한 크기의 거대한 옹이가 박혀 있다. 옹이 자국은 시커멓게 썩어 있어 나무의 상처처럼 보인다. 어떤 것은 밑둥치의 속이 텅 비었고 껍질만 남았다. 나무는 안개 속에 묵묵히 서 있다. 그것은 고뇌하는 거인처럼 보인다. 그는 몇백 년이 되었다는 그 나무들이 뭘 고뇌하는지 잠시 생각해본다.

그 거인들이 고뇌하는 것은 제 몸에 쌓여지는 그 오랜 시간의 중량 때문이 아닐까 하는 생각이 든다. 아닌 게 아니라 나무들은 지층처럼 퇴적된 시간의 중량을 견디지 못해 괴로워하다 저렇게 뒤틀려 버린 것인지도 모를 일이다. 그는 나무의 뒤틀림을 오래 쳐다본다. 그러다 검게 썩어 가는 옹이 자국에 손을 대본다. 축축한 느낌이다. 시간을 만질 수 있다면 이런 느낌일까. 시간의 촉감이 이럴지도 모른다고 생각하며 그는 속으로 쓰게 웃는다. 자신이 너무 감상적이 된 것 같아 싫어졌다.

용트림을 하면서 올라가던 나무의 둥치는 어른 키 두 배 높이에서 갑자기 몇 개의 가지로 나누어진다. 위의 가지들은 전혀 다른 나무처럼 싱싱하게 곧게 뻗어 나가 있다. 그 가지에서 다시 자라나간 여린 가지들이 부드러운 잎들을 달고 아래로 늘어져 있다. 푸른 잎들 사이로 안개가 천천히 지나가고 있다. 그는 다시 꿈틀거리고 있는 둥치를 바라본다.

이 나무들도 처음 씨앗인 때가 있었을까. 그 씨앗이 개울가의 둔덕에 떨어져 싹이 나고 그 싹이 자라 여린 뿌리와 가지를 뻗던 때가 정말 있었을까. 몇백 년 전에……. 그는 그 사실이 믿기 힘들어진다. 갑자기 속이 메슥거려 온다. 아침도 먹지 않은 빈 속에서 신물 같은 게 넘어오는 느낌이다.

"사람들이 안 보는 시간에는 이 나무들은 틀림없이 이 숲속을 걸어 다닐 거예요."

선영이 말한다. 아니, 말했었다. 꼭 이 년 전 오늘 이 시간 에……. 아니, 아니, 그는 방금 선영의 말을 정말 들은 것 같다. 그는 다시 주위를 돌아다본다. 그는 굼실굼실 밀려가는 안개 속 에서 선영의 그 서늘한 시선을 느낀다. 그는 다시 나무에게로 시선을 돌린다. 이 숲에서 흰 닭이 울고 광채에 싸인 황금 궤에 서 사내아이가 나오던 그 신화의 시대엔 이 숲의 나무들도 정말 꿈틀거리며 걸어 다녔을지 모를 일이다. 아니면 선영의 말대로 지금도 이 나무들은 아무도 보지 않는 깊은 밤에 저희들끼리 바 람에 몸 부비는 잎새 소리로 두런두런 이야기하며 이 숲을 천천 히 걸어 다니는 것은 아닐는지. 그는 딸아이를 돌아본다. 그러 나 민지는 앞서 가 버렸는지 보이질 않는다. 그는 돌아서서 딸 아이가 갔음직한 곳으로 걸어간다.

민지는 소나무 숲 앞에서 서 있다. 안개가 점차 엷어져 가고 있다.

"아빠, 소나무들이 모두 트위스트를 추고 있는 것 같아."

민지는 그를 돌아보며 재미있다는 듯이 웃고 있다. 숲의 소나 무들은 그 거대한 둥치들이 모두 S자 형태로 굽어 있다. 그래서 정말 소나무들이 트위스트를 추고 있는 듯하다.

“음악을 들려주면 진짜 춤을 출 텐데……. 그치?”

그는 딸아이의 얼굴을 내려다보며 말한다. 민지도 그를 올려다보며 소리 없이 더 큰 미소를 얼굴 가득 담아 내고 있다. 이 숲에는 이상한 지기(地氣)가 있어 나무들의 둥치를 휘게 만든다고 한다. 그는 그걸 믿지 않는다. 차라리 오래 쌓이고 쌓인 시간의 중압 때문에 나무가 휘어졌다고 믿고 싶다.


평일이어선지 박물관 전시실은 한산했다. 먼 도시에서 여행 온 듯한 유치원 아이들이 병아리 떼처럼 재잘대며 앞서 지나가고 난 뒤엔 전시실이 물 속처럼 조용해졌다. 토기류 전시실에서 그는 항아리를 보고 있다. 유리장 너머 짙은 초록색 항아리 하나가 창백한 형광불빛 아래 놓여 있다. ‘통일신라시대 : 녹유 골호 부석제좌상’ 이란 제목이 붙어 있다. 푸른 유색의 색조가 곱고 둥근 합의 바탕과 뚜껑 표면에는 꽃무늬 테가 둘러쳐졌다.

“골호가 뭐죠?”

그가 그 전시실을 다 돌아보고 올 때까지 그 앞에 붙어 서 있던 선영이 그가 다가오자 심상하게 묻는다. 아니 물었었다.

“사람 뼛가루 담는 그릇.”

그는 어쩐지 아내가 몰라서 묻는 것이 아니란 느낌을 받는다. 그는 선영이 그렇게 열심히 들여다보는 것이 웬 골호인가 해서 좀 뜻밖이다.

그는 그때 선영이 보았던 골호를 다시 찬찬히 살펴본다. 짙은 국화꽃 모양의 화륜테 사이엔 연한 청녹색의 빗살무늬가 가로로 촘촘하게 새겨져 있다. 항아리 입구에서부터 밑동까지 이 두 무늬가 반복된다. 아주 가는 나뭇가지 끝으로 섬세하게 새겨 넣은 무늬가 그걸 새긴 사람의 손놀림 하나하나까지 생생히 보여주고 있는 듯하다. 그것을 그릴 때의 그 도공의 떨리는 손과 이마에 맺힌 땀방울과 그 집중된 시선을 눈앞에 그릴 수 있을 것 같다. 잘 보면 항아리의 어딘가에 그 도공의 지문 하나쯤 찍혀 있지 않을까. 몇백 년 전의 어느 도공의 지문. 그는 그 도공의 지문과 그가 살아 있을 때의 숨결을 생각해 본다. 그가 태어났을 때 질렀을 울음소리, 그가 한평생 겪었던 기쁨과 슬픔, 그가 했을 사랑과 증오와 그리고 그가 살았던 하늘을 본 느낌이다. 그 골호 항아리에서.

그 골호엔 또한 분명 인간의 뼛가루가 담겼던 때도 있었으리라. 그 골호는 누군가의 뼛가루를 안고 무덤의 어둠 속에서 몇백 년을 견뎠으리라. 거기에 자신의 뼛가루를 담았던 사람. 그 사람도 어느 땐 분명 웃고 울고 사랑하고 미워하고 분노하고 기뻐했으리라. 그가 보았던 하늘도 오늘처럼 푸르렀을 것이고 그가 살던 산천에도 바람이 불고 비가 오고 눈이 왔으리라.

그러나 그 모든 것은 이제 사라졌다. 다만 텅 빈 항아리 하나만 남기고 그 모든 것은 이제 지상에서 깨끗이 사라져 버렸다. 선영처럼……. 시간이, 시간이란 것이 그 모든 것을 가져가 버렸다. 시간이, 지금도 저렇게 무지막지하게 흘러가는 시간이……. 언젠가 그 골호마저 깨끗이 사라지는 때도 올 것이다.

그는 다시 속이 메슥거려 왔다. 그땐, 선영이 그렇게 뼈 항아

106

리를 골똘하게 들여다보던 그땐 그 이유를 짐작도 하지 못했다. 왜 아내가 그렇게 오래 뼈 항아리를 바라보아야 했는지를. 새삼 자신의 아둔함이 자책의 채찍이 되어 그의 가슴을 다시 때리고 있었다.

"제가 죽거든 화장을 해 주세요. 그리곤 어느 강물에건 깨끗한 강물에 뿌려 주세요."

병원 침대에서 말라붙은 입술을 달싹이며 선영은 말했다. 눈밑이 거무죽죽해지고, 볼에 살이 빠져 움푹해져 버린 아내의 얼굴을 바라보며 그는 '그런 약한 소리 하지 마. 당신은 꼭 나을 수 있을 거야.' 라는 상투적인 위로도 하지 못했다. 선영의 야위고 힘없이 늘어진 손만 힘주어 잡았을 뿐이었다. 선영은 퀭한 시선을 병실의 천정에 고정시켜 두고 있었다. 눈물이 한 줄기 솟아나 귀밑으로 흘러내렸다. 그는 아내의 눈물을 손바닥으로 닦아 내고 이마를 쓸어 주었다. 그때 울 사람은 선영이 아니라 그였는지 모른다.

화장터에서 선영의 뼛가루는 하얀 백자기에 담겨져 나왔다. 그는 그것을 그녀의 고향 마을 근처인 황강에 뿌렸다. 그는 강물을 따라 흘러가는 하얀 분말을 보면서, 아내가 정말 떠나가고 있다고 생각했다. 딸아이의 소리 죽인 울음이 강물을 따라 흘러가고 있었다. 가을바람이 불어왔고, 강가의 산기슭엔 단풍 빛이 찬란했다.

골호 항아리 앞을 떠나 이동 라인을 따라 걷던 그는 문득 걸음을 멈추었다. 저만치 전시대 앞에 선영이 서 있었다. 그는 하마터면 소리쳐 아내를 부를 뻔했다. 넓고 단아한 이마와 코와 입술과 턱으로 흐르는 옆얼굴의 선은 분명 선영이었다. 형광불빛을 받아 더욱 속 깊어 보이는 그 눈빛까지. 원피스에 싸인 몸매와 키까지 비슷했다. 하지만 그렇게 서 있는 것은 민지였다. 그는 천천히 걸어 딸아이 옆으로 다가갔다. 민지는 정신없이 전시대 안을 들여다보느라 그가 다가선 것도 알아채지 못하는 눈치였다.

"뭘 그리 열심히 보니?"

그는 딸아이의 시선을 따라 전시대로 시선을 돌렸다.

"아빠, 저거 참 귀여워."

전시대에 진열된 것은 흙으로 빚은 인형들이었다. 주먹만 한 것에서부터 밥주발만 한 크기의 토우들이 다양한 형태로 늘어서 있었다. 물구나무를 서거나 기이하게 몸을 구부린 상이 있고 두 손을 목 뒤로 돌려 마주잡고 몸을 힘껏 구부린 자세도 보인다. 오른발을 번쩍 치켜들어 오른손에 대고 왼손은 아래로 내려 왼쪽 다리에 대기도 하고, 두 다리를 앞으로 뻗어 두 손을 어깨 위로 돌려 땅을 짚으면서 전신을 길게 솟구친 동작도 보인다. 학 모양의 가면을 쓰고 두 손을 치켜들고 두 다리는 벌리고 있는 인물상의 머리에는 뒤통수에서 앞으로 튀어나온 가면이 날카로운 부리를 나타내고 있다. 끈으로 장군을 묶어 등에 짊어진 남자도 보이고, 장군을 길게 앞뒤로 하여 머리에 이고 한 손으로는 머리에 얹힌 것을 받들고 있는 여자상도 보인다. 또 둥그런 항아리를 두 손으로 들어 앞으로 올리려는 자세의 여인상은 두 다리를 벌린 품이 힘들게 머리에 이려는 동작같이 보인다. 괭이를 멘 남자상은 한껏 한가로운 걸음새이고 큼직한 보따리 두 개를 끈으로 묶어 말 잔등 양쪽에 얌전히 가로 걸친 모습은 먼 길 떠나는 나그네의 여행길을 연상시킨다. 두 발이 묶인 멧 돼지를 말 잔등에 실은 모습은 사냥꾼의 귀가 길을 말해 주는 듯하다.

토우를 만든 솜씨는 퍽이나 소박하다. 얼굴의 이목구비는 거의 생략되어 있고 겨우 눈의 표현만이 살아 있다. 그것도 손톱으로 꾹 찍은 자국으로 눈 모양을 대신하고 있다. 눈이나 입을 둥글게 폭 파면 활짝 웃는 얼굴이 된다는 식이다. 그러면서도 그것들은 그것을 만든 천 년 전 사람들의 감정의 흐름을 놀랍도록 풍부하게 담아 내고 있다. 몸을 쪼그려 엎드린 모습이나 두 다리를 내뻗은 자세에서 통곡하는 모습이 드러나며, 두 손을 가슴에 대고 있는 자세만으로도 충분히 슬픈 분위기가 느껴진다. 밋밋한 얼굴에서 당당해 보이기도 하고 위엄을 느끼게도 하는 여유를 보여 주고 있다. 어떤 여인상은 살짝 비튼 몸매와 입을 가린 손등에서 여인의 교태를 그대로 보여 주고 있다.

천 년 전의 사람들이 그렇게 눈앞에 갖가지 모습으로 도열해 있다. 웃고 울고 떠들고 소리치고 호기를 부리고 교태를 부리고 슬퍼하고 기뻐하던 그 천 년 전 사람들의 마음이 손에 만져질 듯 다가온다. 이 사람들은 다 어디로 가 버렸을까. 자신들이 만든 인형만 남겨 두고, 그 마음만 남겨 두고 어디로 가 버린 것일까. 그리고 아내는 또한 어디로 가 버렸을까. 지금쯤 아내는 이

천 년 전의 사람들과 만나고 있을까. 그는 민지의 손을 슬며시 끌며 다음 전시대로 향했다.

박물관을 나서면서 그는 호주머니 속의 목각 인형을 만지작거렸다. 그건 아내가 특별히 좋아하고 아끼던 것이었다. 원앙새 한 쌍을 새긴 흔한 것이었지만, 아주 섬세하게 새기고 채색을 해서 손가락 한 마디 정도밖에 안 되는 작은 것인데도 자세히 들여다보면 감탄할 지경으로 정교했다. 아내는 그걸 늘 화장대 문갑 위에 두었다. 평소에는 두 마리가 서로 마주보게 놓아두었으나, 그에게 무슨 불만이라도 있으면 아내는 두 놈을 서로 등지게 놓아두곤 했다, 그러면 그는 두 놈을 옆으로 눕혀 서로 배가 맞도록 해 놓았다. 그걸 발견하고 아내는 곧잘 쿡쿡거리며 웃었다.

대능원으로 가기 위해 주차장으로 향하다가 그는 휴대폰의 메시지를 확인한다. "민지와 즐거운 여행이 되시길, 혼자 남아 있는 사람도 가끔 생각해 주길 바래요." 소희로부터의 문자 메시지가 들어와 있다. 언제나 종달새처럼 활달하고 명랑한 그녀의 얼굴이 떠오른다. 그런 성격인데도 서른여덟까지 노처녀로 늙었다는 게 때때로 도무지 불가사의하게 느껴진다. 선영이 아끼던 후배라 무시로 집을 드나들었던 게 선영의 사후에도 집안일을 도와준다는 명목으로 계속 이어졌다. 결국 그게 빌미가 되어 그와 소희는 결혼을 앞두고 있는 사이로 발전하고 말았다. 그는 그게 늘 선영에게 죄스러웠다.

이 도시는 무덤의 도시다. 무덤과 이처럼 친숙한 도시도 없을 것이다. 시내 어느 곳에서건 작은 동산처럼 솟아 있는 오래된 무덤을 볼 수가 있다. 고분군이 가장 많이 밀집해 있는 대능원은 아예 주택지에 둘러싸여 있다. 사람들은 무덤가에 옹기종기 모여 살아가고 있다. 무덤의 발치 아래 집을 짓고 자식을 낳고 잠이 들고 또 새로운 아침을 맞는다. 무덤이 오래된 탓일까. 천여 년이 지난 거대한 무덤의 군락은 무덤이 주는 사위스러움을 조금도 품고 있지 않다. 사람들에게 그것은 이미 시체가 묻혀 있는 무덤으로서가 아니라, 단순한 유적이며 햇빛 좋은 일요일 오전쯤 산책하기 좋은 공원에 지나지 않는지도 모른다. 산 자의 집과 죽은 자의 집이 어깨를 맞대고 평화롭게 손잡고 있는 도시, 천여 년 전의 주검을 꿈자리의 머리맡에 두고서도 아무렇지 않은 도시, 그래서 이 도시는 죽음이 어느새 이윽한 미소를 띠며 친근하게 다가와 있음을 느끼게 한다. 하긴 삶이란 죽음을 향한 여정일 뿐이지 않는가. 살아간다는 건 곧 죽어간다는 말과 동의어일 것이다. 그는 아내가 생의 마지막 여행지로 이 도시를 택한 이유를 비로소 알 것 같은 기분이 든다.

이 고도(古都)로의 여행을 처음 제안한 것은 선영이었다. 갑자기 학창시절 수학여행의 추억을 되새겨 보고 싶다는 것이었다. 음식을 가리고 낯선 잠자리에선 잠을 이루지 못하는 까탈스러움 때문에 그녀가 먼저 여행을 가자고 나서는 일은 좀체 없었다. 그는 뜻밖이라는 느낌이었지만, 아내와 단둘이 오붓하게 여행을 해 본 지가 하도 오래간만인지라 흔쾌히 따라나섰던 것이었다. 그러나 결국 그게 둘의 마지막 여행이 되고 말았다.

대능원 초입에서 옆에서 걷던 선영이 걸음을 멈추고 호오, 하고 낮은 감탄사를 발했다. 미추왕릉 앞에 늙은 포구나무가 연둣빛의 새잎들을 풍성하게 피어올리고 서 있다. 가벼운 바람에도 잎새들이 일제히 파르르 흔들린다. 잎새들이 뒤집힐 때마다 잎의 뒷면이 하얗게 봄 햇살을 반사시킨다.

"저 나무 아래에 서면 그늘도 연둣빛일 것 같아요."

선영은 그러고도 오래 포구나무를 올려다보고 서 있다.

"당신 웬일이야. 아주 감상적인데……?"

평소 자신의 감정을 겉으로 잘 표현하지 않는 그녀의 성격을 잘 아는 그는 은근히 놀려 본다.

"왜요? 나는 뭐 목석인줄 알았나 부지……."

선영은 그러면서도 웃지 않는다. 고개를 숙이는 그녀의 얼굴이 웬일인지 어둡다. 그는 머쓱한 기분이 되고 만다.

미추왕릉을 돌아서자 저만치 앞에서 민지가 햇빛 속에서 손을 흔들며 그를 재촉하고 있다. 천마총으로 가는 오솔길 옆으로 겹치듯 누워 있는 고분들이 눈앞으로 다가온다. 이제 막 새순이 올라오는 잔디로 덮인 거대한 봉분들은 여인네의 풍성한 젖무덤 같다. 잇대인 쌍분들은 혼기에 찬 처녀의 엉덩이를 연상케 한다. 어디에도 주검과 소멸과 부패의 그림자는 찾을 수 없다. 오히려 거기엔 풍성한 생명력과 생산력이 느껴질 뿐이다. 옛사람들은 죽음 속에서 생명을 보고 발견한 것은 아닐까. 그래서 무덤을 저처럼 젖무덤의 형태로 조성하여 그 역설을 상징적으로 보여 주고 있는 것은 아닌지.

소멸과 부패의 흔적을 느낀 것은 천마총 내에 복원되어 있는 적석목곽분의 내부를 들여다보고 나서였다. 부장자는 꽤 높은 신분이었던 모양으로 그가 평소에 사용하던 금관 패와 갑옷과 칼, 옥구슬과 도기 등이 발굴 당시의 모습대로 재현되어 있었다. 그러나 출토된 부장자의 유골은 뒤쪽 목재 벽 너머에 안치되어 있어 볼 수가 없었다.

그는 검은 흙 위에 놓여 있는 모조된 부장품들을 망연히 바라보다가 선영을 돌아다보았다. 선영은 유리벽 너머의 무덤 속을 미동도 하지 않는 자세로 뚫어져라 쳐다보고 있었다. 그녀의 시선은 부장자의 시체와 목재가 썩어 이루어진 무덤 밑바닥의 검은 흙에 고정되어 있었다. 그녀의 얼굴이 자못 심각하다. 여행을 떠나온 이후 내내 아내의 기분을 저토록 처지게 한 게 무엇일까. 도무지 알 수가 없다. 그는 슬며시 다가가 그녀의 옷자락을 끌어 그녀의 시선을 무덤으로부터 떼 놓았다.

무덤 안에 전시된 천마도는 진품인지 모조품인지 알 수 없었지만, 사진으로 보던 것에 비하면 실망스런 것이었다. 자작나무를 여러 겹 겹쳐 만든, 말안장에서 말의 배를 덮어 내려 말이 달릴 때 튀어 오르는 흙을 막아 주는 역할을 한다는 말다래 위에 흰색의 천마가 한 마리 구름 위를 날고 있었다. 생각보다 크기도 작았고, 처음 출토될 당시의 선명한 흰색이 많이 바래어 버린 느낌이었다.

그럼에도 그것은 유유히 흐르는 구름과 그 구름을 박차듯이 앞으로 내뻗은 힘찬 다리 근육의 선과, 불꽃처럼 바람에 휘날리는 갈기와 꼬리의 열정적인 흐름을 보여 주고 있었다. 진정 하늘을 나는 천마를 꿈꾸었던, 아니 자신이 바로 그 한 마리 천마가 되어 하늘을 날기를 원했던, 천 몇백 년 전 어느 화공의 숨결이 묻어날 듯했다. 그 화공의 염원은 이루어졌을까. 그는 죽어 하늘을 나는 천마가 되었을까. 아니면 그는 아직도 이 자작나무 껍질 위에 붙박혀 있을까.

민지는 어, 이건 국어책 표지에 나오는 그림이잖아? 하고 천마도를 대수롭잖게 보아 넘기더니만, 화려한 금관 전시대 앞에서 넋을 빼고 바라보고 있었다.


와! 민지가 아이다운 탄성을 지른다. 절로 올라가는 길에는 벚꽃이 만발하였다. 길가 양쪽으로 늘어선 꽃가지들이 터널을 이루었다. 하늘이 온통 눈부신 하얀 꽃송이로 뒤덮였다. 구름 속을 걷는 기분이다. 바람이 불 적마다 새하얀 꽃잎들이 눈처럼 화르르 흩날린다. 꽃잎이 앞서가는 민지의 단발머리에 날아 앉았다. 꽃잎은 나비 같아 보인다. 민지는 꽃잎이 날릴 때마다 마치 눈을 맞는 아이처럼 두 팔을 벌리고 하늘을 올려다본다.

"꽃은 나무의 생식기예요. 세상에 이렇게 아름다운 생식기도 다 있죠?"

선영이 말한다. 기분이 사뭇 나아진 듯한 목소리다. 딴은 그렇다.

"사람의 생식기가 더 아름다울 걸. 특히 여자 것은……"

선영이 돌아보며 그의 팔뚝을 꼬집는다.

"생식기는 다 아름다운 거죠. 생명을 낳으니까요. 그쵸?"

그래, 확실히 그럴는지 모른다. 하지만, 아내는 그 아름다운 생식기에 병이 들었다. 자궁암이었다. 징후를 발견하였을 땐 병이 상당히 깊어 있었다. 자궁을 적출하는 수술을 하고 방사선 치료를 해야 했다. 방사선 치료 때문에 머리카락이 빠진 아내는 병원에서 내주는 벙거지 모자를 쓰고 지냈다.

그녀는 병 자체보다 머리카락이 날마다 빠져 나가는 것에 더 큰 공포를 느끼는 듯했다. 그의 앞에서 그녀는 한 번도 그 벙거지 모자를 벗은 모습을 보여 주려 하지 않았다. 선영의 머리는 유난히 풍성하고 검었다. 그녀는 그런 자신의 머리에 대단한 자부심을 가지고 있는 편이었다. 가슴까지 길게 길러 언제나 윤기가 자르르 흐르도록 매만지곤 했다. 그녀의 머리칼이 가진 그 부드러운 감촉과 향기를 그는 지금도 생생하게 기억할 수 있다. 입관시에 그녀는 잠자듯 누워 있었다. 그러나 그는 벙거지가 벗겨진 그녀의 민숭머리를 보는 순간 새로운 슬픔에 저려 왔다.

병세가 눈에 띄게 호전되는 듯해서 어느 정도 안심을 하기도 했지만, 병마는 이미 다른 부위에까지 전이되어 있는 상태였다. 그게 잠복기를 거쳐 나타났을 땐 손을 쓸 수 없는 지경에 이르러 있었다.

저 꽃도 곧 질 것이다. 아름다운 것은 늘 위태롭다. 아름다운 것은 영원하지 않다. 영원하지 않기 때문에 아름다운 것인지도 모른다. 생명처럼, 모든 생명처럼……

꽃은 지고 열매를 맺고 그 열매가 떨어져 썩어 다시 싹을 틔우고 거기에서 나무가 자라 다시 꽃을 피운다. 시간 속에서……. 생명을 가진 모든 것은 시간이란 배를 타고 흘러간다. 살아 있는 모든 것은 최첨단의 시간을 산다. 누구도 살아 보지 못한, 늘 새로운 시간을 살아가고 있다. 산 시간들은 언제나 뒤에 퇴적물을 남기고 사라진다. 저 허공 속으로, 저 우주 속으로 그것은 까마득히 사라져 버린다. 아아, 내가 저 시간 속을 살면서 만났던 꽃송이들은, 그토록 애틋하고 간절한 마음으로 만났던 꽃송이들은, 이제는 저 시간의 퇴적물이 되어 사라져 버린 그 소중한 꽃송이들은 어이할거나.

그는 눈을 들어 하늘을 본다. 화사한 꽃그늘이 눈부시다. 잠시 눈앞이 아찔해진다. 속이 메스껍다.

꽃길이 끝나는 곳에서, 갑자기 안 호주머니에서 비발디의 사계가 울려 퍼진다. 그는 휴대폰을 꺼내 플립을 풀면서 소희일 거라고 예감한다. 예감은 맞았다.

"여행은 재미있나요?"

그녀는 조금 우울한 목소리로 묻는다. 자기를 빼고 민지와 단둘이 여행을 떠났다는 사실에 대한 서운함이 가시지 않은 목소리다. 처음 이 여행을 통보했을 때 그녀는 잠시 어두운 낯빛이었다가 이내 이해하겠다는 표정으로 머리를 끄덕여 주었다. 하지만 그녀도 이 여행길이 아내와의 추억 여행임을 알지 못하리라. 그 사실을 알고도 그녀는 그렇게 머리를 끄덕여 주었을까.

이번 여행은 그가 먼저 말을 꺼냈다. 소희와의 결혼을 앞두고

있는 시점에서 딸아이와 단둘이 여행을 가져 보는 것도 필요할
듯해서였다. 민지는 의외라는 눈치였지만 군말 없이 따라나섰
다. 하지만 이 여행의 코스가 제 어미와 그의 마지막 여행 코스
인 줄 딸아이는 짐작이나 할까. 소희는 예식장이 예약되었다는
것과 주례를 서기로 한 그녀의 대학 은사의 확답을 받았다는 것
등을 알려 주고 여행 잘하고 돌아오라는 소리로 인사를 대신하
고 전화를 끊는다.

"소희 아줌마?"

그가 휴대전화를 호주머니에 도로 집어넣자 민지가 돌아보며
묻는다.

"그래."

머리를 끄덕이며, 민지는 잠시 생각하는 눈빛이 된다. 그의
집을 무시로 드나들며 안주인이 해야 할 일을 스스럼없이 돌봐
주는 소희를 딸아이는 별 거부감 없이 받아들였다. 곧잘 그를
빼놓고 둘이 꿍짝이 맞아 시시덕거리기도 하고, 둘만 영화를 보
러가거나 쇼핑을 다녀오기도 하는 눈치였다. 소희의 아이 다루
는 솜씨에 내심 감탄을 하면서도 그는 민지의 반응에 늘 조심스
런 기분이었다. 소희와의 결혼 사실을 알렸을 때도 민지는 잠시
생각하는 눈빛이었으나, 오히려 당연한 일이라는 듯 심상한 태
도를 보였다. 그는 내심 사춘기 아이들 특유의 반항기를 걱정하
고 있다가 속으로 한숨을 쉬었을 정도였다. 그러나 민지의 생각
하는 눈빛이 여전히 마음에 걸렸다.

민지가 소희를 대하는 데는 표면적으로는 제 어미와의 관계

와 별반 다를 게 없어 보였다. 워낙 성격이 밝은 아이니까, 제 엄마와도 민지는 꼭 친구처럼, 사이좋은 자매처럼 지내는 편이었다. 가끔 제 엄마의 잔소리를 듣는 경우에도 잠시 풀이 죽거나, 제 방에 틀어박혀 나오지 않는 정도였다가 곧 헤헤거리며 풀리곤 했다. 그러나 소희와 제 엄마와의 차이는 바로 그 점에 있었다. 소희는 한 번도 딸아이에게 잔소리를 하지 않았고 민지도 소희에게는 꼬박꼬박 예의를 차렸다. 어쩌면 거기에 함정이 가로놓여 있는지도 모를 일이었다.

백운교와 청운교가 보이는 곳에서 딸아이는 옷에 묻은 꽃잎을 떨어냈다. 그는 딸아이 머리에 붙어 있는 꽃잎을 떼어 내 주었다. 왜 사람들은 꽃을 좋아하면서도 이처럼 꽃잎을 털어 낼까.

"내년에도 저 꽃을 볼 수 있을까요."

여행을 다녀온 그 해 여름, 병실 앞의 측백나무를 타고 올라가며 소담스럽게 꽃잎을 피워 올리고 있는 능소화를 내다보며 선영은 그렇게 말했다. 그는 약봉지를 챙기다 말고 그녀를 돌아보았다. 눈 밑에 거무죽죽한 병색이 완연했다. 그녀의 목소리는 쓸쓸했다. 그건 아마 그가 이제껏 들었던 것 중 가장 쓸쓸한 목소리였을 것이다. 그는 하던 일을 멈추고 창 밖의 붉은 능소화만 망연히 바라보았다.


감은사지엔 구경꾼이 아무도 없다. 동과 서의 3층 석탑만이 감포 바다 쪽을 바라보며 파수꾼처럼 말없이 서 있다. 다보탑이

나 석가탑보다 규모가 훨씬 크고 우람한 쌍둥이 탑은 앞 들판을 흘러 지나는 세월을 지키고 섰다가 그예 지쳐 오래 전에 긴 묵상에 든 듯하다. 탑의 어깨 위로 저물어 가는 햇볕이 얹혀 있다.

사람들이 탑을 쌓는 것은 비단 부처님의 사리를 보존하기 위해서만이 아닐 것이다. 그건 하늘로, 저 영원의 세계로 올라가는 사다리를 놓고자 한 건 아닌지 몰라. 그는 탑 꼭대기의 철주를 쳐다보며 그런 생각을 한다.

그는 아까 차에서 가져온 모종삽으로 탑 앞의 흙을 파기 시작했다. 물기가 촉촉한 흙은 부드럽게 파인다. 한 뼘 정도의 깊이로 파 놓고 그는 안 호주머니에서 원앙새 한 쌍을 꺼냈다. 그리고 그것을 배를 맞붙여 구덩이에 놓았다.

"아빠, 뭐 해?"

탑 뒤로 돌아갔던 민지가 어느새 곁에 다가와 있다.

"어, 그거 엄마 거잖아."

원앙새 인형을 발견한 민지의 얼굴이 금세 어두워진다.

"그래, 엄마 거야. 이젠 여기 묻어 두고 가자."

민지는 다시 말이 없다. 그러나 구덩이를 한참 동안 내려다보고 섰다. 그는 손으로 흙을 덮어 구덩이를 메웠다. 그리고 발로 그 위를 조심스레 다진다. 그래 놓고 둘은 또 한참 동안 말없이 땅만 내려다보고 서 있다. 산그늘이 내려 있고 들판을 건너온 가벼운 바람이 민지의 머리칼로 숨어든다. 어디선가 새가 운다.

"아빠, 사람이 죽으면 어디로 가지?"

고개를 들지 않고 민지가 아이답지 않은 낮은 목소리로 묻는다.

“글쎄……. 아빠도 잘 몰라.”

“요즘은 자꾸 엄마 얼굴이 희미해지는 것 같아 가끔씩 엄마 사진을 꺼내 봐. 그런데 있지. 그게 자꾸 슬퍼져. 엄마 얼굴이 희미해지는 게…….”

“그건 아빠도 그렇단다.”

“피이―, 아빤 소희 아줌마가 있잖아.”

“아냐, 아냐. 그건 다른 거야.”

그는 내심 당황하여 크게 손사래까지 친다.

“사람은 한 번 죽으면 그것으로 그만일까, 아빠?”

“그렇진 않을 거야. 엄마도 어디선가 우릴 생각하고 있을 거야. 우리 생각하는 엄마 마음이야 어디 가겠니? 그래서 민지 마음에도 아빠 마음에도 엄마 마음이 늘 살아 있을 거야.”

“그럴까?”

“그래, 꼭 그럴 거야.”

그는 민지의 어깨에 손을 얹고 천천히 탑을 돌아 나온다. 그렇게 대답을 해 놓고 보니 정말 그럴 것도 같다. 세월이 한참 흐르고 나면 살아 있는 사람의 마음속에서 망자의 기억은 마멸되어 갈 것이다. 그리고 마침내 망자는 잊혀질 것이다. 그래도 망자의 마음은 알게 모르게 살아 있는 사람의 마음에 지층처럼 쌓여 산 자의 마음을 이루고 그 산 자의 마음은 그 다음 사람의 마음에 다시 쌓여질 것이다. 저 아득한 옛날로부터 그렇게 쌓여 온 마음들이 지금 이 시간을 살고 있는 우리네 마음을 이루고 있는 것이나 아닐는지. 그는 돌계단을 내려오며 그런 상념들을

120

떠올린다.

그 해 여행을 다녀온 이튿날 그제야 선영은 자신의 병을 털어놓았다. 꼭 남의 이야기처럼 지극히 조용조용한 음성으로. 모든 걸 정리해 놓은 사람처럼. 그는 아내의 그 마음을 이제야 조금 알 것 같은 기분이 든다.

"아빠, 소희 아줌마랑 결혼하는 거 축하해."

계단을 다 내려온 지점에서 뒤따라오던 민지가 심상한 어조로 말한다. 그는 뒤돌아서서 딸아이의 얼굴을 멀거니 바라보다가 축대 위의 탑을 올려다본다. 그때 탑이 흔들리고 있는 것을 발견한다. 탑은 분명 그에게 무언가 말하고 싶은 듯이 조금씩 흔들리고 있다. 어두워 가는 하늘을 배경으로 탑이 바람에 흔들리듯 흔들리고 있다. 철주가 부들부들 떨고 옥개석들이 꿈틀꿈틀 일어서고 있다.

그는 두려워진다. 언젠가 그의 마음속에서 아내가 까마득히 잊혀질 그 시간이. 그리고 또 언젠가 그의 마음도 까맣게 닫혀 버릴 그 시간이. 아내는 정말 어디로 가 버린 것일까. 시간이 쏴쏴 하는 바람 소리를 내며 들판을 가로질러 흘러가는 것이 보인다. 어디선가 꽃이 썩어 가는 듯한 향기가 난다. 아아, 그것은 시간의 향기 같다. 저 쌓이고 쌓여 부패해 가는 시간의 향기.

# 겨울에서 봄으로

나는 홀로 벌판에 서 있었다. 하늘은 온통 주황
색으로 물들어 있고 그 하늘 저편에서 거대한
불덩어리 하나가 긴 꼬리를 끌고 사이렌 소리를
울리며 나를 향해 달려오고 있었다. 몸을 숨겨
피해야 된다고 생각하면서도 나는 이상한 황홀
감에 오히려 불덩어리를 향해 두 팔을 벌리고
있었다.

　나는 이제 그 신도시에서 알았던 한 사내의 이야기를 하려고
한다. 그는 현재 이 지상에 없다. 아니, 처음부터 그는 이 지구상
에 존재하지 않았는지도 모른다. 그의 육신이 이 지상에 두 발
을 붙이고 있었던 시간에도 그의 의식은 언제나 저 먼 우주를
헤매고 다녔다고 봐야 하기 때문이다. 그리고 그가 그 고단하고
피폐한 육신마저 거두어 저 광활한 우주로 떠나 버린 지금, 나
는 그가 과연 실존하던 인물이었는지 아니면 내 관념이 만들어
낸 허구의 인물인지 그것마저 기연미연하다.

　그와는 분명 한때 술잔을 주고받으며 밤늦도록 함께 이야길
나누곤 하던 사이였지만, 나는 그의 얼굴을 잘 기억할 수 없다.
기실 나는 아직도 그에 대해서 아는 바가 별로 없다. 그의 이름
조차 모르고 있다. 다만 지금도 생생히 기억하는 것은 어둠을
배경으로 들려오는 그의 목소리다. 나직나직한 속삭임 같은 목
소리, 바람결에 환청처럼 들려오는 그의 목소리. 그렇다. 그는

이 지상을 덧없이 헤매다가 우연히 내 삶의 한켠을 스쳐 지나간 한 줄기 바람이었는지도 모른다.

그를 처음 만난 것은, 지방 대도시인 P시에서 그 신도시로 이사를 한 지 얼마 지나지 않아서였다. P시로부터 자동차로 30여 분 거리에 있는 그 신도시는 열악한 P시의 주택난을 해소하기 위해 세워진 베드타운이었지만 워낙 급조된 탓에 제반 여건이 엉망이었다. 그건 말이 신도시지 황량한 벌판에 키 큰 아파트들이 멋대가리 없이 띄엄띄엄 늘어서 있는 삭막하기 짝이 없는 촌 동네였다.

아파트 옆 빈터엔 아직 치우지 않은 폐자재들이 쌓여 있었고, 단지 사이의 빈 논밭엔 비닐 조각들이 버려진 아이들처럼 바람에 몰려다녔다. 아파트 단지를 따라 길게 나 있는 개천에는 콜타르 같은 검은 폐수가 언제나 허연 거품을 물고 흐르고 있었다. 개천을 건너 단지로 이어지는 진입로는 채 끝나지 않은 공사로 곳곳이 파헤쳐져 있어서 비만 오면 차들이 흙탕물을 튕겨 올렸다. 밤늦은 귀가 길에 고물차를 몰고 그 진입로를 들어설 때마다 나는 속으로 아아, 하고 신음을 질러 대곤 했다. 불 꺼진 아파트들은 폐허 위에 방치된 거대한 석상들처럼 서 있고, 건너편 산자락엔 크고 작은 공장들이 어둠 속에 음흉하게 엎드려 있었다. 아직 짓고 있는 상가 건물들의 골조가 검은 뼈처럼 드러나 보였다. 그건 갈 데 없는 유배지 풍경이었다. 자동차 불빛에 의지한 채 어둡고 스산한 그 도시로 들어서노라면, 어쩔 수 없이 귀양지에 첫발을 들여놓는 유배자의 심정이 되고 마는 것이었다. 그때마다 가슴에 스며들던 서글픔을 나는 지금도 생생히 기억할 수 있다.

게다가 어찌된 셈인지 상수도 시설도 제대로 갖추지 않아 걸핏하면 제한 급수를 알리는 방송이, 각 세대에 연결된 스피커를 통해 관리실 아저씨의 목쉰 소리로 흘러나오곤 했다. 그 해 여름 그 혹독한 가뭄에 아예 이틀에 30분씩만 수돗물이 공급돼 연일 당국의 대책을 요구하는 시위가 벌어지기도 했다. 당연히 집 값 하나는 싸서 입주자들은 나처럼 P시에선 집 하나 장만할 능력이 없는 못난이거나, P시에서 분양받은 아파트가 완공되기를 기다리고 있다든가 하는 특별한 목적 때문에 임시로 들어와 사는 사람들이 대부분이었다.

그러나 그런 아파트의 한 귀퉁이나마 온전한 내 집으로 차지하게 된 것은 우리 식구의 그 눈물겨운 내핍생활 덕분이었다. 특히 그 내핍생활을 주도해 온 아내의 악착은 처절하기까지 했다. 아내의 악착에 가장 크게 희생된 것은 역시 아이들이었다. 아내는 아이들 과자값 몇 푼에도 벌벌 떨었고, 친척집 아이들이 입다가 작아져서 버리는 옷이나 신발 등을 보기라도 하면 보이는 족족 싸 들고 왔다. 덕분에 우리 아이들은 한 번도 새 옷을 입거나 새 신발을 신어 보지 못하고 컸다. "치, 우린 맨날 남 입던 거나 입어야 돼?" 아이들은 헌 옷을 입을 때마다 입이 한 자씩이나 나왔지만 아내는 윽박지르고 구슬려서 기어코 자기의 목적을 달성하곤 했다.

그 당시 아내와 나의 최대의 꿈은 더도 말고 덜도 말고 조용하고 아담한 아파트 한 채를 내 집으로 갖는 것이었다. 남들처럼, 소위 말하는 대한민국 중산층처럼 내 집 한 채를 갖는 것, 그것이 아내와 나의 모든 꿈이었다. 그리고 우리 식구는 그 꿈을 위해서 참으로 오랫동안 그 신산스런 내핍생활을 견뎌 왔다. 쥐꼬리만 한 내 봉급은 우리 가족이 중산층으로 편입되는 걸 한사코 가로막았지만 우리는 참으로 잘 견뎌 왔다. 그리고 마침내 우리 가족은 수도꼭지만 틀면 뜨거운 물이 콸콸 쏟아지고 방이 세 개에다 조그만 거실까지 갖춘 27평짜리 아파트를 온전히 내 집으로 소유하게 된 것이었다. 그 모든 셋방살이의 고통은 이제 옛말이 되었다. 아이들이 벽에다 낙서 하나만 해도 질겁을 할 사람도 없고 마음껏 떠들고 다녀도 누구 하나 잔소리할 사람도 없었다. 물론 집세 올려 달라고 할까 봐 주인의 눈치를 볼 필요도 없어졌다.

그 신도시의 사내들은 아침이면 일제히 자동차를 몰고 나와 긴 행렬을 이루며 P시로 이어지는 국도를 따라 출근을 했다가 저녁이면 차마다 불빛을 밝히고 돌아왔다. 그건 활과 창을 메고 밀림으로 들어가 하루 종일 짐승을 쫓다 지쳐 돌아오는 사냥꾼들의 행렬처럼 보였다. 나도 그 행렬에서 예외일 수 없었다. 나는 아침마다 선배로부터 헐값에 사들인 고물차—그것 또한 내가 중산층으로 편입된 증거물이었다—를 끌고 P시로 이어진 긴 국도를 따라 출근을 했다.

P시에선 지겹게 반복되는 일상이 나를 기다리고 있었다. 늘 보는 얼굴들과 늘 같은 대화를 나누고 비슷비슷한 서류들을 꾸

미고 그게 그거인 계산들을 해 대고, 늘 똑같은 표정과 말투를 가진 거래처의 사람들을 만나 하나도 새로울 게 없는 농담을 주고받고 고만고만한 상담을 했다. 점심시간이면 똑같은 얼굴들과 똑같은 식당으로 몰려가 똑같은 메뉴로 식사를 하면서 똑같은 잡담, 이를테면, 어느 종목의 주식이 올랐다느니 어디에 어떤 아파트가 분양을 하는데 분양가가 높다느니 낮다느니 자동차를 새로 바꾸어야겠다느니, 어제 간 맥주집의 아가씨가 입술이 파르족족한 게 사내께나 잡아먹게 생겼더라느니 하는 시시껄렁한 이야기로 낄낄거리고, 똑같은 향기와 농도를 가진 커피를 마셨다. 퇴근 시간이면 서둘러 하던 일을 끝내고 회사를 빠져 나와 다시 차를 몰고 어두운 그 국도를 타고 집으로 돌아왔다.

집에도 역시 똑같은 일상이 하품을 하며 나를 기다리고 있었다. 아내와, 초등학교와 유치원엘 다니는 두 아이와의 무미건조한 식사, 아이들의 숙제 봐주기, 언제 봐도 그 나물에 그 밥인 TV 뉴스 시청, 수도꼭지가 빠졌다느니 냉장고가 말썽이라느니 사촌 동서가 딸을 낳았다느니 하는 아내와의 잡다한 집안 이야기들. 아무것도 새로울 게 없는 나날이었다. 나는 회사라는 거대한 기계의 부품처럼 일했고, 이 사회라는 옷에 잘 끼워 맞추어진 단추처럼 살았다. 그것이 내가 선택할 수 있는 최선의 삶이었다.

나는 그즈음 정체 모를 편두통에 시달렸다. 왼쪽 머리가 시도 때도 없이 빠개질 듯 아파오는 것이었다. 병원에도 여러 번 갔었지만 의사들은 한결같이 신경성이란 성의 없는 진단만 내려

주었다. 하지만 머리는 송곳으로 쑤시듯이 아팠고 그때마다 나는 진통제를 집어 삼켜야 했다. 두통은 일상의 모든 일이 시들하게 느껴지는 일종의 무력감과 우울증을 동반했다. 머리만 아파 오면 나는 회사일이고 집안일이고 또한 가끔씩 갖는 아내와의 정사에도 도무지 한 톨의 의욕도 생겨나지 않았다. 그리곤 어쩐 일인지 내 나이를 생각하게 되었다.

불혹이라는 사십 고개를 넘긴 나이, 한때는 팔팔한 패기와 투지로 늘 새로운 아이디어와 꿈과 희망을 찾아 헤매던 때도 있었지만, 사십이란 나이는 이미 직장에서나 가정에서나 어디에서건 내 목줄을 꽉 움켜쥐고 있었다. 젊은 날은 이미 흘러가 버렸고 새로운 희망과 꿈을 설계하기엔 너무 늦은 나이가 되어 있었다. 나머지의 인생은 어떠한 변화도 없이 이미 예정된 코스로 흘러가리란 예감은 나를 심한 우울증에 빠지게 했다.

하긴 사십이란 나이가 그런 류의 갈등을 가장 첨예하게 느끼게 되는 나이라곤 하지만 그즈음의 나의 우울증은 좀 유난한 데가 있었다. 퇴근길의 돌아오는 국도에서 교통사고가 나 ―그 국도는 툭하면 사고가 나 길이 막히곤 했다―형편없이 찌그러져 뒤엉켜 있는 차와, 피를 흘리며 널브러져 있는 사람들을 목격하기라도 한 날이면 나의 우울증은 정도를 더했다. 아아, 산다는 게 뭔가. 나는 막혀 버린 차 안에 앉아서 생각했다. 저렇게 피 흘리며 달려갈 알뜰한 목표가 우리에게 있단 말인가. 사람들은 뭘 위해서 저렇게들 열심히 달려가고 있는 것일까.

뒤돌아보면 나 자신만 해도 참 정신없이 달려왔다는 느낌이었다. 결혼을 하고 아이를 낳고 회사 일에 숨 돌릴 틈 없이 뛰어다니고 집 한 칸 장만하기 위해 참으로 아등바등 살아왔다. 그리고 앞으로 살아갈 모습도 뻔했다. 변함없이 출근하고 변함없이 보고서를 작성하고 상사로부터 늘 똑같은 잔소리를 듣고 똑같은 잔소리를 부하 직원들에게 반복하면서 살아갈 것이다. 그래, 운수 좋으면 부장으로, 전무로 승진할 것이고, 자동차를 좀 더 고급으로 뽑을 수 있을 것이고, 아파트 평수를 더 넓은 놈으로 마련할 수 있을 것이다. 그러나 그렇게 해서 달라지는 게 도대체 뭐란 말인가. 그렇게 살다가 결국 늙어 버리고 죽음을 기다리는 인생이 무슨 의미가 있다는 말인가.

사실 나는 든든한 직장이 있고 온전한 내 집이 있는 안정된 생활을 얼마나 꿈꾸어 왔던가. 그 꿈을 위해 나는, 아니 우리 가족은 또 얼마나 송곳 하나 꽂을 틈 없이 빠듯하게 살아왔던가. 그리고 그 꿈을 어느 정도 이루지 않았는가. 그러나 인간의 마음은 간사해서인지 막상 그것이 이루어지자 어처구니없게도 그게 무슨 의미가 있느냐는 의문이 두통과 함께 고개를 드는 것이었다. 어쩌면 그것은 오래도록 소원하던 일이 성취되고 난 뒤에 종종 오게 되는 허탈감 같은 데서 기인하는 것인지도 모를 일이었다.

두통이 우울증을 데리고 방문하는 그런 날이면 나는 슬며시 집을 빠져 나와 아파트 입구에 늘어선 포장마차엘 혼자 들리곤 했다. 술은 두통에 가장 효과적인 치료제였다. 물론 다음날 아침이면 더 큰 두통을 몰고 오곤 하지만······.

천막을 바람에 펄럭이며 어깨를 맞대고 서 있는 그 포장마차들은 신도시 사내들을 위해 있는 것이었다. 차 때문에 퇴근길에 동료들과 술 한 잔 걸칠 수도 없는 불쌍한 그 신도시의 사내들은 길가에 차를 대어 놓고 그 포장마차들 중 어느 하나의 천막을 들추고 들어서곤 했다. 그리곤 닭꼬지와 소주로 하루의 일과로 컬컬해진 목을 씻어 내는 것이었다.

그 사내를 만난 것은 바로 그 포장마차 중에서 '오늘도 적자'라는 희극적인 상호를 천막의 옆구리에 달고 있는 곳에서였다. 누군가 '적자'를 '죽자'로 슬쩍 고쳐 놓아 더 희극적으로 보였다. 오늘도 술 마시고 죽자? 그 상호를 처음 보았을 때 실없이 피식피식 웃었지만, 그 낭만적인 패러디가 더 마음에 들어 그 집을 단골로 정해 버렸다.

"오셨어요?"

매일 적자만 보는 집주인답지 않게 늘 얼굴에 웃음을 띠고 있는 아줌마가 아는 체를 했다. 늘 그 시간쯤이면 신도시의 사내들로 북적대던 포장마차 안이 그날따라 썰렁했다. 선객이라곤 처음 보는 웬 사내 혼자뿐이었다. 그 사내는 앞에 둔 소주잔을 멀거니 내려다보며 앉아 있었다. 나는 사내와 좀 떨어진 자리에 앉으며 해삼 한 접시와 소주를 시켰다. 야전 잠바 비슷한 상의의 깃을 잔뜩 세우고 덥수룩한 머리를 한 사내는 그제까지도 내 쪽으론 일별도 주지 않고 앞만 바라보고 있었다. 나는 유리 덮개 속에 가지런히 놓인 닭다리를 하릴없이 눈으로 세어 보며 조용히 술을 마셨다. 가끔씩 지나가는 차량의 불빛이 포장마차 안을 주황색으로 물들여 놓았다가 이내 스러졌다. 가을바람이 이따금 생각난 듯 천막을 흔들며 지나갔다. 밤이 꽤 깊어 있었고, 옆 포장마차의 손님들이 두런거리는 소리를 빼면 사위는 조용했다. 나는 쓴 소주를 음미하듯 천천히 마셨다. 술은 식도와 뱃속을 짜릿하게 훑으며 지나갔지만 그날의 내 우울을 별로 위무하지는 못했다.

"별을 좋아하십니까?"

술병을 반쯤 비웠을 때였을까. 내 눈앞으로 불쑥 빈 술잔이 디밀어졌다. 고개를 들어 돌아다보았더니 예의 그 사내가 엉거주춤하게 반쯤 일어선 자세로 술잔을 내밀고 있었다. 나는 잠시 어리둥절했다가 엉겁결에 술잔을 받아들었다. 사내의 얼굴은 촉수 낮은 전등불 아래서도 창백해 보였다. 빠른 하관이 어딘가 병약한 느낌을 주었지만 우뚝한 콧날과 크고 맑은 눈이 균형을 잡아 주고 있는 얼굴이었다.

"별을 좋아하십니까?"

사내는 술잔을 채워 주며 다시 물었다. 나는 사내의 묘한 수인사에 속으로 잠시 당황했다. 초면인 사람에게 뜬금없이 별을 좋아하느냐니! 참 생뚱맞은 인사법이었다. 게다가 사내는 그 말을 무슨 굉장한 비밀 이야기를 하듯 사뭇 은밀한 목소리로 속삭이듯 말하는 것이었다. 다른 사람이 들으면 큰일이 나기라도 하듯 잔뜩 억눌리고 목쉰 소리였다. 그러나 포장마차 안엔 사내와 나 말고 아무도 없었다. 아니, 주인 아줌마가 있긴 했지만 그녀는 파를 다듬느라 손님들 이야기엔 쥐뿔도 관심이 없어 보였다.

그럼에도 사내는 첫사랑 고백이라도 하는 것처럼 수줍은 미소까지 띤 채 진지하게 낮은 목소리로 말하는 것이었다.

"별이요? 저 하늘의 별 말인가요?"

사내가 따라 주는 술을 받으며 나는 바보스럽게 되물었다. 사내가 지칭하는 별이란 것이 정말 밤하늘의 별을 뜻하는 것인지, 아니면 다른 비유적인 뜻, 가령 오랫동안 대한민국 정치판을 휘어잡았던 군부의 장성 따위를 가리키는 것인지 얼핏 가닥이 잡히지 않았기 때문이었다. 그랬다는 것은 내가 별이 가지고 있는 본래의 의미대로 그 말을 사용해 본 지가 오래 되었다는 의미가 될 것이기도 했다.

"그렇습니다. 밤하늘의 별 말입니다."

"별 좋지요. 별을 좋아하지 않는 사람이 있습니까."

나는 술잔을 훌쩍 비우고 사내에게 되돌려 주며 그야말로 별소리 다 듣겠다는 투로 심드렁하게 받았다.

"그래요. 누구나 별을 좋아하지요. 혹시 최근에 별을 보신 적이 있으십니까?"

사내는 그런 나의 태도엔 아랑곳 않는다는 듯이 여전히 진지한 어조로 다시 물었다. 그러고 보니 최근에 별을 본 기억이 없었다. 아니 최근이 아니라, 성인이 되어서 별을 본 기억이 신기하게도 거짓말처럼 전혀 떠오르지 않았다. 별을 보지 않고 산 지가 이렇게 오래 되었나. 갑자기 어린 시절 시골 고향 마을에서 또래 친구들과 냇가 방둑에 누워 올려다보던 별빛 찬란하던 밤하늘이 생각났다.

여름날 저녁이면 마을 아이들은 밥숟갈을 놓기 바쁘게 냇가 방둑으로 모였다. 그리곤 풀숲에 나란히 누워 밤하늘을 올려다보곤 했다. 수많은 별들이 영롱한 보석처럼 반짝이며 흩뿌려져 있던 그 밤하늘. 우리는 그 수많은 별들 중에서 국자 모양의 북두칠성과 북극성을 찾느라 고개를 이리저리 돌리곤 했다. 여름 밤의 별은 유난히 치렁치렁해서 살짝 건드리기만 해도 눈앞으로 와르르 쏟아질 듯했다. 그때 마을 아이들은 별들을 올려다보며 먼 우주 이야기와 먼 나라 이야기와 차를 타고도 하루를 가야 한다는 먼 대처 이야기를 했다. 어둠 속이라 보이진 않았지만 그때 우리들의 두 눈은 꿈으로 가득했으리라. 어쩌다 하늘에 황금빛의 찬란한 별똥별이 지면 서로 먼저 자기 거라고 우겼다. 이야기가 끊기면 그 사이로 풀숲의 찌르라기 소리와 수면 위로 튀어 오르는 물고기 소리가 우리의 귀를 찾았다. 우리들은 그 소리들이 어쩌면 이 우주가 서서히 움직여 가는 소리인지도 모른다고 생각했다.

그러나 그때 이후로 밤하늘의 별을 올려다 본 기억은 별로 없다. 아니 그 이후로도 분명 별을 올려다 본 적이 있을 것이다. 그러나 어린 시절에 본 그 별빛의 인상이 하도 강렬해 그 이후에 본 기억은 그 강렬함에 묻혀 지워져 버렸는지도 모른다. 아니면 어린 시절 이후 실제로 나는 별을 올려다 본 적이 없을 수도 있다. 사느라고, 의식주를 해결하느라고, 부질없는 욕심에 머리 굴리느라고 바빠서 별을 올려다 볼 여유도 없이 살았는지도 모른다. 그래서 별은 늘 내 머릿속 관념으로만 남아 있고 실제의 별의 모습을 나는 잊었는지도 모른다.

"전 별을 좋아합니다. 무척 좋아하죠. 요즘도 늘 날씨만 좋으면 밤하늘을 관찰한답니다. 어떻습니까? 기분도 우울하신 것 같은데, 제 별 이야기 한 번 들어 보시겠습니까?"

내가 대답이 없자 사내는 그럴 줄 알았다는 표정으로 이렇게 다시 물었다. 나는 말없이 고개를 끄덕여 보였고 사내의 빈 술잔을 채워 주었다. 어차피 혼자 마시는 것보다 말동무가 있는 편이 술맛이 나으리란 가벼운 마음에서였다.

"……우리 지구가 속한 태양계는 지름이 8만 광년이나 되는 원반 모양의 은하계의 변두리에 속해 있고 2만 5천 광년 떨어진 은하의 핵을 중심으로 돌고 있다고 합니다. 우주에는 그런 은하가 $10^{11}$개 정도 있다고 합니다. 그리고 각 은하에는 또 $10^{11}$개나 되는 별들이 있다고 합니다. 그러니까 우주에는 약 $10^{22}$개 정도의 별들이 있는 셈이지요. 이 숫자는 우주에 있는 별들을 다 모은 것을 지구라고 할 때 우리 눈에 보이는 별들이 먼지 하나 정도인 그런 숫자이지요.

생각해 보십시오. 정말 엄청나지 않습니까? 그런데 더 놀라운 것은 이것이 태양 정도 크기의 별들만을 계산한 것이라고 합니다. 우리 지구 같은 행성까지 합치면 그 숫자는 몇십 배로 더 불어날 겁니다. 정말 엄청나지 않습니까? 정말 상상을 초월하는 엄청난 숫자입니다. 그 숫자에 비해 보면 이 우주에서 지구는 먼지 한 점보다 더 작은 존재에 지나지 않습니다. 더욱이 그 지구 위에서 살아가는 인간은 얼마나 미미한 존재이겠습니까. 그런데도 인간은 이 먼지 같은 지구상에서 물고 뜯고 싸우고 반목하고 질시하며 서로 잘났다고 아웅다웅거리며 살아가고 있어요. 장자의 말대로 인간사 모두 달팽이 뿔 위의 싸움이지요. 그렇지 않습니까?

……한데 지구에서 그 별들까지의 거리가 얼만지 아십니까? 태양을 제외한 밤하늘의 별들 중에서 지구에서 가장 가까운 거리에 있는 별은 켄타우루스자리의 프록시마라는 별인데요, 그게 약 4.2광년 떨어져 있습니다. 빛이 4.2년이나 나아가는 거리입니다. 상상해 보십시오. 1초에 지구의 둘레를 일곱 바퀴 반을 돈다는 그 빛이 4.2년이나 나아가는 거리를 말입니다. 저는 그 생각을 하면 온몸에 소름이 돋아요. 소름이 돋습니다. 우리가 천체의 중심이라고 생각하는 북극성은 지구로부터 800광년 떨어져 있다고 합니다. 그러니까 오늘 우리가 보는 북극성의 빛은 고려시대 일연선사가 '삼국유사'를 저술하고 있던 때 북극성을 출발한 빛이지요. 재미있지 않습니까? 안드로메다자리는 지구로부터 200만 광년 떨어져 있어요. 지금 우리가 볼 수 있는 안드로메다자리는 200만 년 전의 모습이지요. 즉 150만 년 전에 안드로메다자리가 폭발해 없어졌다 해도 인간은 50만 년 후에나 그 사실을 알게 된다는 이야깁니다. 이건 얼마나 무서운 이야깁니까. 어떻습니까, 형씨. 형씨는 무섭지 않습니까? 전 무서워요. 그 사실을 생각하면 정말 무서워 죽겠어요……."

그러나 사내의 별 이야기는 결코 가볍게 들을 것이 아니었다. 사내는 정말 별에 대해서 해박한 지식을 가지고 있는 듯했고, 상당한 지적인 수련을 거친 먹물 냄새를 풍겼다. 사내가 취미로 천체를 연구하는 동호인 단체 같은 데에 가입하고 있지 않나 짐작될 정도였다. 요즘은 그런 별스런 취미 단체들이 하도 많으니까.

별 이야기를 할 때 사내의 목소리는 열정적이고 도취적인 데가 있었다. 사내는 나라는 특정인에게 이야기를 한다기보다 누구에게라도 하지 않으면 못 견디겠다는 절박감으로 별 이야기를 하고 있는 듯했다. 사내의 목소리에 묻어나는 열정이 서서히 나에게도 전해져 왔다. 나는 정말 진지하게 그의 이야기에 빨려들어갔다. 기실 사내의 이야기는 지금까지 내가 별에 대해서 전혀 알지 못하고 있던 여러 가지 놀라운 사실을 전해 주고 있었다.

"……우리의 육안으로 볼 수 있는 별의 개수는 북반구와 남반구를 통틀어서 약 6천 개쯤입니다. 그러므로 우리가 밤에 볼 수 있는 별의 최대수는 3천 개에 지나지 않아요. 그것도 지평선 근처에서는 대기가 별빛을 흡수하기 때문에 맑은 밤에 맨눈으로 볼 수 있는 별의 수는 2천 개 정도지요. 쌍안경을 사용하면 약 5만 개의 별을 더 볼 수 있고 구경 2.5인치 소형 망원경으로는 100만 개 이상 볼 수 있습니다. 미국 팔로마산 천문대에 있는 구경 200인치 망원경을 사용하면 약 6억 개의 별을 볼 수 있다고 합니다. 전 꼭 팔로마산 천문댈 가 보고 싶습니다. 상상해 보십시오. 6억 개의 별이 하늘을 메우고 저마다 찬란히 빛나고 있는 광경을 말입니다. 그보다 황홀한 광경이 또 어디에 있겠습니까.

아아, 그걸 한 번이라도 볼 수 있다면……."

사내는 정말 안타까운 듯 한숨을 내쉬기까지 했다. 이후 사내는 별의 크기, 별의 밝기, 속도, 생성 과정, 별자리에 얽힌 신화와 전설 등에 관해서 더 많은 이야기를 했지만 내가 알아들을 수 없는 전문적인 것들이 대부분이었다.

"실례지만 지금 하시는 일이……."

나는 갑자기 별에 관해서보다 사내의 정체가 궁금해졌다. 사내의 끝없는 별 이야기가 조금 지루하게 느껴졌을 무렵, 나는 사내의 말을 끊고 이렇게 넌지시 물었다. 그러자 사내는 갑자기 당황한 듯 눈빛이 크게 흔들리더니 포장마차 안을 쓸데없이 휘둘러보았다. 그리곤 어쩐 일인지 다시 말이 없었다. 나는 내가 뭘 잘못 말했나 싶어 사내의 얼굴만 건너다보았다.

"오늘 술 잘 마셨쇠다. 또 봅시다. 인연이 있으면 다시 만나겠지요. 오늘 술값은 형씨가 내슈."

한참을 말없이 앉아 있던 사내는 이윽고 자리에서 일어섰다. 나를 향해 고개를 숙여 보이고 사내는 천막자락을 들치고 나가버렸다. 나는 좀 황당한 기분이 들어 사내가 나간 쪽을 멍하니 쳐다보았다.

"오늘은 아저씨가 술값을 덮어쓰는군요."

주인 아줌마가 의미 모를 웃음을 짓고 있었다.

"잘 아는 사람이오?"

"여기 포장마차 하는 사람치곤 모르는 사람이 없지요. 늘 저렇게 한 번씩 와서 옆 사람을 붙잡고 밑도 끝도 없는 별 이야기만 한답니다. 그러다가 또 저렇게 훌쩍 가 버려요. 술값은 꼭 다른 사람에게 떠넘기죠. 한 번도 자기가 술값을 내는 꼴을 못 봤다니까요.”

“뭐 하는 사람입니까?”

나는 바짝 호기심이 동했다.

“확실힌 모르겠쇠다. 귀신 씨나락 까먹는 별 이야기만 줄창해 대고 자기 이야긴 한마디도 않으니까……. 소문에 의하면 요 위 요양원에 있다는 말도 있고……. 어때요? 아저씨 보기에도 좀 돈 사람 같지 않아요?”

그러면서 아줌마는 집게손가락을 자기 머리 위에다 대고 뱅글뱅글 돌려 보였다.

“베델 요양원 말이오?”

“맞아요. 그 요양원 이름이 그럴 거예요.”

그 빌어먹을 베델 요양원! 그것은 아파트 단지의 산기슭에 서 있는, 모 종교 단체에서 운영하는 정신요양원이라고 했다. 아파트에서 바라다보면 그것은 숲에 가려 뾰족한 지붕과 그 위의 십자가만이 보였다. 새벽마다 그곳에선 아련한 찬송가 소리가 흘러 나와 신도시 주민들의 새벽잠을 깨우곤 했다. 내가 성스러운 그 요양원의 이름 앞에 ‘빌어먹을’ 이라는 대단히 불경스런 관형어를 붙인 것은 이유가 있었다.

신도시로 이사를 하면서 전화국으로부터 새 전화번호를 배정받았다. 한데 이사오자마자 이상한 전화들이 걸려오기 시작했다. 한결같이 목사님이나 의사 선생을 찾았다. 그런 사람이 없다고 하면 또 한결같이 요양원이 아니냐고 물었다. 처음엔 전화 접속이 잘못된 것으로 여기고 내버려 두었지만 며칠이 지나도 그런 전화가 하루에도 십여 통씩 걸려 왔다. 견디다 못해 그제 야 전화국에 문의를 했더니만 전화국 직원이 아주 사무적인 목 소리로 베델 요양원이란 곳이 옛날에 쓰던 번호를 실수로 일반 가정에 배정하게 되었다고 말하는 것이었다. 그리곤 주민등록 증을 가지고 전화국엘 오면 다른 번호로 바꾸어 주겠다고 했다. 하지만 그땐 이미 주위의 지인들에게 새 전화번호를 다 알리고 난 후였다. 다시 전화번호를 바꾸었다간 더 큰 혼란이 생길 것 같아 그만 포기하고 말았다.

요양원으로 전화를 건 사람들은 대개 전화번호가 바뀌었노라 고 대답해 주면 미안하다며 전화를 끊었다. 한데 도대체 그 사 실을 믿으려 들지 않는 여자가 하나 있었다. 30대의 목소리인 그 여자는 나를 아예 의사 선생님이라 부르며 당최 전화를 끊을 생각을 않는 것이었다.

"선생님, 선생님이 절 피하려 하시는 것은 잘 압니다. 제 잘못 이라는 것도 압니다. 하지만 제 병은 선생님 외는 아무도 고칠 수가 없습니다. 선생님, 제발 제 병을 고쳐 주세요. 제발 부탁드 립니다. 전 병들었습니다. 전 병들었어요. 선생님, 전 무서워요. 제발 절 좀 고쳐 주세요……."

여자의 말은 늘 똑같았다. 그리곤 끝에 가선 꼭 흐느껴 우는 것이었다. 아무리 여기는 베델 요양원이 아니고 나는 의사 선생 이 아니라고 설명을 했지만 여자는 막무가내였다. 내가 자기를 속이려고 한다는 것이었다. 한두 번도 아니고 참 미치고 환장할 노릇이었다. 나중엔 아내가 받아 칼날 선 목소리로 그런 곳이 아니라고 매몰차게 쏘아붙였지만 여자는 아내를 전도사님이라 부르며 한사코 나를 바꾸라는 것이었다. 처음엔 하도 귀찮아서 전화를 도중에 끊어 버리기도 했지만 여자는 내가 전화를 받을 때까지 몇 번이고 다시 전화질을 해대었다. 나중엔 전화 코드를 뽑아 버리기도 했다. 그러면 여자는 며칠 동안은 잠잠하다가 잊을 만하면 한밤중이고 대낮이고 가리지 않고 불쑥불쑥 전화를 걸어 또 한 십여 분간 승강이를 벌이는 것이었다.

여자와의 승강이에 어지간히 지친 나는 전략을 바꾸었다. 내가 의사 선생이 되기로 했다. 차라리 가짜 의사 선생 노릇으로 여자를 슬슬 달래어 제풀에 전화를 끊도록 하는 것이 훨씬 현명하다는 것을 깨달았던 것이다. 그 이후로 아내와 나는 그 여자를 '병든 X'로 부르기로 했다. 아내는 날보고 팔자에도 없는 의사 노릇을 하게 생겼다고 놀려 댔다.

"……선생님, 전 병들었습니다. 절 좀 고쳐 주세요……."

X는 늘 똑같은 어조, 똑같은 목소리로 주문처럼 병들었다는 소리를 해대었다.

"그래 어디가 병들었소?"

나는 정말 의사라도 되는 듯이 물어 본다.

"그걸 모르겠어요, 선생님. 선생님이 그걸 저에게 좀 가르쳐 주세요. 선생님은 아실 거예요. ……선생님, 지금 이 음악 들리세요. 존 수르만의 '로맨틱한 초상'이라는 곡이예요. 선생님도

이 곡 아시죠? 선생님은 아실 거예요……."

아닌 게 아니라 전화기 멀리에서 흐느끼는 신음소리 같은 색소폰 소리가 들려오고 있었다. 그러나 나는 존 수르만이고 존 숭능이고 개뿔도 아는 게 없었다.

"전 이 음악을 들으면 미칠 것 같아요. 막막하고 허무하고 소름끼치고 죽고 싶고……. 그렇지만 이 음악을 듣지 않으면 선생님께 전화를 할 수가 없어요. 선생님, 이것도 병이 아닐까요? ……전, 전 잘 모르겠어요. 선생님, 제가 지금 어떤 자세로 전화를 거는지 아세요? 전 지금 발가벗고 있어요. 그래서 전 무서워요. 선생님, 제발 절 좀 도와주세요. 미칠 것 같아요……."

X의 말은 도무지 종잡을 수가 없었다. '당신은 이미 미쳐 있소.'란 말이 목구멍까지 치미는 것을 가까스로 참는다. X는 앞뒤가 맞지 않는 말을 10여 분 넘게 주절거리다가 겨우 전화를 끊었다. 이 여자는 언제까지 이렇게 전화 고문을 해댈 것인가. 나는 X와 통화를 끝낼 때마다 한숨을 내쉬곤 했다. 이런 사정이고 보면, 비록 베델 요양원의 잘못이 아니라 하더라도 내가 그 요양원에 대해 썩 좋지 못한 인상을 가지고 있는 것은 당연했다.

한데 사내는 정말 그 요양원에 있는 것일까. 집으로 돌아오는 길에 나는 하늘을 올려다보았다. 아파트의 높은 건물 사이로 하늘엔 수많은 별들이 반짝이고 있었다. 정말 오랜만에 별을 보았다는 느낌이었다. 그러나 별들은 너무 멀고 차가워 보였다. 북두칠성을 찾아보았지만 어디쯤인지 찾을 수가 없었다. 나는 곧 포기하고 말았다.

　그날 이후 나는 술 생각이 없는 날이라도 포장마차엘 들리는 버릇이 생겼다. 어느 땐 퇴근길에 집에 들리지도 않고 포장마차 앞에 차를 주차시키기도 했다. 사내가 와 있을 지도 모른다는 기대 때문이었다. 사내의 별 이야기가 듣고 싶다기보다 사내가 어떤 내력을 지닌 작자인지 궁금했다. 그건 어쩌면 별종의 인생에 대한 통속적인 호기심 수준을 넘지 못하는 것이었는지 모른다. 어쨌든 나는 포장마차에 사내의 모습이 보이지 않으면 실망했고, 아줌마를 상대로 돼먹지 않은 음담패설을 슬슬 늘어놓으며 사내를 기다리곤 했다. 덕분에 나의 귀가시간은 매일이다시피 늦어졌다. 나의 잦은 취기와 늦어지는 귀가에 대해서 아내는 아가씨 이쁜 술집이라도 발견했수?라며 곱지 않은 눈초리였다. 그러나 사내는 좀체 나타나지 않았다. 사내에 대한 호기심이 어느덧 사내를 다시 만나고 싶다는 욕망으로 발전해 갔다.

　사내가 다시 〈적자〉 집에 모습을 드러낸 것은 보름쯤 지난 후였다. 월말 정산 관계로 꽤 늦게 퇴근한 날이었다. 그날도 사내는 혼자 앉아 있었다. 별 이야기를 할 상대를 만나지 못해서일까. 무척 어두운 낯빛이었다. 내가 아는 체를 하고 옆자리에 앉자 사내는 의아한 표정이더니 금세 반가운 빛을 떠올렸다. 그리곤 얼른 자신의 잔을 비우고 내게로 넘겨줬다. 술이 몇 순배 돌고 나서 내가 먼저 별 이야기를 듣고 싶었노라고 청하자 사내는 여전히 낮고 어눌한 목소리로 천천히 이야기를 꺼내기 시작했다.

“……형씨, 밤새도록 밤하늘의 별을 본 적이 있소?”

“아니오.”

나는 천천히 그리고 간단히 대답했다.

“하긴 요즘은 아무도 별을 보지 않으니까. 단 10분도. 하물며 밤새도록이라니. 그건 미친 짓이오. 그건 나도 알고 있소. 하지만 형씨, 난 그 미친 짓을 종종 한답니다. 별을 보느라 밤을 지새울 때가 많거든요. 새벽빛이 별빛을 스러지게 하고 이윽고 마지막 남은 샛별마저 하늘의 화폭에서 하얗게 지울 때까지. 형씨, 별을 보면 외롭소. 어쩐지 외로워요. 밤하늘을 한참 동안 쳐다보고 있으면 내 몸이 그 어두운 창공으로 빨려들 것 같은 기분이 들어요. 내가 밤하늘로 둥둥 떠오를 것 같아지는 거요. 그리곤 외롭소. 무섭도록 외로워져요. 그건 뭐랄까. 마치 내가 그 무한한 우주에 홀로 내버려져 있는 느낌, 뭐 그런 거요. 한데 그 외로움이란 게 뭐랄까. 그래, 황홀해요. 미친 소리 같지만 이상하게 황홀하오. 이해하시겠소?”

“글쎄요.”

나는 애매하게 웃어 보였다. 아닌 게 아니라 사내의 맘우 알 듯도 모를 듯도 했다. 그러나 나의 대답 따위는 사내에게 별 의미가 없어 보였다. 이야기를 하는 사내의 눈은 꿈꾸듯 풀려 있었고, 그 목소리마저 알지 못할 열정으로 떨리고 있었다.

“아아, 그건 자위행위 같은 거요. 황홀하고 외롭고 허무하고…… 아니오, 아니오. 때로는 성교와 같은 거요. 가끔씩은 저 우주가 나의 시선에 대해 즉각적이고 강렬한 반응을 보여 주는

것처럼 느껴질 때도 있소. 자력과 같은 강한 기(氣)가 저 우주로
부터 뻗쳐 오는 느낌 말이오. 그럴 때면 나는 도대체 이 우주가,
혹은 저 별들이 우리 인간과 아무런 관계없이 우연하게 생겨난
것이라곤 믿기 어려워지오. 그렇게 생각하기엔 저 우주가 너무
나 정교하게 운행되고 있단 말이오. 어떤 의지가 그 운행에 작
용하고 있음을 난 때때로 느끼오. 그 의지의 힘이 실재한다면
인간은 분명 그 의지의 하나로 만들어지고 존재하고 있는 게 아
니겠소? 그렇지 않소? 그렇다면 인간은 어쩌면 저 우주와 불가
분의 상관관계에 놓여 있는 거요. 형씨, 점성학을 아시오?”

“인간의 운명이 타고난 별자리와 관계가 있다고 주장하는 학
문 말입니까?”

“그렇소. 점성학에서는 인간의 개인적인 운명뿐만 아니라, 인
류사에 있어서의 중대한 일도 별들이 예언한다고 믿고 있소. 비
록 지금은 신화쯤으로 취급되는 학문이지만, 난 때로 그 점성술
이 맞는 게 아닐까 하는 생각이 드는 거요……”

사내는 다시 소주잔을 훌쩍 비웠고, 나는 사내의 말을 긍정도
부정도 하지 못하는 일종의 판단정지 상태에 빠져 포장마차의
천정에 매달린 백열등을 망연히 올려다보았다.

사내와의 대화는 말하는 쪽은 주로 사내였고, 나는 사내의 말
사이사이에 반죽만 맞춰 주는 절름발이 꼴이었다. 나는 사내에
게 꼭 강의를 받는 기분이었고 실제로 막판에 가선 늘 사내의
술값까지 계산하는 것으로 강의료를 지불했다. 사내의 별 이야
기는 무궁무진했다. 어디서 끌어 모은 것인지는 알 수 없었으나

별에 관한 사내의 지식은 상식의 선을 훌쩍 뛰어넘은 거의 전문
가다운 격을 갖추고 있었다.

그러나 정작 내가 관심을 가지고 있었던 사내의 신변에 관한
이야기는 한마디도 캐낼 수가 없었다. 사내는 내가 자신의 신변
쪽으로 말머리를 돌리면 슬그머니 말꼬리를 흐려 버렸고, 그리
곤 말없이 앉았다가 훌쩍 일어나 포장마차 밖의 어둠 속으로 표
표히 사라지곤 했다.

사내와의 이런 식의 만남은 몇 번 더 계속되었다. 그 이후 사
내는 더 자주 〈적자〉 집에 나타났고 은근히 나와의 만남을 반가
워하는 눈치였다. 한데 사내와의 만남의 횟수가 늘어 갈수록 사
내의 이야기가 점점 이상한 방향으로 흘러가고 있음을 깨달은
것은 언제였을까.

"……형씨, 우주에 흩어져 있는 수천억 개의 별들 중에 지구
와 같은 환경을 가진 별이 없으란 법이 어디 있겠소. 그리고 그
별에 우리 인간과 같은 생물체가 존재하지 않는다는 법도 없을
거요. 그렇지 않소? 그 우주의 생물체는 지구의 인간보다 오히
려 더 월등한 지능과 문명을 가지고 있을지도 모르는 일이
오……."

밤하늘이 유난히 밝아 보이던 밤이었다. 약속도 없이 다시
〈적자〉 집에서 마주친 사내는 그날따라 색다른 이야기를 끄집
어냈다.

"……난, 난 말이오. 형씨, 난 말이오. 어쩌면 우리 지구인은
그 우주인의 자손이 아닌가 하는 생각을 가지고 있소. 아니, 난

그렇게 믿고 있소. 즉 현생 인류는 지구상의 원시 유인원과 우주인의 교배 잡종이 아닌가 한다는 말이오. 몇만 년 전, 고도의 문명을 가진 우주인이 지구로 날아와 그때까지 동물 상태에 머물러 있던 지구인을 계획적으로 자신들의 종족과 교배시켜 혼혈종을 만들어 낸 것이란 말이오. 그게 오늘날의 현생 인류가 된 것이오. 우습게 들릴지 모르지만, 난 거기에 대해서 증거도 가지고 있소.

오늘날의 현생 인류는 유인원에서 진화해 온 것이 아니라, 역사적으로 갑자기 출현했소. 크로마뇽인과 현생 인류 사이의 진화 단계를 밝혀 줄 어떤 화석도 과학자들은 발견하지 못했소. 그건 현재의 지구인이 진화에 의해서가 아니라 갑작스런 창조에 의해서 탄생한 것이란 증거가 되는 것이오. 그리고 또……인간이 창조된 것이란 증거는 많소.

인간 존재는 진화론으로 설명하기엔 너무 불합리한 특성을 가지고 있소. 가령 이성을 가졌다거나, 언어를 사용한다거나, 감정의 체계가 복잡하고 정교하다거나, 직립한다거나, 도구를 사용한다는 것, 이러한 것들은 다른 동물들과는 너무 현격하게 차이가 나는 특성들이오. 왜 인간만이 이런 특성을 가지게 되었을까요? 그게 진화에 의해서 획득된 특성이라면, 저 수많은 동물 중 적어도 어느 한 종류쯤은 인간과 비슷한 특성을 가질 수 있지 않았겠느냐 말이오……."

"그렇다고 꼭 우주인이 인간을 만들었다고 보기 어렵지 않겠습니까? 성경에선 신이 인간을 창조했다고 하질 않습니까."

　나는 사내의 말이 황당무계하게 들려 다소 퉁명스럽게 엇먹는 소리를 했다.

　"신이라구요? 신을 믿습니까? 좋소. 신이 인간을 창조했다고 합시다. 하지만 그 신이라는 존재는 우주인의 다른 표현일 뿐이오. 성경을 비롯한 이 세상의 모든 신화와 전설을 살펴보시오. 신은 반드시 하늘로부터 강림하고 있소. 그것도 강렬한 빛과 화염에 싸여, 혹은 빛나는 비행체와 함께……. 성경에도, 고대 인도의 서사시 '라마야나' 나 '베다' 경전에도 고대 그리스와 고대 이집트의 전설이나 거기서 지구 반대쪽에 있는 중앙아메리카 인디언의 경전 '포홀부흐' 에도 이 점은 공통되게 나타나는 것이오. 그 신이라는 게 뭐겠소? 그건 바로 우주인의 모습이오. 비행체를 타고 빛에 싸여 하늘로부터 내려오는 우주인의 모습. 그 놀랍고 장엄한 광경에 대한 유인원들의 기억이 무의식으로 잠재되어 있다가, 우주인과 교배잡종되어 태어난 현생인류에까지 이어져 내려와 신을 만들어 낸 것이오……."

　내가 별로 믿지 않는 눈치이자 사내는 목소리를 한층 높였지만, 나는 속으로 코웃음을 쳤다. 문외한인 내가 보기에도 사내의 이야기는 위태로워 보였다. 이성과 공상 사이에 걸린 줄을 타고 아슬아슬하게 곡예를 벌이고 있는 꼴이었다. 우주인이라니. 그건 어린애들 만화책에나 나올 법한 이야기가 아닌가. 지나가는 소가 들어도 웃을 그 이야기를, 그러나 사내는 여전히 확신에 찬 빈틈없이 진지한 어조로 말하고 있었다. 사내의 정신 상태가 확실히 비정상적이라는 느낌을 주었다. 사내는 역시 요양원에 있는 것이 아닐까 하는 의구심이 들었다.

그리고 일주일쯤 후였다. 그 소동이 일어난 것은.

"이거 봐, 당신!"

그날 포장마차에 들어서자 그 사내는 노동자 풍의 땅딸막한 사내에게 멱살이 잡혀 있었다. 땅딸막한 사내와 일행인 듯한 두엇과 주인 아줌마가 뜯어말리느라 정신이 없었다. 다부진 체격의 사내는 꽤 취해 있는 음성이었다.

"당신 말이야. 아까부터 별에 대해 많이 아는 척하는데 말이야. 난 당신같이 유식한 척하는 놈들을 보면 배알이 뒤틀려. 밥맛이 없어. 술맛이 떨어진단 말이야. 뭐? 인간이 우주인의 새끼들이라구? 별에서 온 이티(E.T)가 우리 할애비라구? 내 무식해서 잘은 모르지만 말야. 원숭이가 우리 할애비란 소린 들었어도 이티가 우리 할애비란 소린 머리털 나고 처음이야. 웃기는 소리 하덜 말어. 당신 뭐야? 당신 사이비 교주야? 우린 하루 벌어 하루 먹는 무식한 놈들이지만 말야. 우리도 알 건 안다구. 이거 왜 이래. 사흘만 굶어 봐. 당신 입에서 그 고상한 별 소리가 나오나. 어디서 굴러먹던 개뼉다귀가 씨도 안 먹힐 소리로 사기를 치려 들어. 꼴같잖게스리……."

땅딸막한 사내가 흔드는 대로 그 사내는 멱살을 아예 맡겨 두고 있었다. 그 사내는 어디서 마셨는지 몸을 가누지 못할 정도로 취해 있는 눈치였다. 사내가 그렇게 대취한 모습은 처음이었다. 우주인 이야기가 결국 말썽이었다.

"꺼져. 재수 없어."

땅딸막한 사내는 말릴 사이도 없이 그 사내를 밖으로 끌고 나가 길바닥에 내동댕이치고 말았다. 급히 달려가 쓰러진 사내의 어깨를 추슬러 올렸지만, 사내는 내가 누구인지 알아보지 못했다. 나는 사내의 허리를 안고 아파트 쪽으로 걸어갔다.

"창희야, 창희야……."

사내는 내 어깨에 매달린 채 간신히 걸음을 옮겨 놓았다. 사내가 울고 있다는 것을 깨달은 것은 그때였다. 사내는 누군가의 이름을 부르며 울고 있었다. 아파트 광장을 지나 요양원으로 꺾어드는 길목에 이를 때까지 사내의 울음은 그치지 않았다. 나는 거기에서 사내를 어디로 데려가야 할지 잠시 망설였다. 사내가 기거하는 곳이 과연 요양원인지 확신할 수가 없었기 때문이었다. 나는 사내의 어깨를 흔들며 물었다.

"형씨, 집이 어디요?"

그러자 사내가 갑자기 내 팔을 뿌리치더니 길섶의 나무 둥치를 부여잡고 쪼그려 앉았다. 그리곤 껑껑 토하기 시작했다.

"창희야, 창희야……."

사내는 토하면서도 누군가의 이름을 계속 부르고 있었다. 사내가 다 토할 때까지 기다렸다가 나는 사내를 부축해 일으키려고 했다. 그러나 사내가 갑자기 그런 내 손을 단호하게 뿌리쳤다. 사내는 그러고도 한참 동안을 웅크리고 있었다. 간간이 입안 소리로 누군가의 이름을 부르며. 내가 다시 어깨를 잡아 흔들었으나 사내는 고개도 들지 않고 내버려 두고 가라는 손사래만 쳤다. 나는 난감하게 사내를 내려다보고 있을 수밖에 없었다.

그날 밤 나는 사내가 사는 곳을 확인하지 못했다. 정말 요양원에 사는지도 알아내지 못했다. 사내가 비척거리며 일어서더니 허위적거리는 걸음새로 어둠 속으로 사라졌기 때문이었다.

사내를 다시 만난 건 사흘 후였다. 사내는 전혀 아무 일도 없었다는 듯이 평소의 모습대로 포장마차에 앉아 있었다. 조금 수척해진 얼굴과 퀭한 눈빛만이 달라 보였을 뿐, 나를 향해 엷은 미소를 보이기도 했다. 사흘 전의 일을 깡그리 잊고 있는 듯했다.

그날도 사내는 예의 그 별 이야기만 잔뜩 늘어놓았다. 대부분 이전에 한번 들었던 적이 있는 내용이었다. 그러나 사내는 조금도 눈치채지 못한 듯 천연덕스럽게 재방송을 하고 있었다.

"……별 중에서 특이한 것으로 혜성이란 것이 있소. 긴 꼬리를 끌며 나타나는 별 말이오. 그건 태양 주위를 타원 궤도로 돌고 있는 아름다운 별이지요. 혜성의 아름다움은 뭐니뭐니해도 그 긴 꼬리에 있소. 혜성은 그 꼬리로 인해 긴 머리카락을 나부끼며 하늘을 날아가는 여인의 모습에 비유되기도 한다오……. 그러나 옛사람들은 혜성의 출현을 불행한 사건의 전조나 지구의 종말 등으로 결부 지으려 했소. ……성서에 나오는 최후의 심판, 하나님이 불로써 인간을 심판하리라는 그 최후의 날 말이오. 그 심판의 불을 지구와 혜성의 충돌로 해석하는 학자도 있소……."

"저, 창희가 누굽니까?"

사내가 술을 마시기 위해 잠시 말을 끊은 틈을 놓치지 않고 나는 기어코 묻고 싶었던 말을 내뱉고 말았다. 기실 나는 오늘만큼은 기필코 사내의 개인적인 이력에 대해 뭔가 알아내야 한다는 터무니없는 강박감에 쫓기고 있었다. 지금 생각해 봐도 그 당시 내가 사내의 개인사에 대해서 그토록 집착했던 것이 단순한 호기심 때문이었는지 아니면 달리 이유가 있었는지 알 수가 없다. 사내가 갑자기 동작을 뚝 끊고 의아한 표정으로 날 건너다보았다.

"아, 오해는 마십시오. 전번에 여기서 봉변을 당하실 때 제가 부축해 드렸거든요. 그때 계속 창희라는 이름을 부르시더군요."

사내는 고개를 숙인 채 다시는 말이 없었다. 얼굴에 고통의 빛이 떠올라 있었다.

"말씀 안 하셔도 좋습니다. 전 단지 무슨 사연이 있지 않나 해서……."

"……."

"……."

그리곤 사내와 나는 말없이 제 술잔만 홀짝였다.

"남의 일에 퍽이나 관심이 많은 양반이군. 형씨, 오늘 나랑 같이 별자리 구경이나 하지 않겠소?"

사내가 의외로 무연한 목소리로 침묵을 깨고 말했다. 그리곤 자리에서 먼저 일어서 나가 버렸다. 따라오려면 오고 말려면 말라는 태도였다. 나는 급히 사내의 뒤를 따라나섰다.

사내가 나를 이끌고 간 곳은 15층의 옥상이었다. 꼭대기 층의 계단에서 옥상으로 통하는 문은 잠겨 있었다. 사내는 호주머니에서 조그만 쇠붙이 같은 걸 꺼내더니 간단하게 자물쇠를 열었다. 거기에 자주 온 듯한 아주 익숙한 솜씨였다.

옥상은 어두웠고 아무도 없었다. 제법 쌀쌀한 늦가을의 바람이 몰려 다녔다. 멀리 국도를 오가는 자동차의 불빛과 층마다 환한 불빛을 보듬고 있는 사람들의 집들이 내려다보였다. 난간 철책을 잡고 바로 아래를 내려다보았을 때의 그 아찔한 높이감. 방범등의 불빛을 받은 정원수들이 짐승들처럼 웅크리고 있고, 자동차들이 딱정벌레들처럼 늘어서 있었다. 현기증이 일어나 나는 얼른 난간에서 물러났다.

사내는 품속에서 긴 외눈 망원경을 꺼내더니 하늘에다 대고 이리저리 옮겨 보았다. 사내를 따라 고개를 잔뜩 젖혀 밤하늘을 올려다보았을 때, 시야 가득히 떠 있는 별들. 별들은 저마다 물을 머금은 듯 바람에 흔들리며 반짝이고 있었다. 아득하게 반짝이는 별들로 인해 하늘은 너무 깊어 보였다.

"별자리란 건 말이오……."

사내가 여전히 망원경에서 눈을 떼지 않은 채 말했다.

"아무런 질서 없이 늘어서 있는 별들을 인간이 보이지 않는 선으로 이어놓고 거기다 의미를 붙인 것에 불과하오. 그래서 별자리는 별들의 질서가 아니라 인간 마음의 질서라 할 수 있지요. 그건 또한 고래로부터 밤하늘을 바라보는 인간들의 쓸쓸함의 표현이오. 이 무한광대한 우주에 인간만이 버려져 있다는 쓸쓸함을 달래기 위해서 인간은 별자리를 고안한 것이지요. 그리고 거기에 온갖 의미를 붙였소. 그렇게 해서라도 인간이 저 우주와 무관하게 존재하지 않는다는 확인을 받고 싶었는지도 모르지요. 그러나 인간들이 붙인 의미를 곰곰 따져 보면 참으로 오묘한 데가 있소. 참 그럴듯하게 갖다 붙였거든요……. 형씨, 저기 저 별자리 하날 찾아보시겠소? 우선 북두칠성을 찾으시오…….”

나는 고개를 들어 북쪽 하늘을 더듬어 보았다. 한참 후에야 많은 별들 사이에서 국자 모양의 북두칠성을 찾았다.

“찾았소? 그러면 북두칠성의 손잡이 곡선을 따라 계속 내려와 보시오. 거기 유난히 크게 빛나며 정삼각형을 이루고 있는 별이 보이지요? 그 삼각형의 아래쪽에 걸쳐 있는 별들을 처녀자리*라고 합니다. ……어때, 찾았소?”

사내가 별자리께를 손가락으로 가리키며 망원경을 빌려 주었지만 나는 쉽게 찾을 수 없었다.

“대개의 별자리엔 다 신화와 전설이 붙여져 있듯이 처녀자리에도 전설이 있소……. 들어 보시겠소?”

나는 어둠 속에서 고개를 끄덕여 보였다. 그러나 사내는 그것마저 보지 않은 채 이야기를 시작했다.

“……먼 옛날 신들의 시대에 지하세계의 신인 하데스가 땅 위의 옥수수 밭을 거닐다가 마침 그곳에 놀러 와 있던 어여쁜 페르세포네를 발견했소. 그녀는 토지의 여신인 데메테르의 딸이었소. 그녀의 아름다움에 반한 하데스는 그만 그녀를 납치하여

지하세계로 내려갔소. 하데스는 울며 사정하는 그녀를 강제로 자신의 아내로 만들었던 거요. 그녀는 늘 땅 위의 언덕과 계곡, 드넓은 평원, 불어오는 바람과 따스한 햇빛을 그리워하며 슬픔에 빠져 있었다고 하오.

그녀가 납치된 후 딸을 잃은 토지의 여신 데메테르는 큰 비탄에 빠져 버렸소. 토지의 여신이 슬퍼하자 땅은 메말라 갔고 들에는 곡식이 이삭을 패지 못했소. 신들의 제왕인 제우스는 땅이 황폐해 가는 것을 더 이상 방관할 수가 없었소. 그러나 하데스를 함부로 대할 수도 없었소. 하데스는 바로 제우스의 형이었기 때문이오. 그래서 제우스는 이들을 화해시키는 방향으로 일을 만들었소. 결국 제우스의 중재로 페르세포네는 일 년의 반 동안은 지하세계에 머무르고 나머지 반 동안은 지상에서 지낼 수가 있게 되었소. 그렇게 해서 그녀는 매년 봄이면 하늘의 처녀자리가 되어 지하세계로부터 동쪽 하늘로 올라오게 되었다는 거요. 그 후로 데메테르가 지하세계에 있는 딸을 그리워하며 슬픔에 빠져 있는 겨울에는 추위가 닥쳐오고 풀이 돋아나지 않게 되었소. 그리고 페르세포네가 처녀자리가 되어 하늘에 나타나면 데메테르의 슬픔이 가시게 되어 땅은 다시 활기를 띠고 무성한 나뭇잎과 열매를 맺게 된다는 것이오……."

어둠 속에서 사내의 음성이 우렁우렁 들려왔다. 나는 처녀자리를 찾는 것을 포기하고, 아파트 단지 끝에 서 있는 교회의 주황색 네온 십자가를 바라보고 있었다. 네온 십자가는 별보다 더 휘황하게 빛나고 있었다.

“좀 슬픈 이야기지만 재밌군요.”

“형씨, 신이 있다고 믿으시오?”

사내가 내 곁으로 다가오며 물었다.

“아니오.”

나는 어둠 속에서 도리질을 쳤다.

“나는 신이 있다고 믿소. 신이란 별것 아니오. 그것은 우리에게 이성과 문명뿐만 아니라 남을 속이고 죽이는 교활한 지혜까지 가르쳐 주고 멀리 우주로 떠나 다시는 돌아오지 않는 우주인과 같은 것이오. 신은 있지만 이제 신은 더 이상 인간에게 관심이 없소. 신은 인간을 만들어 놓고 버렸소……”

나는 어둠 속에 유난히 도드라져 보이는 네온 십자가에 시선을 박고 있었다. 나는 사내가 뭔가 고통스럽게 이야기하려 한다는 것을 깨달았다.

“……”

“……”

“……”

“……아까 창희가 누구냐고 물으셨지요?”

한참의 침묵 후에 사내는 지극히 낮은 목소리로 말했다. 나는 흠칫 긴장하며 사내의 어둠에 잠긴 얼굴을 돌아보았다.

“……내 딸애요. 지금은 저 하늘의 별이 되어 버린 아이지요. ……그 애는……그 애는……유괴되었었소. ……이주일 만에 야산 나무에 묶여 얼어 죽은 시체로 발견됐소. ……그토록, 그토록 애원했건만, 돈은 얼마든지 주겠노라고, 제발 애를 살려만 달라고……."

　사내는 두 손으로 난간을 잡고 고개를 숙인 채 말했다.

　"……그 애 엄마도 시름시름 앓다가 몇 달 뒤에 딸아이를 따라 갔소. ……사흘 전이 딸아이가 시체로 발견된 지 이 년째 되는 날이었소……."

　나는 북쪽 하늘에서 반짝이는 별을 바라보며 사내의 쓸쓸한 목소리를 듣고 있었다. 옥상에는 어두운 바람이 불고 있었다. 어둠이 잉크처럼 피부에 묻어날 것 같은 느낌이었다. 하늘의 별빛들이 어지럽게 흔들렸다. 아아, 하고 나는 속으로 진저리를 쳤다. 사내의 내력을 알고자 그렇게 안달했던 자신이 후회스러워졌다. 옥상은 추웠고, 뺨에 소름이 돋았다. 사내와 나는 다시 말을 잃었고, 아직도 차량의 불빛이 오가는 어두운 국도를 멀리 바라보며 오랫동안 서 있었다. 그리곤 누가 먼저랄 것도 없이 옥상을 빠져 나와 엘리베이터를 타고 내려왔다. 아파트 광장에서 사내와 나는 말없이 악수를 나누고 인사도 없이 헤어졌다.

　사내의 죽음을 안 것은 그로부터 한 달쯤 지난, 추운 겨울의 어느 날이었다. 옥상의 그날 이후로 나는 사내를 다시 보지 못했다. 출장과 연수 관계 등으로 바쁘게 돌아다녀야 했으므로 포장마차에 들릴 짬도 없었다. 다시 편두통을 앓으며 일상의 분주함에 발목 잡혀, 사내의 그 사연을 점차 잊어 갔다. 아니, 그날 이후 나는 사내를 의식적으로 피해 다녔다는 것이 더 정직한 표현일 것이다. 바쁘다는 것은 핑계에 지나지 않았다. 나는 사내의 고통을 위로할, 하물며 그것을 나누어 가진다는, 하다못해

그것에 공감한다는 어설픈 제스처조차 지을 용기가 없었는지도
모른다.

사내가 죽는 날 새벽에 나는 꿈을 꾸었다. 황량한 벌판이었
다. 나는 홀로 벌판에 서 있었다. 하늘은 온통 주황색으로 물들
어 있고 그 하늘 저편에서 거대한 불덩어리 하나가 긴 꼬리를
끌고 사이렌 소리를 울리며 나를 향해 달려오고 있었다. 몸을
숨겨 피해야 된다고 생각하면서도 나는 이상한 황홀감에 오히
려 불덩어리를 향해 두 팔을 벌리고 있었다. 아득한 하늘 저쪽
에서 야구공만 하게 보이던 불덩어리는 맹렬한 속도로 달려오
면서 나중엔 하늘을 가득 메우는 거대한 것으로 변했다.

'아아, 저게 혜성이구나.' 나는 불덩어리의 거대함에 압도당
해 온몸을 꼼짝도 못 한 채, 생각했다. 드디어 혜성의 불덩어리
가 내 몸을 뚫고 지나가는 순간 잠에서 깨었다. 아랫도리에 뜨
끈한 기운이 흘렀다. 몽정이었다. 이 나이에 몽정이라니. 나는
잠결에도 속으로 실소했다. 아파트 밖에선 실제로 앰뷸런스의
사이렌 소리가 요란하게 들리고 있었다. 새벽부터 웬 앰뷸런스
람! 아내가 투덜거리며 자리에서 일어나는 소리가 들렸다.

어떤 예감에 이끌려서일까. 그날 저녁 퇴근길에 나는 그동안
발길을 끊다시피 했던 〈적자〉 집에 들렀다. 주인 아줌마는 평소
답지 않은 호들갑으로 나를 맞이했고, 그리고 사내의 죽음을 알
렸다.

"글쎄, 세상에, 간밤에 아파트 옥상에서 뛰어내린 모양이에
요. 새벽에 발견되었다는데 세상에, 세상에, 눈뜨고 못 볼 지경

이었다지 뭐예요. 내 아무래도 정상은 아니다, 아니다 했는데 하필이면 남의 아파트에서 떨어져 죽을 건 뭐람. 사람들이 아파트 값 떨어진다고 난리예요. 난리……."

나는 새벽의 앰뷸런스 소리를 기억해 냈다. 또한 사내와 아직 통성명조차 하지 못했음을 기억해 냈고 사내가 정말 요양원에 사는 지도, 정말 그의 정신이 이상한 것인지도 확인하지 못했음을 기억해 냈다. 하지만 그게 무슨 대수랴. 그가 이 지상에서 어떤 사람이었건 그는 이미 이 지상을 떠나지 않았는가. 그게 무슨 대수랴. 나는 빈속에 술을 급하게 털어 넣었다. 그러나 혼자 소주 두 병을 비운 후에도 전혀 취기가 오르지 않았다. 오히려 정신이 말짱해지는 느낌이었다.

집으로 돌아왔을 때, 아내는 기다렸다는 듯이 이미 아파트 내에 파다하게 퍼져 있는 사내의 죽음에 관한 소문을 야단스런 목소리로 늘어놓았다.

사람들은 누구나 그의 죽음을 자살로 치부하고 말았지만, 나는 따로 짚이는 구석이 있었다. 어두운 옥상에서 망원경으로 별자리를 찾아 이리저리 걸음을 옮기던 그가 난간에 부딪친다. 취기가 있는 그의 몸이 중심을 잡지 못하고 그리 높지 않은 난간 너머로 쏠려 넘어진다. 그런 광경이 눈앞에서 본 것처럼 생생히 떠오르는 것이었다.

아무튼 그는 아파트에서 떨어졌다. 그러나 나는 그가 지상으로 추락한 것이 아니라 어쩌면 우주로 날아오른 것인지도 모른다는 생각이 자꾸만 드는 것이었다. 하데스의 세계로부터 데메

160

테르의 세계로, 겨울에서 봄으로. 그는 딸애와 아내의 별 옆에 나란히 떠서 새로운 별자리를 만들지나 않았을까. 그리하여 인간들이 그 별자리에 새로운 전설을 붙여 주기를 기다리고 있는 건 아닌지.

그날 밤에 다시 X로부터 전화가 왔다.

"……선생님, 선생님, 전 병들었어요……."

난 그녀에게 지극히 낮은 목소리로 말했다.

"그래, 당신은 병들었소. 하지만 난 당신을 고쳐 줄 수가 없소. 미안하오. 정말 미안합니다. 당신 병은 아무도 고칠 수가 없습니다. 미안합니다. 미안합니다……."

나는 미안하다는 말만 되풀이했다. 그러자 정말 X에게 미안하다는 느낌이 들었다. 웬일인지 X는 다시 말이 없었다. 신음처럼 흐느끼는 색소폰 소리만이 수화기에 여명처럼 잉잉거리고 있었다. 나는 불현듯 옥상엘 올라가고 싶었다. 하지만 창문으로 얼핏 내다본 흐린 밤하늘은 별빛 하나 품고 있지 않았다. 격렬한 통증이 왼쪽 머리를 쥐어짜고 있었다.

* 처녀자리는 봄철에 볼 수 있는 별자리지만, 본 작품에선 구성상 가을철에도 볼 수 있는 것으로 가정했음.

# 육교를 건너서

그 영감은 오래 전에, 정확히 말하자면 17년 전쯤에 내가 알았던 얼굴과 퍽이나 닮아 있었다. 나는 17년 전의 그 얼굴이 다시 살아와 거기, 화려한 도심지 한 귀퉁이에 껌자국처럼 그렇게 눌어붙어 있는 것이 아닌가 하는 착각에 빠질 지경이었다. 오래 잊고 있던 내 젊은 날에 만났던 연민과 안타까움과 비애의 한 실체와 다시 조우하는 느낌이기도 했다.

　그 영감을 처음 보았을 때 나는 저도 모르게 걸음을 멈추었다. 끊임없이 사람들이 오가는 육교 위에서였다. 그 영감은 발 앞에 양푼 그릇을 놓고 등을 잔뜩 구부린 채 앉아 있었다. 게다가 작은 체구여서, 그건 꼭 천산갑 한 마리가 등을 둥글게 말고 엎드려 있는 꼴이었다.

　2호선이 개통되기 전까지는 서면에서 지하철을 내려 부전동 방향에서 영광도서 쪽으로 가자면 육교를 하나 건너야 했다. 그 육교는 오가는 사람들로 언제나 붐빈다. 게다가 폭이 좁은 편이어서 마주 오는 사람과 어깨를 부딪치지 않으려고 애를 써야 할 정도이다. 그럼에도 그 육교의 한 모퉁이엔 걸인이 쭈그리고 앉아 행인들의 동전푼을 바라고 손을 벌리고 있는 경우가 많다. 소위 앵벌이라는 아이일 경우도 있고, 누더기 옷과 봉두난발에다 한쪽 다리나 팔에 때 묻은 붕대를 과시하듯 칭칭 동여맨 젊은 축일 경우도 있다. 경찰의 단속과 무관하지 않은 듯, 어느 땐 자취를 감추었다가 또 어느 날 보면 그 좁은 길에 두엇씩이나 나와 앉았기도 했다.

그 짓도 목이 좋은 곳이 따로 있는지 지들끼리도 닭뼈 단지에 지네 꾀이듯 꾀여드는 곳이 있는 모양이었다. 그렇다고 하는 것은, 그 육교 길이 서점에 책을 사러 가거나, 서점에서 주최하는 문화 행사에 참석하거나, 혹은 그 근처 음식점 등에서 모임이 있거나 해서 수시로 지나치는 길목이므로 자연히 눈에 익은 풍경이기 때문이었다.

그래서 거렁뱅이 영감이 하나쯤 그 육교 위에 쭈그리고 앉아 있는 거야 일상적인 풍경이랄 수 있었다. 그러나 내 발길을 잡았던 것은 그 영감의 몰골이 어딘가 낯익다는 데 있었다. 그런 치들의 행색이야 대체로 비슷하지만, 탈색되어 이제는 본바탕의 검은 색깔보다 누런 섬유의 본래 색깔이 더 많이 드러나는 외투와 작은 키와 좁고 꾸부정한 어깨와 주름살투성이의 얼굴, 그것을 보는 순간, 나는 그렇게 걸음을 멈추고 망연히 영감을 바라보게 되었던 것이었다.

그 영감은 오래 전에, 정확히 말하자면 17년 전쯤에 내가 알았던 얼굴과 퍽이나 닮아 있었다. 나는 17년 전의 그 얼굴이 다시 살아와 거기, 화려한 도심지 한 귀퉁이에 껌자국처럼 그렇게 눌어붙어 있는 것이 아닌가 하는 착각에 빠질 지경이었다. 오래 잊고 있던 내 젊은 날에 만났던 연민과 안타까움과 비애의 한 실체와 다시 조우하는 느낌이기도 했다.

내가 걸음을 멈추고 서 있자 길이 막힌 행인들이 옆으로 돌아가며 내 얼굴을 힐끔거렸다. 나는 다시 걸음을 옮기며 그 영감의 찌그러진 양푼 그릇에 만 원짜리 지폐 한 장을 놓았다. 영감은 고개를 들어 나를 올려다보았다. 땟자국이 그득한 그 얼굴엔 감사의 표정보단 의아심이 더 짙게 떠올라 있었다. 나는 천천히 몸을 돌려 계단을 내려왔다.

그 해 겨울은 유난히 추웠고 전국적으로 눈이 많았다. 검문소 내에 설치된 스피커에선 연일 각 지방에 내린 폭설주의보를 발표해대고 있었다. 눈이 귀한 편인 그 남쪽 지방에까지 눈은 에누리 없이 풍성하게 내려 주었다.

검문소 주위의 언덕과 들판은 물론, 남해안의 주요 항구인 Y항과 그 지방의 내륙 교통 요지인 S시를 연결하는 그 포장국도마저 사흘들이 하얀 눈에 뒤덮이곤 했다. 그런 날이면 어김없이, 새벽에 아침 구보 대신 검문소 주위 도로 위에 쌓인 눈을 치우거나, 본서의 도로 제설 작업에 동원되어 아침 한 나절을 눈과 씨름하면서 보내야 했다.

Y항과 S시를 왕래하는 정기버스는 물론, 그 도로를 통행하는 모든 차량들은 미식축구 선수 모양 어깨를 잔뜩 추커세운 채 씩씩하게 달려와서는 검문소 앞에서 다소곳이 멈춰 서곤 했다. 그 멈춰 서는 차량마다 올라가 검문을 실시하는 것이 우리의 임무였다.

검문 근무를 선 지 일주일이 지나도록 나는 그 검문이라는 것에 영 적응을 못 하고 있었다. 그것은, 보름 전에 S섬의 해안 초소에서 이곳 검문소로 재배치를 받을 때부터 그랬다. 검문이라는 어휘가 주는 일종의 권위감 같은 게 생리적으로 거부감을 불러일으킨 탓도 있었지만, 온종일 그저 넘실대는 파도만 지켜보면 되는 해안부서에서 사람들과 끊임없이 부닥쳐야만 하는 경비부서로 옮긴다는 게 여간 싫지 않았기 때문이었다. 게다가, 일주일 간에 걸쳐 검문하는 요령과 그 필요성에 대하여 구구한 사항까지 교육을 받았음에도 그 검문이라는 것의 효율성에 도무지 신뢰감이 들질 않았다. 그건 괜한 헛수고로 여겨졌다.

그 검문이란 건 빠져 나가기로 마음먹은 사람에겐 너무나 허술해 보였다. 버스 같은 경우에는 더욱 형식적인 것만 같았다. 특별히 비상사태가 아니고서는 검문을 한답시고 올라가 그 많은 승객들에게 일일이 신분증 제시를 요구할 수 없는 노릇이고, 김 상경 말마따나 그 중에서 몇 명을 소위 '찍어야' 하는 것인데, 그 찍히는 사람도 많아야 3명 내외였고, 정말 검문이 필요한 자가 '나 잡아 가슈' 하고 그 3명에 포함되리란 보장은 어디에도 없었다.

그건 꼭 적록색맹인 친구가 감나무에서 홍시를 따는 격이었다. 김 상경은 일경 시절에 범죄 용의자를 무려 다섯 명이나 '찍어' 냈다고 은근히 자기 관록을 과시하며 육감이란 걸 길러야 한다고 거듭 강조했다. 하지만 나는 이제껏 스무 해 넘게 살아오면서 그 육감이란 걸 믿어 본 적이 한 번도 없었다.

방금 검문을 마치고 엉덩짝을 뒤뚱거리며 멀어져 가는 버스에 힐끗 시선을 주고 나는 어깨에 매달린 M16의 멜빵을 추스렸

다. 추웠다. 1월 초순의 추위는 군용 방한 잠바의 두꺼운 피복을
뚫고 등허리에 으슬으슬 달라붙었다. 숨을 한 번 깊이 몰아쉬었
다. 차가운 공기가 폐부 깊숙이 날카로운 자극으로 침입했다.
뽀얀 입김이 날숨에 눈앞에서 흩어졌다. 멀리 들판으로 눈을 주
었다. 들판은 온통 눈부신 흰빛이었다. 나흘 전에 내린 눈이 아
직 녹지 않고 얼어붙어 있었다. 눈을 들어 하늘을 보았다. 잿빛
으로 낮게 드리워져 한층 가깝게 보이는 하늘은 잔뜩 찌푸린 표
정이 아무래도 심상치가 않았다. 또 한바탕 퍼부으려나, 빌어먹
을. 나는 속으로 욕지거리를 하며 방한용 장갑 속에 든 손을 겨
드랑이 밑으로 밀어 넣었다.

사방이 유리로 된 검문소 창문 안에서 김 상경과 정 일경이
난롯가에 앉아 잡담을 주고받는 모습이 들여다보였다. 신 일경
은 입구 쪽 책상에 걸터앉아 담배를 피우고 있었다. 아침 일찍
본대로 공문을 가지러 간 차 이경은 아직 돌아오지 않고 있었
다. 들판을 가로질러 온 차가운 바람이 가슴에 잠시 안겼다가
옆으로 빠져 나갔다. 높이 세워둔 차단기가 바람에 흔들거리는
게 매우 을씨년스러웠다. 나는 검문소 안으로 들어갈까 하다가
그만두었다. S시 쪽에서 달려오고 있는 직행버스를 발견했기
때문이었다.

나는 손을 들어 바짝 다가온 버스를 세웠다. 버스는 정확하게
나의 발 앞에서 정지했다. 안내양이 열어 주는 문을 올라섰다.
엔진 앞의 통로에 서서 직각으로 경례를 올려붙이며 나는 일주
일 동안 제법 세련되어진 목소리로 말했다.

“죄송합니다. 잠시 검문이 있겠습니다. 협조해 주시기 바랍니다.”

나는 앞자리부터 훑어 나가기 시작했다. 이럴 때 승객들은 대개 하던 이야기도 그치고 검문하는 사람에게 무관심한 표정으로 앞만 쳐다보거나 창문을 내다보거나 혹은 접어 두었던 신문을 펼쳐 들게 마련이었다. 그러다가 정작 자신이 신분증 제시를 요구받게 되면 당황한 듯한 몸짓으로 이쪽저쪽 호주머니를 재빨리 뒤지는 것이었다. 그것은 마치, 하필이면 자기가 지적당했다는 미묘한 창피스러움에서 한시바삐 빠져나오기 위한 몸짓 같아 보이기도 하고, 자기는 신분이 확실하다는 것을 얼마든지 증명해 보일 수 있다는 자신감의 약간 과장된 표현처럼 보이기도 했다.

이 노선의 승객들은 각양각색이었다. 공무원, 교사, 농사꾼, 학생, 공장 직공, 회사원, 부두 노동자, 선원, 생선장수 아줌마……. 그들은 저마다 각기 다른 표정과 몸짓으로, 각기 다른 존재의 깊이와 높이로 버스 칸의 한 자리씩을 차지하고 있었다. 하지만 그들은 모두 검문이란 개념 앞에서는 동일했다. 즉 검문하는 사람의 눈에는 그들이 모두 다 일단은 똑같은 잠재적 용의자로 떠오르는 것이었다. 다시 말해, 검문이란 잠시 동안이지만 모든 사람의 존재 높이를 신분증이란 비닐에 싸인 조그만 쪽지로 고르게 절단하여 그 위에 ‘잠재적 용의자’란 동일한 이름표를 붙여 주는 것이었다. 그들은 검문소 앞에서 비로소 똑같은 대상으로 취급되어진다는 평등을 획득하는 것이었다. 서글픈

평등이긴 하지만……. 김 상경의 육감이란 것은 이런 서글프고 찰나적인 평등마저도 약삭빠르게 파괴해 버리는 것인지도 몰랐다.

나는 대학생쯤으로 보이는 두엇의 주민등록증을 건성으로 훑어보고 되돌려 주었다. 그 외는 소위 그 육감이란 것을 자극시키는 사람이 없었다. 나는 돌아서서 입구 쪽으로 걸어 나오기 시작했다. 몇 발자국을 옮기던 나는 흠칫 놀라고 말았다. 눈앞에 뭔가가 불쑥 들이밀어졌기 때문이었다. 그것은 때가 시커멓게 낀 더러운 손이었다. 그 손에는 주민등록증이 쥐어져 있었다. 나는 놀라서 그 손의 주인을 돌아다보았다.

제일 처음 눈에 들어온 것은 주름살투성이의 얼굴이었다. 그 얼굴은 벌써 몇 달 동안 세수를 잊어버린 듯 시커먼 땟자국이 본래의 피부 빛깔처럼 번들거리고 있었다. 제멋대로 엉켜 붙은 머리칼 하며……. 그 얼굴에서 빛나는 곳이라곤 두 눈밖에 없었다. 그 눈은 의외로 광채를 띠고 있었고 거기에는 묘한 호소의 빛이 넘치고 있었다. 그 몰골로 인해 노인의 나이는 도무지 종잡을 수가 없었다. 오십에서 육십, 아니 칠십까지 임의로 볼 수 있는 기묘한 얼굴이었다. 노인은 낡고 해진 구식 오버로 조그만 몸을 감싸고 있었다. 나는 노인의 두 눈에 가득 담겨져 있는 애원의 빛이 무엇을 의미하는지 몰라 멍하니 노인을 내려다보고만 있었다.

“저, 제, 제 주민증 좀 봐, 봐 주시라요.”

그때, 노인이 뜻밖의 이북 사투리로 더듬거리며 입을 열었다.

나는 그제야 노인이 무엇을 원하고 있는지 눈치챌 수가 있었다. 노인은 검문을 받기를 원하고 있었다. 나는 얼떨결에 노인이 내밀고 있는 주민등록증을 받아들었다. 순간, 노인의 눈은 어이없게도 만족과 안도의 빛으로 바뀌는 것이었다. 나는 순전히 호기심으로 노인의 주민등록증을 들여다보았다.

노인의 이름은 추팔기(秋八基)라는 촌스런 이름으로 되어 있었다. 주소는 엉뚱하게 인근 지방과는 동떨어진 충청도 어딘가로 기재되어 있었다. 나는 다른 사항은 건성으로 보아 넘기고 주민증을 노인에게 돌려주고 말았다. 그것이 무슨 소중한 물건인 양 두 손으로 가만히 받는 노인의 입가에는 의미를 알 수 없는 흡족한 미소가 떠올라 있었다. 나는 혼란을 일으키고 말았다. 누구에게 뒤통수를 쥐어 박힌 기분이랄까. 너무 갑작스레 당한 일이라 도대체 뭐가 뭔지 알 수가 없었다. 나는 차에서 내려 멀어져 가는 버스의 엉덩짝을 바라보며 왜 처음부터 그 노인을 발견하지 못했을까 하고 의아하게 생각했다.

"박 이경, 무슨 일이야?"

내가 고개를 갸웃거리며 검문소 안으로 들어서자 조개탄 난로 위에 두 손을 펼치고 있던 김 상경이 역시 육감의 사나이답게 제일 먼저 물어왔다.

"좀 이상한 노인이 있어서요."

"이상한 노인이라니?"

"별것 아닙니다. 웬 노인이 자기 주민등록증을 내보이며 좀 봐 달라는 겁니다. 정신이 좀 온전치 못해 보이는 노인 같아 그냥 보냈습니다."

나는 대수롭잖은 투로 대답했다.

"흐음, 거지 같은 영감이지?"

김 상경은 웃음기를 빙글빙글 입가에 떠올리며 장난기어린 억양으로 말했다.

"네, 맞아요."

"키가 작고 검정색 오버 차림이지?"

옆에 있던 신 일경도 의미심장한 웃음을 떠올리며 끼어들었다.

"맞습니다. 아는 노인넵니까?"

"이 검문소에 근무하는 사람치고 그 영감을 모르면 그야말로 간첩이지. 너도 그 영감에게 당했군."

김 상경이 회심의 미소를 손바닥으로 쓸어내리며 대답했다.

"당하다뇨?"

"정신이 약간 돈 영감인데 말야. 이건 한사코 검문을 받고 싶어하는 거라. 특히 새로 배속되어 온 신참들에게는 어떤 수를 써서라도 기어이 검문을 받고야마는 괴상한 영감이야. 이곳에 새로 갈리어 온 신참들은 꼭 그 영감에게 그런 식으로 인사를 올리는 셈이라고 할까. 아니, 그 영감에게 인사를 당한다고 하는 편이 옳겠군. 말이 좀 이상한가? 아무튼 너도 인사를 당한 셈이야."

그리고 김 상경은 껄껄 웃었다.

"그 영감탱이가 바로 추 영감이야."

신 일경이 난롯가로 의자를 당겨 앉으며 다시 말했다.

"내 경우는 너보다 좀더 지능적이었지. 내가 이곳에 처음 와서 근무를 선 지 이틀째던가 사흘째던가 되는 날이었는데 하루는 버스 앞자리부터 죽 훑어가는 중에, 아 이 영감이 하고 있는 꼴도 수상쩍은 데다 뭔가 있구나 하는 육감이 오더란 말이지. 영감이 내가 가까이 가자 영 당황하는 표정이고 안절부절못하는 눈치였거든. 그래서 콱 때려잡아 주민증을 확인하고 그래도 찜찜해서 조회를 해 볼 양으로 하차까지 시켰단 말씀이야. 아 그런데 그게 글쎄 영감의 잔머리였지 뭐야. 내가 영감을 데리고 검문솔 들어서자 모두들 박수를 치고 난리들이 났지. 한데 이 영감탱이가 비실비실 웃으며 검문소로 줄레줄레 따라 들어오는 거야. 그 덕분에 한 달이나 넘게 놀림감이 되었어. 나 참 기가 차서……."

"뭐 하는 영감인데요?"

"뭐 하긴, 보면 모르나? 거지지, 거지. 거지는 거진데 간첩 거지야."

"간첩 거지요?"

"빨갱이 출신 거지란 말야. 육이오 때 빨갱이 활동하다 잡혀 오랫동안 감방에 있었다더군. 간첩 걸뱅이 하면 이곳 Y항과 S시에선 모르는 사람이 없을 만큼 유명하지. 간첩 걸뱅이를 모르면 진짜 간첩이야."

"다른 가족은 없습니까?"

"글쎄, 그건 잘 모르겠지만, 자식이라도 있으면 그 꼴을 하고 다니겠어?"

"그런데 그런 거지꼴로 어떻게 직행버스를 탈 수 있죠? 차장들이 좋아하지 않을 텐데."

"그게 말야, 또 재미있지. 처음엔 차장 계집애들과 어지간히 싸움도 했다더군. 사실 차장 애들이 얼마나 질겁을 했겠어. 시커먼 거렁뱅이 영감탱이가 직행 버스를 타겠다고 덤비니 말야. 하지만 영감이 하도 결사적이고 또 차표도 엄연히 가지고 있으니까 어쩌겠어, 태워 줘야지. 차비는 동냥질한 돈을 조금씩 모아서 만든다고 하더군. 이 노선 차장치고 영감을 모르는 애는 없을 거야. 요즘도 가끔 새로 온 애들과 승강이질을 하고 있는 걸 볼 수 있지."

모처럼 화젯거리가 생겨 신이 난 듯, 신 일경은 평소의 심술궂은 직속고참답지 않게 설명이 자상했다. 그러면서 신 일경은 결론적으로 추 노인을 돌았거나 좀 모자라는 정신장애자로 규정지었다. 하지만 나는 멀리 S시 쪽에서 오고 있는 트럭의 대열을 발견하고 검문소 문을 나서면서 추 노인의 그 절실하던 호소의 눈빛과 그 다음에 오는 만족의 미소 뒤에는 정신적 장애 이상의 그 뭔가가 숨겨져 있을 것 같은 느낌을 떨쳐 버릴 수가 없었다. 무슨 근거가 있는 건 아니었지만 꼭 그럴 것 같은 느낌이었다.

그날 차 이경이 본서로부터 가져온 공문에는 구정을 앞두고 독수리 작전이 실시된다는 내용이 담겨져 있었다. 독수리 작전이라 하면 모의 간첩 색출 작전으로 전 군경에게는 물론 특히 검문소 경비부서에는 특급 비상이 걸린다는 뜻이었고, 작전 기간 동안 근무 상황과 기강상태를 칼날같이 다스리지 않았다간 만수무강에 막대한 지장이 오리라는 뜻이었다.

대원들은 갑자기 바빠졌다. 검문소장인 하 순경은 아예 출퇴근을 포기하고 대원들의 숙소에 눌러앉았다. 검문, 검색이 삼엄하리만치 강화되었다. 통신요원을 제외한 전 대원이 검문에 나섰다. 지금까지 그대로 통과시키던 완행버스마저 거의 모든 승객에게 일일이 검문을 실시한 뒤 통과시켰다. 그러자니 자연 시간이 지체되었고 그새 뒤에 밀린 차량들은 경적을 빵빵거렸다. 비상이 걸리면 언제나 죽어나는 건 쫄다구였다. 나는 차 이경과 함께 말 그대로 부랄에 요령 소리가 나도록 이 차에서 저 차로 뛰어다녀야 했으므로 추 노인의 일 따위는 곧 잊어버렸다.

추 노인을 다시 만난 것은 작전이 시작된 지 일주일쯤 지난 후였다. 그날은 내가 먼저 추 노인을 발견했다. 추 노인은 지난번과 꼭 같은 행색으로 뒷좌석에 구겨져 끼여 앉아 있었다.

나는 노인을 알아보고 중대한 일을 잊어버리고 있던 사람처럼 황급히 전번의 기억을 떠올렸다. 내가 노인을 주시하며 다가서자 추 노인은 저번처럼 주민등록증을 불쑥 내밀진 않았지만 그 불안이 깔린 호소의 눈빛으로 올려다보았다. 그 눈빛에는 거의 비굴에 가까운 애원이 담겨 있었다. 어떤 안타까움과 함께…… 그건 단순하지만 그 어떤 욕구를 가장 순수하게 표현하고 있는 듯한 그런 눈빛이었다.

"실례합니다."

내가 노인 앞에 걸음을 멈추고 거수경례를 하자 추 노인은 황급히 주민등록증을 꺼내 나의 손에 건네주었다. 노인의 얼굴은 금세 밝아졌다. 아득한 안도와 만족의 표정. 나는 주민증을 들여다보는 척하다 돌려주었다. 그것을 받아 소중하게 안 호주머니에 집어넣으면서 추 노인은 흡족한 미소를 지그시 베어 물고 있었다. 그리고는 아득한 행복감에 잠긴 표정으로 등을 좌석 깊숙이 기대는 것이었다. 그것마저 어린아이의 단순성을 닮아 있었다.

그날 이후 추 노인의 왕래가 갑자기 잦아졌다. 추 노인의 모습은 거의 이틀에 한 번꼴로 버스 속에서 발견되었다. 나는 추 노인과 마주치면 아직 아무런 기미도 알아채지 못한 듯이 말없이 손을 내밀었고 그러면 추 노인은 역시 예의 그 표정으로 급히 주민증을 내밀었다. 이런 검문 아닌 검문을 하는 나와 검문 아닌 검문을 받는 추 노인과의 관계는 꽤 오래 계속되었다.

내가 버스 칸이 아닌 Y시에서 추 노인을 만난 것은 작전이 끝나고 보름쯤 지난 뒤였다. 지겹던 작전은 거의 보름 만에, 본서로부터 해안초소에서 모의 간첩을 포획하는 데 성공했다는 전통이 옴으로 해서 끝이 났다. 작전이 끝난 후 나는 야간근무로 옮기게 되었다. 본래 신 일경이 맡고 있던 것을 신 일경이 오전근무로 빠지고 오후근무를 맡고 있던 내가 대신 맡게 되었다. 야간근무로 빠진 후론 나는 추 노인을 다시 볼 수 없었다. 야간근무 시간엔 정기노선 버스가 끊기고 없었기 때문이었다. 구정을 며칠 앞둔 날 궁금한 생각이 들어 오후근무를 서고 있는 차

이경에게 은근히 물어 보았다.

"그 미친 영감쟁이? 자주 보이더니만 요즘은 통 안 보이던데, 왜?"

차 이경은 관심 없다는 투로 되물었다.

"아니, 그냥. 근데 그 노인에게 검문은 하고 있니?"

"그 거렁뱅이 영감한테 검문은 왜?"

차 이경은 별소리 다 듣는다는 표정으로 다시 반문했다. 추 노인은 내가 야간근무로 옮긴 후에 한 번도 검문을 받지 못하고 있는 모양이었다.

내가 혼자 Y항으로 외출을 나간 것은 구정이 지난 첫 일요일이었다. 검문소 근무를 선 후 첫 외출이었다. 구정 때 고향에 다니러 간 정 일경 대신 근무를 서 준 데 대한 김 상경의 특별한 배려이기도 했다.

그날도 함박눈이 펑펑 쏟아져 내리고 있었다. 극장을 나서 부둣가 횟집에서 소주 두어 잔을 걸치고 여관을 찾기 위해 시내로 들어올 때는 벌써 열 시가 넘어 있었다. Y항의 거리는 눈에 흠뻑 젖어 있었다. 길가 가게에서 흘러나오는 불빛에 거리는 야광성 곤충의 표피처럼 번들거렸다. 그 위로 눈이 내려 다시 얼고 있었다. 늦은 시간 탓인지 거리엔 사람 그림자가 드물었다. 눈 내리는 밤의 정취를 즐기려는 데이트족들만이 간혹 엇갈려 지나쳤다.

어깨에 쌓이는 눈을 느끼며 걷던 나는 양복점 진열장에서 흘러나오는 불빛에 마주 오는 사람의 그림자를 발견하고 걸음을 멈추었다. 그 그림자는 보퉁이를 옆구리에 끼고 오버 속에서 어깨를 잔뜩 움츠린 채 고개를 수그리고 걸어와 지나쳐 갔다. 불빛에 드러난 얼굴은 분명 추 노인이었다. 나는 돌아서서 노인의 등 뒤에다 대고 "영감님" 하고 불렀다. 뒤돌아본 추 노인은 불빛에 내 얼굴을 확인하고 알아보는 눈치이긴 했으나, 표정은 읽을 수가 없었다.

"절 알아보시겠습니까?"

추 노인은 말없이 고개를 끄덕여 보였다. 그건 말 잘 듣는 아이의 고갯짓같이 순진한 구석이 있는 몸짓이었다. 노인의 어깨와 머리 위에도 하얀 눈이 쌓이고 있었다. 나는 주위를 둘러보았다. 마침 저만치 골목 어귀에 포장마차가 불을 환히 밝히고 있었다. 내가 이끄는 대로 추 노인은 황감스런 몸짓으로 순순히 따라왔다. 카바이트 불빛이 간들거리는 포장마차 안은 한결 따뜻해 보였다.

소주가 몇 순배 돌고 나자 추 노인의 시커먼 얼굴에도 붉은기가 돌았다. 내가 다시 따라 주는 술잔을 두 손으로 공손하게받으며 추 노인은 나의 물음에 더듬거리는 이북 사투리로 어렵게 말문을 열었다. 하지만 추 노인의 이야기는 언젠가 신 일경이 알려준 그 테두리에서 맴돌 뿐이었다. 이야기를 그 테두리밖으로 이끌어 내기 위해 유도하는 나의 질문에 추 노인은 꼭결정적인 부분에 가서 못 들은 척 혼잣말 같은 주절거림으로 얼버무렸다.

"죽기 전에 고향에 한 번만이라도 가 봤으면 한이 없겠쉬다.

고향에 살 땐 내레 참 좋았시오. 아바이, 오마니, 밑으로 여동생 들허구……. 기땐 참 좋았드랬시오.”

다만 새로운 게 있다면 추 노인이 충청도 어느 지방에 정착했던 이유 정도였다. 그 부분에 이르러 추 노인은 소주잔을 들면서 억양 없는 목소리로 말했다.

“고물장사 하면서 봐둔 곳이디요. 기거이 우리 고향이랑 참 비슷했댔시오. 내도 기렇구 산도 기러하구 말입네다. 기거이 살민 고향 생각이 아니 날까 허구 기거이 들어가 살았디오.”

그 외는 도무지 입을 열려고 하지 않았다. 내가 식구들은 없냐고 물었을 때도 역시 혼잣말처럼 주절거렸다.

“뒈졌시오, 열이 펄펄 끓다가, 약도 못 얻어먹고, 하, 기느므 에펜네, 눈도 아이 감고스리, 뒈졌시오, 하―.”

추 노인의 목소리가 젖어들고 있었다. 나는 추 노인의 정신 상태가 아무래도 정상에서 약간 비껴나 있는 게 아닌가 하는 의심이 들기 시작했지만, 기어코 가장 궁금한 질문을 하고야 말았다.

“그런데 영감님은 왜 한사코 검문을 받으려 하십니까?”

그러자 갑자기 추 노인은 허둥거리는 몸짓이 되었다.

“기, 기거……. 왜 그란지 나도 잘, 잘 모르겠쉬다. 기냥, 기냥 기러구 싶었수다레. 기러면 괜하니 기분이레 좋아디디에이오.”

추 노인은 술잔을 의미 없이 들었다 놓기를 반복하며 더듬거리며 대답했다. 나는 그것이 사실일 것이라고 생각했다. 추 노인은 정말 자신의 행위에 대한 이유를 갖지 않을 수도 있었고,

설사 갖고 있다고 하더라도 그걸 표현해 낼 능력이 그에겐 없을
수도 있었다.

"어쩌다 감옥살이를 하게 되셨소?"

나는 추 노인의 빨갱이 내력이 궁금해졌다. 그러나 추 노인은
그 부분에 이르자 갑자기 말문을 닫아 버렸다. 허둥대듯 하던
몸짓도 도로 가라앉았다. 내가 권하는 술잔만 말없이 비워 내고
있었다. 추 노인의 눈이 점차 게슴츠레해져 갔다. 코끝이 유난
히 붉어졌다. 그러다가 그는 노래인지 웅얼거림인지 알 수 없는
소리를 나지막이 내기 시작했다. 잔뜩 혀 꼬부라진 소리였으므
로 더욱 의미를 알 수 없는 노래였다.

"……백두산 고목 아래 맹세한 우리, 붉은 기 떨치며 세상에
외치리라……."

그건 군가 같기도 하고 청승맞은 유행가 가락 같기도 했다.

"저, 저, 영감탱이가 또? 당장 그만 못 둬, 이 빌어먹을 영감탱
이야."

그때 갑자기 50대의 포장마차 여주인이 추 노인을 향해 고함
을 빽 질렀다.

"누구 장사 말아먹으려구 또 그 노랠 불러대? 오살할 거렁뱅
이 같으니라구."

주인 여자는 우동 그릇을 물통에 거칠게 집어던지며 노기가
대단했다.

"술이나 처먹지, 무슨 놈의 개뼉다귀 같은 노래는……."

나는 영문을 몰라 멍청히 사태를 지켜볼 수밖에 없었다. 추

노인은 당장에 잠잠해졌고, 꾸부정한 어깨가 더욱 움츠러들어 있었다. 한참을 그러구 있던 추 노인은 슬그머니 일어섰다. 그리곤 천막 자락을 들치고 밖으로 나갔다. 나는 급히 주인 여자에게 셈을 해 주고 뒤따라 나갔다.

밖은 아직도 함박눈이 지천으로 쏟아지고 있었다. 열두 시에 가까워 있었다. 추 노인은 어눌하고 혀 꼬부라진 목소리로 노동자 합숙소 창고에서 잔다고 했다. 나는 호주머니에서 손에 잡히는 대로 돈을 집어 그의 손에 쥐어 주었다. 추 노인은 허리를 몇 번이고 굽실거리며, 오랜 구걸 행각으로 인해 몸에 배어 버린 비굴의 표정은 보였지만 검문을 받을 때와 같은 만족의 표정은 내보이지 않았다.

나는 눈을 맞으며 어두운 거리로 사라져 가는 추 노인의 좁고 굽은 어깨를 바라보며 저 노인에게 필요한 것은 동정이 아니라 다른 그 무엇일 거라는 생각이 들었다.

"젊은 양반에겐 미안하게 됐수."

내가 다시 안으로 들어서자 주인 여자는 추 노인을 대하던 표독은 어디로 감추었는지 겸연쩍은 말투였다.

"잘 아시는 분입니까?"

"분은 무슨 놈의 분, 그저 이 근처를 떠돌아다니는 거렁뱅이 영감태기지."

"아깐 왜 그리 화를 내셨어요?"

"총각은 그 영감탱이가 부르던 노래가 무슨 노랜지 몰우?"

"글쎄요. 처음 듣는 노래던데요."

"쯧쯧, 경찰이란 사람이 빨갱이 노래도 모르고 듣고 앉았으
니…….'

"예?"

"그게 빨갱이들이 부르던 노래란 말요."

"아, 그래요?"

"답답한 총각일세. 아, 그 영감이 어떤 영감인지도 모르고 술
을 사 줬단 말이우? 그 영감이 옛날 사변 근처에 빨갱이 노릇을
했단 말이요. 빨갱이 거렁뱅이 하면 모르는 사람이 없는데…….
그놈의 영감쟁이 때문에 내가 당한 일을 생각하면 지금도 치가
떨리우."

"그 얘기 자세히 좀 들읍시다."

나는 이야기 값 턱이 되게 멍게와 소주를 다시 시켰다.

"아, 이 영감이 전에 한 번, 인생이 불쌍해서 손님들이 남기고
간 소주를 먹으라고 주었더니만 그걸 퍼마시고 그 노랠 쳐부르
지 않았겠수. 처음엔 나도 그놈의 영감탱이 별 이상한 노래도
다 안다 하고 시답잖게 듣고 있었는데, 아 조금 있자니 순경들
이 들이닥친 거라. 빨갱이 노래가 들린다고 신고가 들어왔대나
어쨌대나. 아 그날 나까지 끌려가서 밤새도록 잠 한숨 못 자고
닦달을 당한 걸 생각하면……."

주인 여자는 정말 치가 떨리는지 온몸을 부르르 떠는 시늉을
했다.

"영감이 고생 좀 했겠군요."

"웬걸? 다음날 멀쩡히 나와 돌아다니더라니까. 소문에는 경

찰에서 잡아넣고 자시고 할 가치도 없다고 풀어 주었다는구만
요. 하긴 뭐 정신이 온전해야 상대를 하지……."

"영감이 언제부터 정신이 이상해졌답니까?"

"육이오 때 빨갱이 짓을 하다가 잡혀서 감옥살일 몇 년 했는
가 보우. 그때 전향선가 뭔가 그거 안 쓴다고 무지 얻어맞았다
지 아마. 그러곤 풀려나긴 했는데 저 모양으로 돌아다니지 뭐겠
수."

"가족은 없었답니까?"

"마누라가 있었는데 죽었다는 말도 있고, 도망갔다는 말도 있
고……, 그건 자세히 몰우."

나는 소주잔을 다시 들면서 천막 자락 사이로 희끗희끗 내리
는 눈을 바라다보았다.

추 노인의 죽음을 안 것은 그로부터 석 달쯤 뒤인, 훈훈한 바
람이 불어 대던 어느 봄밤이었다. 차 이경(그때는 진급을 하여
일경이었다)과 함께 모처럼 Y시로 외박을 나온 날이었다. 둘은
영화를 한 프로 당기고 당구를 치고 부둣가 횟집에서 1차를 하
고 2차 자리로 예의 그 포장마차를 찾았다. 생맥주 집으로 가자
고 고집하는 차 이경을 억지로 거기로 데려간 것은  나였다. 그
랬다는 것은 어쩌면 추 노인을 만날 수 있을 지도 모른다는 기
대가 은연중 작용한 것인 지도 모를 일이었다. 그 겨울밤 이후
로 다시 추 노인을 만날 수가 없었고, 그를 검문했다는 대원도
없었기 때문에 사실 궁금하기도 했다. 그러나 포장마차 안주인
이 전해 준 것은 추 노인의 묵은 부음이었다.

“그게 아마 총각하고 술 마시고 난 다음 얼마 지나지 않아서
였을 게우.”

나를 알아본 주인 여자는 반가워하면서도 추 노인의 얘기를
꺼내자 혀부터 차며 말했다.

“지난 겨울이 오죽 추웠소. 그런데 이 영감이 어디 가서 술을
억병으로 얻어 마신 모양이라. 그리곤 골목에 엎드려 잠이 들었
던 모양인데 그게 황천 가는 잠이었지 뭐유. 지지리도 복 없는
영감탱이, 내 언젠가는 그렇게 죽을 줄 짐작은 했다니까…….”

추 노인의 시체는 밤사이 내린 눈에 덮여, 사람들의 왕래가
잦아진 출근시간대에야 발견되었다고 했다. 뒤늦게 연락을 받
고 달려온 파출소 순경들은 그 죽음을 술 취한 거지 영감의 동
사쯤으로 취급해 버렸다고 했다.

나는 차 일경이 부어 주는 술잔을 받을 생각도 않고, 추 노인
이 왜 그렇게 검문을 받고 싶어했을까 하고, 새삼스럽게, 무슨
화두처럼 골몰하고 있었다. 그리고 추 노인이 아마 지독히도 외
로웠던 게라고, 이 지구의 한 모퉁이를, 저 끊임없이 흘러가고
흘러오는 시간의 한 모퉁이를 혼자서 외롭게 유영하다가 사라
져 버린 게라고, 제법 비장한 결론을 내린 후에야 술잔을 들이
켰다.


그날 나는 어느 문학 단체가 주최하는 독서토론회에 참석했
다가, 밤 10시쯤에 영광도서 쪽에서 그 육교를 건너 지하철역으
로 향했다. 일행들은 행사를 마치고 술집으로 몰려들 간 후였

다. 술자리라면 절대 사양하는 법이 없는 내가 혼자 일찍 몸을 빼친 것은 들릴 데가 있어서였다. 우리 집 큰놈의 미니카세트가 고장 나 아까 오던 길에 수리를 맡겨 두었던 관계로 그걸 찾아 가야만 했다.

육교 위 그 영감 거지는 보이지 않았다. 그 짓도 영업마감시간이 정해져 있는 건지 어떤지는 모를 일이었다. 나는 정작 전자제품 수리점의 영업시간이 끝났으면 어떡하나 하고 걸음을 재촉했다. 전자대리점으로 가는 지름길은 육교 아래에서 골목으로 접어드는 길이었다. 그것은 부전시장을 통과하는 길이기도 했다.

이미 철시된 시장 길은 어둡고 조용했다. 아직 전을 거두지 않은 몇몇 점포에서 흘러나오는 불빛이 겨우 앞길을 밝혀 주고 있었다.

내려진 철제 셔터문들 사이를 돌아 나오는데 어디선가 투덜거리는 소리가 들렸다. 나는 깜짝 놀라 긴 간이의자들을 포개놓은 진열대 너머의 어둠을 돌아다보았다. 그랬더니 분명 사람 그림자 둘이 부시럭거리고 있는 게 보였다.

"젠장할, 새끼들이 이젠 약아서 동냥도 잘 주질 않는다 말이야. 오늘 수입은 이게 다야."

그냥 지나치려던 나는 이 말에 발걸음을 늦추었다.

"영감, 뼁땅치는 건 아니겠지?"

"무슨 소리야. 장사 한두 번 해 보나. 날 못 믿어?"

목소리는 둘이었다. 하나는 젊고 나머지는 꽤 연로한 목소리였다. 자세히 보니 둘은 옷을 갈아입고 있는 중이었다.

"불경기라지만, 더럽게 수입 안 잡히누만."

젊은 축이 다리에서 허연 붕대를 풀어내면서 퉤 하고 침을 뱉었다.

"내일부턴 자리를 옮겨 보는 게 어때?"

"꼰대, 그런 소리 하덜 마쇼. 요즘 이만한 자리가 어디 쉬워?"

"허긴."

"어디 곰탕이나 한 그릇 때리러 가자구. 소주도 한 잔 빨고."

두 그림자가 불빛 쪽으로 걸어나올 때 나는 기둥 뒤에 서서 가만히 지켜보았다. 그리고 속으로 어어, 하고 소리를 질렀다. 불빛에 드러난 늙은 축은 분명 아까 육교 위에서 보았던 그 거렁뱅이 영감이었다. 검정 외투 대신 허름하나마 반듯한 잠바를 갈아입고 있었지만 그는 분명 그 영감이었다. 나는 속으로 실소를 날리지 않을 수 없었다. 그리고 새삼 추 노인은 17년 전에 죽어 사라졌다는 사실을 깨달았다. 그 영감은 추 노인과 닮은 데가 전혀 없었다. 세월은 우리가 문화 행사를 한답시고 육교를 건너다니는 동안, 모든 걸 바꾸어 놓았다는 사실도 깨달았다. 시장 길을 빠져 나오면서 나는 자꾸 비죽비죽 웃고 있었다.

# 감춰진 머리

꿈을 꾸고 있는 것일까. K는 자신에게 닥친 불
행에 도무지 현실감이 들지 않았다. K는 자꾸
목이 말랐다. 숨이 가빠오고 가슴이 답답해져
왔다. 그리고 외로웠다.

　전국에서 숙청 작업이 시작되자 베리야 동무는 반혁
명 세력을 발견했다. 붉은 광장에서는 대규모 데모가
있었다. 우리 모두는 반역자를 처단하라고 노래 불렀고
5만 명의 고위 당원들이 자본주의 앞잡이로 드러났다.
모두가 숙청됐든지 감옥으로 갔다.

( 중략 )

　"영광스럽게도 가까이서 스탈린을 모시고 이렇게 가
까이서 벌써 두 번이나 얼굴을 마주했어."
　"친절한 사람인가요?"
　"세상에서 제일 친절할 걸?"


　— 영화 〈이너 서클〉 中, 이반 산신과 아나스탸샤의 대화에서

## 1

사방 벽에 창문 하나 나 있지 않다. 정면의 출입문마저 차갑고 완강한 표정으로 굳게 닫혀 있다. 천정에 매달린 촉수 낮은 알전구 하나가 방 안을 희미하게 비추고 있다. 안쪽 모서리에 접이식 가리개가 ㄱ자 모양으로 서 있고 그 안에 양변기와 세면대가 설치되어 있다. 반대편 벽 쪽으론 야전용 침대가 하나 마치 버려진 것처럼 덩그렇게 놓였다. 방 안의 집기라곤 그게 전부였다.

K는 침대 끝에 조심스럽게 걸터앉는다. 바깥에선 아무 소리도 들리지 않는다. 아까 처음 보는, 건장한 체격의 비밀국 요원 둘이 짐승을 우리에 몰아넣듯 그를 이 방으로 처박아 넣고 철문을 철커덩 잠그고 가 버린 후로, 어떠한 소리, 하다못해 지나가는 바람 소리나 사람들의 발자국 소리조차 들려오지 않는다. 방 안은 물 속처럼 고요하다. 들리는 거라곤 K 자신의 숨소리뿐이다. 그러나 그 숨소리마저 그 정적을 더욱 깊게 해 줄 뿐이다. K는 자신이 세상으로부터 완벽하게 고립되었음을 깨닫는다.

뭐가 잘못된 것일까. K는 침대 끝에서 생각했다. 도대체 뭐가 잘못된 것일까. 그들은 왜 나를 여기다 끌어다 놓은 것일까. K는 손톱을 물어뜯으며 그들의 의도를 짐작해 내려 이리저리 애쓴다. 그러나 도무지 이해할 수가 없다. 도대체 내가 무슨 잘못을 저지른 것일까. K는 스스로를 의심해 본다. 혹시, 무심코 범

해서 자신조차 기억하지 못하는 과오가 있는 것이 아닌가 하고 곰곰이 따져 보았다. 그러나 무엇 하나 뚜렷하게 짚이는 대목이 없다. 궁전(宮殿) 내에서의 규정을 어긴 기억도, 총통각하나 혁명에 대하여 불순한 언행을 하거나 불순한 사상을 품은 기억도 전혀 떠오르지 않는다.

아니 그 점이라면 K는 오히려 누구보다도 자신할 수 있다. 궁전 생활의 수칙을 그만큼 철저히 지키는 이도 드물 것이다. 마사지 요원인 아가씨들이 저네들끼리 총통의 살찐 배를 화제 삼아 킥킥거리는 것을 우연히 듣고 그들을 크게 꾸짖기까지 하지 않았던가. 게다가 총통에 대한 그의 충성심은 거의 절대적이었다. 그는 이 세상에 존재했던 또는 존재하는 어떤 위인보다 총통을 더 숭배하고 있었다.

위대한 군사혁명으로 집권한 총통은 비상계엄령에 의한 강력한 통치력으로, 정치권은 정치권대로 국민은 국민대로 분열과 혼란에 빠져 있던 나라를 단숨에 튼튼한 기강과 질서의 반석 위에 세워 놓았다. 또한 지속적인 '위대한 혁명 사업' 을 통하여 세계 최빈국에 속하던 조국을 오늘날의 경제대국으로 성장시켰고 오랜 역사 동안 끊임없이 주변 강대국의 침략으로 시달리던 조국을 이제는 우방을 도와 대리전쟁을 치를 만한 군사 강국으로 키워 냈다. 특히 학창시절 축구 골키퍼 출신인 총통은 스포츠에도 대단한 열정을 쏟았다. 그리하여 온 국민들로 하여금 조국의 대표팀들이 각종 국제대회에서 강대국들을 차례로 꺾는 그 짜릿한 승리감에 열광적으로 도취케 했다.

이러한 빛나는 업적은 총통의 영명하고 신비스런 영도력의 결과였다. 총통은 조국을 위하여 하늘이 내신 지도자였다. 총통은 곧 신화적인 영웅이었다. 적어도 K는 그렇게 굳게 믿었다. 총통의 능력은 무한했다. 그에겐 그야말로 불가능이 없었다. 그는 그가 지향하는 방향으로 국민들을 조직적으로 이끌어 갈 줄 알았고, 한 번 설정한 목표는 어김없이 성취하고야 말았다. 국민들은 그의 손가락이 가리키는 방향으로 최면에 걸린 듯이 나아갔다. 그 흐름은 절대적이었다. 거기엔 어떠한 망설임도, 그것을 거스르는 어떠한 반대 세력도 용납될 수 없었다.

K는 그런 총통을 사랑했다. 대중을 향하여 연설을 하는 총통의 모습은 얼마나 역동적이고 아름다웠던가. 그의 열변은 얼마나 사람들의 영혼을 송두리째 휘어잡았던가. 아아, 그것은 온 국민들에게 얼마나 큰 힘과 용기와 신념을 심어 주었던가. 총통의 연설을 들을 때마다 K는 눈물을 흘리며 목이 메이게 '위대하신 총통각하' 를 외처대곤 했었다. 그의 평생의 소원은 총통각하를 한번 배알하고 그의 강철 같은 충성심을 표할 수 있는 것이었다. 그런 그가 어떻게 총통각하와 혁명에 대하여 불순한 마음을 한순간이라도 품을 수 있으랴. 그것은 불가능한 일이었다.

그렇다면 오늘 이 사태는 도대체 뭐란 말인가. 꿈을 꾸고 있는 것일까. K는 자신에게 닥친 불행에 도무지 현실감이 들지 않았다. K는 자꾸 목이 말랐다. 숨이 가빠 오고 가슴이 답답해져 왔다. 그리고 외로웠다. 방 안은 여전히 늪의 밑바닥처럼 조용했다. K는 눈을 감았다. 눈앞을 막아선 어둠의 장막 위에 그는 지난 3개월 동안 자신에게 일어났던 공포와 놀라움, 환희와 긴장을 처음부터 차근차근히 떠올려 보았다. 어쩌면 그 속에 오늘 그를 덮친 환란의 비밀이 숨어 있을지도 모른다는 기대를 가지고…….

2

한밤중이었다. 누군가 문을 두드리는 소리에 K는 설핏 잠에서 깨었다. 누군가가 분명히 이발관의 바깥 출입문을 계속 두드리고 있었다. 실은 K는 아까부터 그 소리를 잠 속에서 듣고 있었다. 지나가는 취객이 술김에 별 의미 없이 발로 차 대는 소리일지 몰랐다. 이 동네에선 그런 일이 드물지 않았다. K는 그 취객이 어서 제 가던 길로 가 주길 바라며 잠의 자락을 잡고 그냥 누워 있었다.

그러나 문을 두드리는 소리는 의외로 집요했고 점점 크게 들려 왔다. K는 하는 수 없이, 긴 하품으로 잠기를 털어 내며 이부자리에서 일어났다. 희미한 침등 아래에서 아내가 허벅지를 허옇게 드러낸 지극히 무방비한 자세로 세상모르게 잠들어 있었다. K는 허리께까지 말려 올라간 아내의 잠옷 자락을 끌어내려 주고 엎드려 자고 있는 아이를 바로 눕혔다.

텅텅텅……. 그 사이 문소리는 더욱 거칠어져 있었다. 그 소리는 예사롭지 않게 단호한 느낌을 주었다. 그 소리에는 야밤중에 남의 집 문을 두드려 대는 것쯤 아무 거리낄 게 없다는 듯한 당돌함이 묻어 있었다.

‘어떤 시러배 놈이…….’ K는 속으로 투덜대며 방문을 열고 이발관의 홀로 내려섰다. 어둠 속에서 벽을 더듬어 스위치를 올리자 형광등이 귀찮아 죽겠다는 몸짓으로 몇 번 진저리를 치곤 실내를 밝혔다. 그와 동시에 문을 두드리는 소리가 뚝 그쳤다. 불빛에 드러난 이발관의 실내는 조금 생소해 보였다. 조발용 의자와 대형 거울, 낮에 사용하다 아무렇게나 내버려둔 이발기구들이 흩어져 있는 벽장 진열대, 세발용 세면대, 그 위의 줄에 걸린 젖은 수건들, 대기용 의자에 팽개쳐져 있는 너저분한 잡지들…….

K는 슬리퍼를 직직 끌며 실내를 가로질러 창문가로 다가가 밖을 내다보았다. 출입문 앞에 사내 둘이 서 있는 게 보였다. 한 사내는 키가 훌쩍 컸고 중절모에다 긴 바바리코트 차림이었다. 다른 하나는 잠바 차림에 땅딸막한 체격이었다. 그들 뒤의 도로 위에 불을 끈 승용차 한 대가 어둠 속에서 조용히 서 있었다.

그들을 보는 순간 K는 가슴이 덜컥 내려앉았다. 영문 모를 불길한 예감이 전류처럼 빠르게 온몸을 흘러 지나갔다. 그것은 까닭을 알 수 없으면서도 K의 평범한 일상 속에, 무의식 속에 늘 상 잠재되어 있는 정체불명의 불안이 실체를 드러낸 것 같은 느낌이었다.

“누, 누구요?”

목소리가 떨려 나왔다. 문 밖에선 대답 대신 다시 한 번 문을 쿵 쳤다.

“누구요? 이 밤중에…….”

“문을 여시오.”

문 밖의 목소리는 지극히 낮고 쉬어 있었다. 그러나 거기엔 거역할 수 없는 힘이 느껴졌다. K는 문의 손잡이를 비틀었다. 딸깍 하며 자물쇠 풀리는 소리가 유난히 크게 들렸다. 열린 문으로 두 사내가 재빠르게 들어섰다.

“K씨가 맞소?”

키 큰 사내가 두 손을 코트 호주머니에 찌른 채 홀 중앙에 우뚝 버티고 서서 여전히 낮고 쉰 목소리로 물었다. K의 얼굴을 정면으로 쏘아보는 눈매가 날카로웠다.

“그, 그렇습니다만, 무슨 일로……?”

“국민번호 650727-1831194, 32세, 직업 이발사, 맞소?”

잠바의 사내가 앞으로 나서며 지독하게 빠른 어조로 물었다. 키는 작지만 첫눈에도 차돌처럼 다부지고 강해 보이는 인상이었다.

“네, 맞습니다. 한데……?”

“우리 이런 곳에서 나왔소.”

키 작은 사내가 품속에서 신분증이 든 지갑을 꺼내 K의 눈앞에 펼쳐 보였다. K가 겨우 거기에 빗금으로 굵게 그려진 붉은 선을 확인했을 땐 그것은 이미 사내의 안 호주머니 사이로 도로 사라진 뒤였다. 그러나 K는 그것만으로도 사내들이 비밀국 직원임을 단박에 알아보았다.

“자, K씨. 우리와 함께 가 줘야겠소.”

"무, 무슨 일입니까?"

"시간이 없소. 갑시다."

"예? 지금이요?"

"그렇소."

K는 다리가 조금씩 떨려 오기 시작했다. 비밀국에서 나를? 무슨 일로? 뭐가 잘못된 걸까? 한꺼번에 떠오른 물음표들이 머릿속을 혼란스럽게 채웠다.

"하, 하지만 옷이라도 갈아입어야……."

K는 자신의 잠옷 차림을 내려다보고 다소 애원하는 목소리로 말했다. 정말 그런 차림으로는 내키질 않았고 그런 핑계로라도 아내에게 자신이 끌려가는 사실을 알려 두어야겠다는 나름대로의 재빠른 계산이었다.

"옷은 우리가 준비해 온 게 있소. 그걸 입으시오. 자, 갑시다."

그러나 잠바는 믿지 못할 만큼 강한 악력으로 K의 어깨를 잡아 밀었다.

3

달리는 차 속에서 K는 그들이 내준 옷으로 갈아입었다. K의 몸에 꼭 맞는 고급 신사복이었다. 놀랍게도 그들은 속옷과 구두까지 준비해 두고 있었다. 구두도 발에 꼭 맞았다. 그들은 K의 체구와 발 사이즈까지 파악하고 있는 듯했다. 소문대로 비밀국은 이 세상의 어떤 비밀도 다 알고 있는 것일까.

옷을 갈아입고 K는 비로소 조금 안심이 되었다. 적어도 그들이 자신을 위해할 의도는 없어 보였다. 그렇지 않다면 이런 고급 양복과 구두를 제공할 리가 없지 않은가. 그러나 한 가닥 불안은 어쩔 수가 없었다. K는 문득 요즘 사람들 사이에서 은밀히 떠도는 실종자들에 대한 소문을 떠올렸다. 어느 날 갑자기 증발하여 영영 돌아오지 않은 사람들에 대한 소문이었다. 그들은 출근길에서, 근무지에서, 퇴근길 지하철에서, 공원을 산책하러 나가서, 영화관에서, 집 부근에서, 심지어 집 안에서 갑자기 완벽하게 종적을 감췄다는 것이었다. 그 가족들이 필사적으로 산지 사방을 찾아 헤매었지만 그들 행방의 단서는 이 세상 어디에서도 발견할 수 없었다는 것이었다.

K의 이웃집 P도 그런 사람 중의 하나였다. P는 초등학교 교사였다. 그는 동네 술집에서 K를 포함한 이웃 남자들 몇과 술을 마시다 판이 거나해져 총통이 화제에 올랐을 때 무심코 총통이 대머리일 지도 모른다고 말한 적이 있었다. 술이 유죄였을까. 그것은 대단히 위험한 발언이었다. P도 그 말을 한 후에 당황한 기색으로 자기도 어디서 들은 말이라고 얼버무렸지만 술판의 분위기는 이미 깨져 있었다. 사람들은 겁먹은 표정을 숨기고 화장실을 간다는 핑계로 하나 둘 자리를 떴다. K도 내심 불쾌했다. 위대한 총통각하를 그런 식으로 모독하다니, 세상에는 남 말하기 좋아하는 경박하고 악의적인 사람들이 많은 모양이라고.

총통은 대머리는커녕 숱이 빽빽한 앞머리에 반지르르하게 기름을 발라 옆으로 멋지게 빗어 넘긴 헤어스타일이 아닌가. K는

직업상의 관심을 차치하고도 언제나 총통의 머리 모양이 이목
구비가 뚜렷하고 번듯한 얼굴과 참 잘 어울린다는 생각을 했었
다. 특히 연설을 하는 도중에 총통이 주먹을 불끈 쥐고 쳐들어
보일 때 그의 이마 위로 한두 가닥 흘러내리는 앞머리는 얼마나
매력적이었던가.

총통이 대머리란 소문은 금시초문이었다. 그리고 그것은 대
단히 불경스런 소문이었다. 그것은 필시 당국의 발표대로 총통
의 업적과 성공을 질시하고 음해하는 반혁명분자들이 퍼뜨린
악질적인 유언비어 중의 하나일 게 뻔했다. 그들은 비겁하게 지
하에 쥐새끼처럼 숨어서, 총통의 직속기관인 비밀국이 국민들
의 생활을 낱낱이 감시하고 있다는 둥, 총통이 국민의 세금을
횡령하여 자기 개인의 호화로운 사치 생활에 몰두하고 있다는
둥, 혁명에 비협조적이란 이유로 무고한 양민과 깨끗한 정치인
들을 무자비하게 처형시키고 있다는 둥의 흉측한 소문들을 만
들어 내 은밀히 유포시키고 있었다. 그것은 증거도 없고 한 번
도 확인된 바도 없는 새빨간 거짓말들이었다. K는 그런 소문과
그것을 퍼뜨린 세력을 경멸했다.

P는 그 이튿날 출근길에서 갑자기 사라졌다. P의 부인이 근심
과 절망으로 까맣게 탄 얼굴로 P가 갈 만한 곳은 모조리 다 찾아
다니며 수소문해 보았지만 P는 지상에서 깨끗하게 사라지고 없
었다. K는 그때까지도 P의 실종과 그의 발언 사이에 어떤 연관
관계가 있으리란 생각은 꿈에도 하지 않았다. P도 이런 식으로
끌려간 게 아닐까. K는 불안을 떨쳐 버리기라도 할 듯 머리를

세차게 흔들었다. 아침에 일어나서 내가 사라진 것을 발견하고 아내는 얼마나 놀랄까. 아내도 P의 부인처럼 미친 듯이 나를 찾아 헤매어 다니지는 않을까. K는 심성이 유약한 아내가 느낄 공포와 초조가 안타깝게 떠올랐다.

차는 어둡고 텅 빈 밤거리를 맹렬한 속력으로 달려가고 있었다. K와 함께 뒷좌석에 앉은 바바리의 사내는 잠이 든 듯 눈을 감고 있었다. 핸들을 잡은 잠바도 전방을 주시하며 운전에만 열중하고 있었다.

"저, 저를 어디로 데려가시는 겁니까? 도대체 무슨 일입니까? 제, 제가 무슨 잘못이라도 저질렀습니까?"

K는 그들의 침묵이 더욱 불안했다.

"이봐, K씨. 지금부터 질문은 일체 금지야. 질문은 우리가 한다. 당신은 대답만 잘하면 되는 거야. 알겠어?"

잠바는 뒤도 돌아보지 않고 고압적으로 이죽거리듯 말했다. 그의 말투도 갑자기 반말로 내려앉아 있었다.

"저는 아무 잘못도 없습니다. 정말입니다. 저는 열렬한 혁명당 지지잡니다. 저는 이 세상에서 우리 총통각하를 가장 경애하는 사람입니다. 저는 아침에 자리에서 일어날 때마다 가장 먼저 각하의 초상 앞에 경례를 올립니다. 술을 마실 때도 누구보다 먼저 각하께 건배를 올립니다. 거짓말이 아닙니다. 의심스러우면 옆집 O씨에게 물어보십시오. 앞집 구둣방 J에게 물어봐도 좋습니다. 그들이 증인입니다. 그들은 확실히 증언해 줄 겁니다. 당신들은 지금 사람을 잘못 본 겁니다. 물론 당이 실수를 하지 않으리라는 것은 잘 압니다. 그러나 이건 분명히 무슨 착오가……"

K는 다급하게 외쳤다.

"알고 있어. 그만 해, 이 친구야. 알았으니 입 닥치고 있으라구."

자고 있는 줄 알았던 키 큰 사내가 거칠게 내뱉으며 K의 말을 끊었다.

인적도 없고 마주 오는 차량의 불빛 한 점 없는 거리를 차는 무서운 속도로 달리고 있었다. 가로등의 불빛들이 차창을 빠르게 스쳐 지나갔다.

차가 어느 거리의 모퉁이를 돌면서 속도를 크게 줄였다. 차창 밖을 내다본 K는 깜짝 놀랐다. 설마? 눈앞으로 공원의 숲 위로 솟아 있는 궁전의 지붕들이 천천히 다가오고 있었다. 중세에서부터 근대에 이르기까지 이 나라를 지배했던 봉건 왕조가 세운 그 궁전은 공화정 이후에도 여전히 절대 권력의 상징이었다. 총통은 궁전 건조물 내부를 현대식으로 개조하여 행정 중심 청사 겸 관저로 사용하고 있었다. 그곳은 뒤편에 공원을 조성해 두었지만 일반인의 출입이 엄격히 통제되는 곳이었다. 들여다보지도 못하게 공원과 궁전 사이를 높고 견고한 벽이 가로막고 있었다. 성벽 위에는 다시 감시 초소가 있고 병사들이 수시로 순찰을 돌았다. 거기다 전자 감응식 경보 시스템과 감시 카메라까지 설치되어 있다는 소문이었다. 일반인들로서는 궁전 안을 구경한다는 것은 상상도 못 할 일이었다. 궁전을 한 번 들어가 보았다는 그것 자체가 집안 대대로 영광이 될 지경이었다. 성벽의 탐조등 뒤로 음침하게 솟아 있는 궁전의 뒷모습이 정면으로 보이기 시작했다. 나를? 궁전으로? K는 급작하게 불안에서 혼란으로 빠져들었다.

4

궁전의 뒷문을 통과하고도 다시 몇 개의 성벽과 검문소를 거쳐서야 비로소 차는 멈췄다. 키 큰 사내 혼자 K를 어느 건물 안으로 데려갔다. 긴 복도가 나왔다. 난생 처음 밟아 보는 으리으리한 대리석 바닥 때문에 K는 발걸음이 조심스러워졌다. 그러나 앞서가는 사내의 걸음이 무척 빨랐으므로 K는 허둥지둥 쫓아가지 않으면 안 되었다. 복도 옆으론 수많은 방들이 보였고 무슨 일을 하는 건지 늦은 밤인데도 방마다 불이 환히 켜져 있었다. K는 불안스레 걸으며 간혹 문이 열려 있는 방 안을 힐끔힐끔 들여다보았다. 방 안에선 사람들이 바쁘게 움직이고 있었다. 간간이 마주보며 지나치는 사람들의 얼굴을 탐색하듯 눈여겨보았다. 그러나 마주치는 사람마다 한결같이 사내와 K에겐 일별도 주지 않고 시선을 바닥에 고정시킨 채 지극히 무표정한 얼굴로 지나쳤다. 전혀 감정이 없는 듯한 얼굴이었다.

"수칙 제1조"

사내가 갑자기 우뚝 멈춰 서며 K를 뒤돌아보았다.

"복도에선 어떤 사람도 정면으로 바라다보지 말 것. 인사를 하거나 아는 체를 하는 것은 더욱 안 돼. 직속상관일 경우도 마찬가지야. 다만 고위급 인사를 만나면 벽 쪽으로 붙어 서서 고개를 숙이고 있을 것. 수칙 제2조. 복도에선 아무것도 보지 말고 아무것도 듣지 말 것. 자기와 상관없는 방을 쓸데없이 들여다보거나 기웃거리지 마. 자기 가는 곳으로만 최대한으로 빨리 지나갈 것. 알겠어? 명심하라구.”

사내는 마치 K가 앞으로 이 궁전에서 오래 살 사람처럼 말했다. 그렇다면……! K는 가슴이 왈랑왈랑 뛰기 시작했다.

복도를 몇 번이고 이리저리 꺾은 후에 사내는 복도의 막다른 곳에 나 있는 문을 열고 들어섰다. 꽤 큰 방 안엔 제복 차림의 아가씨 둘이 책상에 앉아 컴퓨터를 치고 있다가 사내가 들어서자 앉은 채로 차려 자세를 취해 보였다. 한 아가씨가 급하게 인터폰을 들어 보고하더니 공손하게 손을 들어 맞은편에 붙어 있는 또 다른 문을 가리켰다. 사내가 문 앞으로 다가가 정중한 태도로 문을 열었다. K는 쭈뼛거리며 사내를 따라 방 안으로 들어갔다. 방 안엔 아무도 보이지 않았다. 방은 넓었다. 방 한가운데 놓여 있는 번쩍거리는 고급 책상이 먼저 눈에 들어왔다. 책상 위엔 여러 대의 전화기가 잔뜩 웅크린 자세로 놓여 있고 ‘비밀국장 Q’라는 자개 명패가 위풍스럽게 버티고 있었다. 한쪽 편엔 수많은 TV 모니터가 벌집처럼 설치되어 있었다. 각기 다른 화면들이 소리 없이 현란하게 번쩍이며 비쳐지고 있었다. 어느 화면에서는 놀랍게도 벌거벗은 남녀가 짐승처럼 뒤엉켜 한창 정사를 벌이고 있는 중이었다. 어떤 것은 방금 지나온 아가씨들이 있는 방을 비추고도 있었다.

"오, S 부장. 이 잔가?"

벽인 줄 알았던 책상 뒤편의 커튼이 열리며 비대한 몸집의 사내가 잠옷 차림으로 나타났다. K는 바바리 사내의 이름이 S임을 비로소 알았다. S는 대답 대신 구두 뒷굽을 부딪쳐 딱 하고 소리를 내며 부동자세를 취해 보였다.

"비서국장 저 자식은 여자를 너무 밝혀."

국장 Q는 모니터를 잠시 들여다보고 혀를 끌끌 찼다.

"그렇게들 섰지 말고 앉어, 앉으라구."

국장 Q는 책상의 의자에 앉으며 책상 앞의 소파를 가리켰다. S가 큰 키에 어울리지 않게 허리를 구부리고 조심스럽게 가 앉았다.

"자넨 왜 그러고 있나?"

Q는 뻣뻣하게 얼어붙어 있는 K를 향해 늘어진 턱살을 쓰다듬으면서 빙긋이 웃어 보였다. 사람 좋아 보이는 웃음을 띠고 있었지만 Q의 눈빛에는 어딘지 잔인함이 묻어 있었다.

"아, 아닙니다. 전 이대로가 편합니다."

"그래? 그럼 자네 편한 대로 하게."

Q는 그러고서 뭐가 우스운지 큰소리로 껄껄대고 웃었다.

"이봐, K씨. 자네 이발 경력이 얼마나 되나?"

"1, 17년쯤 됩니다."

"17년이라……. 짧진 않군."

K는 지지리도 가난한 집안 탓에 열다섯에 학교를 작파하고

이발관 조수로 들어갔던 때를 떠올렸다. 처음엔 손님들 세발해 주는 것으로 시작하여, 스물셋에 독립해 나올 때까지 얻어맞아 가며 온갖 구박과 설움을 다 당해 가며 익혔던 이발 기술. 이 악 다물고 참아도 그에 흘린 눈물이 세 양동이쯤은 되지 않을까 몰라. 그래서 이발사 밥은 머리카락이 반이고 눈물이 반이라 했던가.

"좋아. 자넨 지금 이 시각부터 궁전 별관의 위안실 담당자로 임명된 거야. 별관 위안실은 각하 전용 이발실이야. 알겠나?"

"네? 가, 각하의……?"

K는 숨이 턱 막혀 왔다. 총통각하의 전속 이발사가 되다니, 내가?

"아, 안 됩니다. 전, 전 그런 능력이 어, 없습니다."

온몸이 덜덜 떨려 오기 시작했다.

"되고 안 되고는 우리가 결정한다. 당신은 명령대로만 하면 돼."

S가 날카롭게 외쳤다.

"이 친구 이거 떠는 것 좀 봐, 땀까지 흘리고……."

국장은 다시 소리 높여 껄껄껄 웃어 젖혔다.

"이봐, 떨 것 없어. 평소 실력대로 충심으로 각하에게 봉사하면 아무 문제될 건 없어. 아무 문제 없다구. 알겠어?"

국장은 갑자기 목소리에서 웃음기를 거둬 내고 K의 눈을 정면으로 쏘아보면서 낮게 한 음절씩 힘주어 말했다.

"아, 알겠습니다."

국장의 눈길에 압도되어 K는 엉겁결에 대답했다.

"좋아. S부장, 데리고 나가 위안실을 보여 줘. 궁전수칙은 일러 줬겠지?"

"네."

S는 자리에서 벌떡 일어나 다시 부동자세를 취해 보였다.

K는 S를 따라 방을 나설 때까지도 온몸의 떨림을 멈출 수 없었다. 각하의 머리를 만질 수 있는 황감한 행운이 내게 오다니. 꿈을 꾸고 있는 것일까. K는 자신의 허벅지를 꼬집어 보고픈 심정이었다.

"수칙 제3조, 궁전 안에서 보고 들은 것은 어떠한 것도, 누구에게도, 발설치 말 것. 아무리 가까운 사이라도 물론 아내에게조차 입도 벙긋 하지 마. 우리 주위엔 반혁명 세력의 간첩들이 득실거려. 누가 간첩인지 알 수 없어. 아무도 믿지 마. 업무와 관계가 없는 것은 그 자리에서 잊어버려. 당신이 이 궁전에서 근무한다는 사실조차도 비밀 사항이야. 잠꼬대도 조심해. 이게 가장 중요한 수칙이야. 이걸 어기면 중대한 불이익이 초래될 거야. 잊지 말라구. 알겠나?"

다시 복도를 앞서 걸으며 S는 몇 번이나 다짐을 놓았다.

5

위안실의 전면은 넓은 창문으로 되어 있었다. 유리창 너머로 잔디밭이 시원스럽게 펼쳐져 있는 게 내다보였다. 방금 조발을 마친 머리처럼 맵시 있게 손질된 키 낮은 정원수들이 군데군데 엎드려 있었다. 잔디밭의 저쪽 끝으로 높은 성벽이 시야를 갑자기 차단하고 있었다. 성벽 위엔 황색의 혁명기가 사열 받는 병사들처럼 일정한 거리로 늘어서서 일제히 바람에 나부꼈다.

조발대엔 대형 거울이 부착되어 있고 TV 수상기, 직통 전화와 구내전화가 나란히 놓였다. 그 옆으론 이발 기구용 벽장이 딸렸다. 벽장을 열어본 K는 신음소리를 지를 뻔했다. 면도용 칼만 스테인레스일 뿐 빗과 가위 등속은 모조리 번쩍거리는 금으로 된 것이었다. 금으로 된 빗과 가위. 그건 K로선 한 번도 생각지도 상상하지도 못했던 것이었다.

벽장의 중간쯤엔 용도를 알 수 없는 가발이 여러 개 가지런히 놓여 있었다. 똑같은 형태의 그것은 정성스럽게 빗질이 되어 있었는데, 그것이 놓인 벽면에 H1, H2, H3…… 하는 식으로 일련번호가 붙어 있었다. 아까 이것저것 주의 사항을 일러주고 가버린 S가 특히 강조하여 가발을 함부로 만지지 말라고 하던 것이 생각났다. 그러나 가발에 대한 그 이상의 언급이나 설명은 없었다.

"그게 이 방에서 가장 중요한 거예요. 나중에 알겠지만……."

등 뒤에 어느새 Y요원이 와 서 있었다. S가 위안실의 뒷문에 딸려 있는 마사지 실에서 근무한다고 소개해 줬던 두 아가씨 중의 하나였다. 그녀는 웃고 있는 얼굴이었지만 웬일인지 목소리를 잔뜩 낮춰 거의 속삭이는 목소리였다. 마치 사랑 고백이라도 하듯 은밀한 목소리였다.

"Y요원, 즉시 제자리로 돌아가라. 잡담은 금지다."

천정 가까이 벽에 붙어 있는 스피커에서 갑자기 왕왕대는 고음이 터져 나왔다. K는 깜짝 놀랐다. 위안실 전체가 모니터링되고 있음을 깨달았다. 국장실의 수많은 화면이 떠올랐다. Y가 목소리를 낮추었던 이유를 알 만했다. Y는 그를 향해 입을 장난스레 삐쭉 내밀어 보이고는 고양이처럼 재빠르게 뒷문으로 사라졌다. K는 여전히 가발의 용도를 짐작할 수 없었다.

K는 거울에 비친 자신의 모습을 물끄러미 쳐다보며 오늘밤 자신에게 일어난 이 엄청난 일들의 의미를 곰곰 생각해 보았다. 엄청난 행운임에 틀림없었다. 그 변변찮은 동네의 변변찮은 이발관의 변변찮은 이발사에 불과한 자신이 일약 궁전의 이발사로 발탁되리라고 누가 상상이나 할 수 있었겠는가. 그것도 각하의 전속으로 말이다. 동네 사람들은 이 사실을 알면 어떤 표정들을 지을까. 그들의 휘둥그레진 눈들이 눈앞에 보이는 듯했다. 특히, 친척 하나가 궁전의 고위 간부로 있다고 언제나 으스대던 구둣방 J는 어떤 표정일까. J는 각하와 악수 한 번 나누는 것이 평생의 소원이라고 입버릇처럼 말하지 않았던가. K가 매일 각하의 머리를 손질하게 되었다면 J는 틀림없이 배가 아파 죽을 것이다.

그래, 내게도 기회가 온 거야. 사람에겐 일평생 동안 몇 번의 기회가 온다고 하지 않던가. 그 기회를 잘 잡는 사람만이 출세를 한다고 했다. 이 기회를 꽉 움켜쥐자. K는 주먹을 힘주어 쥐고 눈앞에 들어 보았다. 그러다 그는 등 뒤의 벽에 설치된 모니터용 카메라를 의식하곤 얼른 손을 내렸다. 카메라의 존재를 의식하자마자 그는 다시 불안해졌다. 카메라 저쪽의 끝에서 자신의 일거수일투족을 지켜보고 있을 어떤 눈을 떠올리자 온몸이 뻣뻣해지는 기분이었다. 아내에게 전화라도 해 주어야 할 텐데. 그는 구내전화를 힐끔 바라보았지만 그것을 쓸 용기가 생겨나지 않았다.

K가 총통을 직접 대할 수 있는 기회는 의외로 쉽게 오지 않았다. 총통이 별관 위안실에 들리는 경우는 본관 위안실 요원들이 휴가 중이거나 어쩌다 별관 쪽으로 아침 산책을 나올 경우에만 한해서였다. 보통의 아침 면도와 머리 손질은 본관 위안실을 사용했다. 그러나 K는 총통의 예상치 못한 출현에 대비하여 매일 새벽 5시면 일어나 청소를 하고 이발 기구를 손질하고 대기해야 했다. 그는 아침마다 바짝 긴장하여 총통의 왕림을 기다렸으나 번번이 허사로 끝나고 말았다.

낮 시간에도 지리한 대기 상태는 계속되었다. 그러나 낮에 총통이 위안실을 방문할 확률은 거의 없었으므로 어느 정도 긴장을 늦출 수가 있었다. 그는 구석진 자기 방에서 주간지를 뒤적거리거나 카메라가 비치지 않는 사각구역(Y는 거기를 안전지대라 불렀다)에서 Y와 시시껄렁한 농담을 밀담처럼 낮게 속삭이며 지루함을 달랬다.

Y는 젊고 매우 활달하고 좀 맹랑한 아가씨였다. 말은 하지 않았지만 위안실 생활을 지겨워하는 눈치였다. K는 가발에 대해서 묻고 싶었지만 어쩐 일인지 그녀는 첫날 이후론 거기에 대해

서 일체 입을 다물었다. 총통에 관해서나 위안실 주변에 대한 이야기도 일부러 피하는 듯했다. 그래서 그녀와의 대화는 늘 들으나마나한 연예인들의 동정을 잔뜩 실은 주간지 수준에서 벗어날 수가 없었다.

6

TV에서 총통이 지방 시찰을 떠난다고 발표한 날 K는 S로부터 집을 다녀와도 좋다는 지시를 받았다. 처음 그를 데려왔던 그 땅딸막한 사내의 안내로 그는 다시 미로 같은 긴 복도를 지나 궁전의 뒷문을 통해 바깥세상으로 나왔다. 걸어서 공원길을 지나 큰길까지 나온 그는 지나가는 택시를 잡아탔다.

도시의 거리는 여전했다. 사람들은 무심한 얼굴로 바쁘게 오가고 있었다. 그러나 K는 그런 거리의 풍경이 결코 전과 같이 느껴지지 않았다. 그는 거리의 모든 것, 아니 세상의 모든 것, 가로수며 지나치는 자동차며 거리의 간판이며 즐비한 빌딩들이며 하늘이며 땅이며 특히 사람들에 대해서, 그리고 그것들이 엮어내는 수많은 관계와 현상들에 대해서 어떤 자부심과 우월감을 느꼈다. 그것은 은밀하면서도 매우 낯선 감정이었다.

아내는 눈물로 그를 맞았다. 예상대로 그녀는 그가 어떤 기관에 취직되었다는 막연한 연락만 받았다고 했다. 하지만 정작 그로부터 직접 소식을 듣지 못해 매일 밤 불안으로 잠을 못 이루었다고 눈물어린 얼굴로 웃었다. 그가 안정된 직장과 높은 보수를 약속 받았다고 말하자 그녀는 뛸 듯이 기뻐했다. 그리고 그 직장이 어떤 곳이냐고 물었지만 그는 음산한 S의 얼굴과 그가 강조해 마지않던 수칙을 동시에 떠올리고 그저 그런 곳이 있다고 얼버무렸다. 최초로 아내에게 비밀을 가지게 되었다고 속으로 쓴웃음을 지었다.

7

총통과의 첫 대면은 기습적으로 왔다. 만성적인 긴장상태에도 어느 정도 익숙해졌을 무렵 어느 날 아침이었다. 갑자기 스피커에서 황급한 목소리로 대기 명령이 흘러나왔다.

"위안실, 위안실, 1호 비상, 1호 비상, 전 요원 스탠바이, 반복한다. 위안실, 전 요원 대기하라……."

잠시 후 S가 위안실로 헐레벌떡 뛰어들어 왔다, S는 재빨리 실내를 휘둘러보며 상황을 점검했다. 그리곤 고개를 끄덕이며 K를 향해 만족한 표정을 지었다.

이윽고 경호 요원을 앞세우고 좌우로 비서국장과 경호국장을 거느린 총통이 출입문 쪽에 모습을 드러냈다. 방금 조깅을 마친 듯 트레이닝복 차림에다 얼굴은 땀에 젖어 있었다. 총통은 천천히 걸어 들어오며 비서국장과 귓속말을 주고받고는 큰소리로 웃었다. 아주 여유롭고 자신만만한 웃음이었다. K는 S와 함께 부동자세로 얼어붙어 있었다. 총통이 K 앞에서 우뚝 걸음을 멈추었다. K는 숨이 막힐 것 같았다.

"자넨 누군가? 처음 보는 얼굴인데?"

다리가 후들후들 떨리기 시작했다. 평소 이런 상황을 가정하고 몇십 번이고 침착하자고 다짐했었건만 아무 소용이 없었다. 무슨 대답이라도 해야겠다고 생각했지만 도무지 입이 떨어지지 않았다.

"넷, 새로 온 이발삽니다."

다행히도 S가 대답을 대신해 주었다.

"호, 그래? 이거 잘 부탁해야겠군."

총통이 K를 향해 손을 내밀었다. K는 급히 허리를 구부리며 두 손으로 총통의 두툼한 손을 마주잡았다. 아아, 각하가 내게 악수를 청하다니. 그는 심장이 금방이라도 터져 버릴 것만 같았다.

"그런데 자네 왜 이리 떨고 있나? 어디 아픈가?"

총통은 자상한 어조로 물었다. 그러나 그 목소리엔 장난기가 다분히 섞여 있었다. K는 당황했다.

"아, 아 아닙니다. 죄, 죄송합니다."

"죄송할 거까지야 없네. 하지만 이렇게 떨어서야 어디 면두라도 하겠나. 오늘 내 턱이 성할지 모르겠군."

총통은 그리고선 소리 높여 웃었다. 비서국장과 경호국장도 왁왁대며 웃기 시작했다. 경호원들도 킥킥거렸다. 총통의 웃음은 좀체 그치지 않았다. 위안실 안엔 때 아닌 웃음판이 벌어졌다. K도 영문을 잘 알지 못하면서 그들을 따라 비실비실 웃기 시작했다. 떨리는 증세가 사라지는 느낌이었다. K가 웃는 모습을 보고 사람들은 모두들 더 크게 웃어 댔다.

벽장에서 면도칼과 스프레이식 거품 통을 챙겨 들고 총통이 앉아 있는 이발용 의자로 돌아오던 K는 하마터면 들고 있던 것을 떨어뜨릴 뻔했다. 총통이 두 손으로 머리를 훌러덩 벗는 것이 아닌가. 아, 가발이 벗겨진 총통의 머리는 대머리였다. 옆머리와 뒷머리만 약간 남아 있을 뿐 거의 완벽에 가까운 대머리였다. 게다가 머리 한복판엔 흉측한 흉터가 크게 자리 잡고 있었다. 그것은 충격적인 모습이었다. K는 비로소 벽장 안 가발의 용도를 깨달았다. 그는 충격을 감추기 위해 더욱 공손한 태도로 총통의 턱에 거품을 바르기 시작했다.

면도와 샤워와 마사지를 마친 총통이 가발을 쓰기 위해 다시 의자에 앉았다.

"음, 오늘은 누구 머리를 써 볼까?……L 것이 좋겠군."

총통이 K를 돌아보며 말했다. 말귀를 알아듣지 못해 멍청히 서 있는 K에게 S가 급히 다가와 날카롭게 속삭였다.

"H4"

K는 그제야 벽장으로 황급히 달려가 H4 번호 앞에 놓인 가발을 가져왔다. 가발은 총통의 머리에 꼭 맞도록 정교하게 제작되어 있었다. 완벽한 기술이었다. 그런 방면엔 전문가인 K의 눈에도 총통이 가발을 썼다고는 믿어지지 않을 정도였다. 가발을 다시 쓴 총통의 얼굴은 영 딴 사람이 되어 있었다. 누가 총통이 대머리임을 믿으랴.

"L이 죽은 지 얼마나 되었지?"

총통이 비서국장을 돌아보며 말했다.

"예, 각하. 6년쯤 됩니다."

"그놈 결국 그렇게 죽을 놈이 무던히도 속을 썩였지."

"정말 악질이었습니다. 그놈 생각을 하면 지금도 이가 갈립니다."

경호국장이 끼어들었다. 그는 정말 분해 죽겠다는 표정이었다.

"아서, 아침부터 혈압 높이지 말게. 건강에 해로워."

총통은 낮게 끌끌 웃었다.

총통은 일행을 거느리고 위안실 문을 나서며 "수고했어. 솜씨가 좋군." 하면서 K의 어깨를 툭툭 쳐 주었다. K는 허리를 직각으로 굽혀 보였다. S가 일행을 뒤따라 나가면서 귓속말로 수칙3조를 기억하라고 으르릉거리듯 말했다.

그들이 가 버리자 K는 극도로 피곤해 쓰러질 것 같았다. 한꺼번에 너무 많은 것을 보았고 너무 많은 것을 알았다. 아니 뭐가 뭔지 도무지 종잡을 수가 없었다. 자신이 한 10년쯤 늙어 버린 기분이었다. 총통의 박 바가지 같은 대머리가 다시 떠올랐다. 아아, 총통은 대머리다. 실종된 P의 말이 맞았다. P는 그 사실을 어떻게 알았을까. 누구로부터 들었을까. K는 혼란스러웠다. 그는 쓰러지듯 자기 방으로 들어가 깊은 잠에 빠졌다.

8

"L이 누구지?"

어느 날 안전지대에서 K는 지나가는 말로 가장하여 Y에게 넌지시 물어 보았다.

"L? 가수 L 말인가요?"

Y는 짐짓 딴청을 부렸다. 그러나 K가 집요하게 물어대자 그녀는 짜증 섞인 목소리를 한껏 낮춰 속삭이듯 말했다.

"L선생도 몰라요? 그 유명한……."

"?……!"

아, 그 L선생! K는 학자이며 시인이었던 L선생을 그제야 떠올렸다. L선생은 총통의 집권 초기에 총통의 정책에 정면으로 저항하는 반혁명의 기치를 들었었다. 그는 신문 사설 등에서 준열하고 명확한 논리로 혁명의 부당성을 용감하게 공격했다. 많은 사람들이 그를 지지했다. 특히 젊은 학생들 사이에 그에 대한 지지도는 매우 높았다. 그는 정국을 위한 국민대토론회를 개최하여 총통에 대반격을 계획 중이었다.

그러나 그의 시도는 미심쩍은 교통사고로 좌절되고 말았다. 고속도로를 달리던 그의 승용차는 덤프트럭에 의해 무참하게 깔려 형체를 알아볼 수 없었고 그는 현장에서 즉사했다. 총통의 측근들이 저지른 소행이란 소문이 떠돌았지만 사건은 유야무야로 넘어가고 말았다. 총통은 오히려 그의 장례를 성대한 사회장으로 치러 국민들의 환심을 자기에게로 돌렸다.

세월과 함께 그는 잊혀져 갔다. 이젠 그를 기억하는 사람은 별로 없었다. 그 사건도 사람들의 기억 속에서 잊혀져 갔고 혹 기억하는 사람조차 그것을 총통의 집권 초기에 있었던 조그만 혼란쯤으로 여기게 되었다.

"그런데 L선생과 저 가발과 무슨 관계가 있지?"

"맹꽁이 아저씨, 한마디만 할게요. 저도 들은 이야기예요. 아저씨 전임인 M아저씨한테 들은 거예요. M아저씨는 여기 오래 근무하다 아저씨가 오던 전날 갑자기 그만두었죠. L선생은 죽었고 그의 머리칼은 저기 가발로 남아 총통의 머리 위에 씌워지죠. 그것뿐이에요."

Y는 안전지대를 벗어나 그녀의 자리로 돌아가 버렸다. 그렇다면 저기 저 가발들은? 총통은 죽은 정적(政敵)들의 머리칼로 가발을 만들어 그걸 매일 바꿔 써 가며 자신의 대머리를 감추고 있다는 말인가. 이게 무슨 악취미람. K는 어쩐지 무서운 생각이 들었다.


9


모든 것은 순조로웠다. K는 자신의 일에 만족했다. 총통은 어쩌다 한 번씩 들렀고 그때마다 K의 봉사에 대해 자상한 칭찬을 아끼지 않았다. 그럴수록 K는 감격으로 온몸을 떨며 가슴 깊숙한 곳으로부터 총통에 대한 충성을 다짐하곤 했다. 총통이 대머리란 사실과 정적의 머리칼로 만든 가발을 쓰는 기행 따위는 그의 충성심에 아무런 위해가 되지 못했다. 그래, 신이 아닌 이상 이 세상에 완벽한 인간이란 없는 법이다. 총통이라고 그런 조그만 결점과 비밀쯤도 없겠는가. 그는 오히려 총통을 위해서라면 목숨을 바쳐도 좋다는 생각을 더욱 굳게 했다.

K는 사는 보람을 느꼈다. 자신이 뭔가 가치 있는 일을 하고 있다는 충만감이 그의 매일을 즐겁게 했다. 총통이 행차했을 때의 혀끝이 마르는 듯한 긴장감에도 점차 익숙해져 갔고 안전지대에서 Y와 나누는 은밀한 잡담에도 재미를 붙여 갔다. 일이 없어도 가끔씩 들리는 S와 농담을 주고받을 정도가 되었다. S는 틈을 보아 집에 다녀올 수 있도록 배려를 해 주기도 했다.

아내는 새 집으로 이사를 했고 새로 장만한 세간들로 집안을 윤기가 반지르르하게 꾸며 놓고 있었다. 아내는 느닷없이 찾아온 행운에 감사했고 또 가끔씩은 그 행운이 느닷없이 가 버리는 것은 아닌가 하는 불안감을 드러내 보이곤 했다.

K는 이웃 친구들을 만나기도 했다. 그들은 여전했다. 여전히 고만고만한 그릇과 고만고만한 규모와 고만고만한 생각들로 살아가고 있었다. 그들은 아주 큰 회사의 구내 이발관에 취직했다는 그의 말을 아무 의심 없이 믿었고, 또 축하해 주기까지 했다. 그리곤 한턱 쓰라고 졸랐다. 그는 그들을 술집으로 데려갔다. 친구들의 술버릇과 술자리의 화제도 여전했다. 그들이 국제 정세에 대해서 열을 올리고 있을 때 K는 가만히 듣고만 있었다. 그건 예전에도 그랬다. 예전에 K는 그들의 해박한 지식과 논리

정연한 말솜씨에 속으로 은근히 감탄을 하면서도 시기심 비슷한 걸 느끼곤 했다. K는 그들에 비해 학력이 턱없이 짧았다.

그러나 K는 이제 더 이상 그들에 대해 감탄도 시기심도 일어나지 않았다. 어쩐지 그들이 자신의 눈 아래로 내려다 보였다. 자신이 총통각하의 전속 이발사란 사실을 알면 이 친구들이 어떤 반응을 보일지 궁금했다. 술이 거나해져서는 정말 그 사실을 공표해서 혼비백산하는 꼴들을 보고 싶기도 했다. 그러나 그는 수칙을 떠올리고 가까스로 그 충동을 참았다.

K가 그 사실을 아내에게 털어놓은 것은 그날 저녁이었다. 그건 순전히 술 탓이었다. 아니 어쩌면 친구들에게 까발리고 싶었던 충동의 대상을 아내로 바꾸었는지도 모를 일이었다. 아내는 까무러치게 놀랐다.

"각하께서 정말 당신과 악수를 했다는 말이죠?"

아내는 도무지 믿기지 않는다는 표정이었다.

"그렇다니까. 악수뿐만 아니라 내 어깨를 두드리며 수고했다고 격려까지 해 주셨단 말씀이야."

"오오, 저런 고마울 데가……. 여보, 당신 정말 출세했구랴."

아내는 감격에 겨운 얼굴로 그의 품에 안겨 들었다.

"한데 각하가 대머리라는 건 어찌된 거예요? 그것도 정말이에요?"

아내가 품에서 얼굴을 들고 킥킥대고 웃으며 다시 물었다.

"이놈의 여편네가……. 방정맞게스리."

K는 아내를 왈칵 밀쳐 내며 소리를 낮추라는 표시로 눈을 부

라렸다. 방 안엔 둘뿐이고 아무도 엿들을 사람도 없었지만 가슴이 철렁 내려앉았다. 순간적으로 S의 싸늘한 눈빛이 떠올랐다.

"당신 어디 가서 그걸 입 밖에만 내도 끝장날 줄 알엇! 잘못하다간 내 신세 망치고 집안 신세 망치게 될 거야. 알겠어?"

"그런 소릴 내가 왜 남에게 해요? 아무 걱정 말아요."

그러면서도 아내는 킥킥거림을 멈추지 않았다.

그날 이후 아내와 가지는 K의 대화는 거의 총통의 근황에 관한 것뿐이었다. 각하는 향수 중에 샤넬 No.5를 가장 좋아하셔. 각하께서 어제 조깅을 하시다가 발목을 삐셨다는군. 각하 몸무게가 얼만 줄 알어? 82.5Kg이래. 거구이신데도 운동으로 늘 단련을 하시니까 건강이 아주 좋으셔. 각하께서 얼마 전에 외국 사절단을 맞이하셨는데……. 각하께서는……, 각하께서……, 각하의……, 각하를……. 그즈음의 그의 모든 관심과 의식은 총통을 향해 있었다. 총통은 그의 가치관의 알파요 오메가였다. 총통은 그에게 있어 진리였고 아름다움이었다. 총통은 그의 의식의 절대적 구심점이 되어 있었다.

그런 어느 날 오랜만에 집으로 돌아온 그는 아내와 한바탕 격렬한 정사를 나누었다. 일이 끝난 후 아내는 벌거벗은 그의 가슴에 머리를 기대고 나른한 목소리로 물었다.

"당신은 총통각하와 나 중 누굴 더 사랑하죠?"

"바보 같은 소리."

그는 아내의 질문을 한마디로 일축해 버렸다. 그건 정말 바보 같은 질문이었다. 그건 애당초 비교의 대상이 되지 못하는 것이었다.

"물론 당신은 각하를 더 사랑하겠죠? 하지만 난 아녜요. 난 당신을 더 사랑해요. 이 세상 무엇보다 당신을 사랑해요."

아내는 그리고 스르르 잠이 들었다. 그래도 K의 생각은 변함이 없었다. 그는 여전히 아내보다 총통을 더 사랑하고 있는 자신을 발견했다. 그러나 그는 잠든 아내의 얼굴을 내려다보고 있노라니 왠지 기분이 묘했다. 그것은 슬픔 같기도 하고 미세한 아픔 같기도 하고 자신의 벌거벗은 몸을 오래 내려다보고 있을 때 생겨나는 외로움 같기도 한 감정이었다.

10

이 방 안에선 시간이 멈춰 버린 것 같다. 지금이 낮인지 밤인지 알 수가 없다. 아무 소리도 들리지 않는다. 시간은 그냥 가는 게 아니란 사실을 처음으로 깨닫는다. 시간은 소리의 연속으로 흘러간다. 소리가 없으면 시간도 멈춘다. 시계소리라도 듣고 싶지만 그들은 그의 시계마저 벗겨가 버렸다. 제발 무슨 소리라도 들려왔으면 좋겠다. K는 일어서서 방 안을 걷기 시작한다. 그대로 앉아 있다간 미쳐 버릴 것 같다.

아, 발자국 소리. 누군가 복도를 걸어오는 구둣발 소리가 들린다. 두세 명이 같이 오는 소리 같다. 복도를 가로질러 온 그 소리는 이윽고 그 방의 철문 앞에 와서 멈춘다. K는 침을 꼴깍 삼킨다. 그는 선 채로 기다렸다. 철컹, 하고 문이 열리는 소리에 그는 가슴이 철렁한다. 열린 문으로 낯익은 바바리 차림의 사내가 뚜벅뚜벅 걸어 들어온다. 문 밖엔 K를 이 방에다 처박아 넣었던 비밀 요원 둘이 지키고 서 있다. K는 사내가 S임을 알고는 구원을 받은 기분이 된다. S는 알 것이다. 자신이 얼마나 결백한가를. K는 애원하는 눈빛으로 S를 바라본다. 그러나 싸늘하게 자신을 쏘아보는 S의 시선을 발견하곤 다시 섬뜩한 기분이 된다.

"부, 부장님. 이게 도대체 무슨……."

S가 갑자기 손을 들어 K의 말을 막는다. S는 말없이 주머니에서 담배를 꺼내 K에게 한 개비 주고 자신도 입에 문다. S가 켜 준 라이터에 불을 붙이는 K의 손이 떨린다. K는 다급하게 담배를 빨아 댄다. 담배 연기가 폐부로 밀려들자 한순간에 머리가 몽롱해지고 온몸이 나른해진다. 긴장감이 좀 풀리는 것 같다. 어떤 알 수 없는 안온함이 니코틴 기운과 함께 온몸으로 퍼져 나간다.

"이봐, K. 그래, 생각은 좀 해 보았나?"

S가 연기를 길게 내뿜고 나서 대수롭지 않다는 말투로 묻는다.

"뭐, 뭘 말입니까?"

"아직도 모르겠나? 자신이 저지른 과오에 대해서 말이야."

S의 말에 대번 살기가 실린다. K를 쏘아보는 눈에도 흉포함이 찾아와 있다.

"저, 전 도무지 무슨 말인지 알아들을 수가 없습니다. 정, 정말입니다."

"이것 봐, K. 우리 이야기를 쉽게 풀어 가자구. 서로 피곤하니까 말야. 자네 수칙3조를 알고 있겠지?"

"예."

"그걸 어긴 일이 없나? 어디 다시 생각해 봐."

수칙3조라, K는 빠르게 기억을 더듬는다, 그러나 없다. 결단코 없다.

"어, 없습니다. 정말입니다. 그런 일은 없습니다. 믿어 주십시오."

"그래? 이봐. 내 지금까지 지내온 정으로 이야기하는데 말이야. 기회는 한 번 가면 다시 오기 어려운 거야. 내 개인으로서는 자네에게 이러구 싶지 않아. 우리도 이 일을 조용히 끝내고 싶어. 그러기 위해선 자네의 협조가 필요해. 자네의 앞으로의 운명은 자네의 태도에 달린 거야. 자, 다시 한 번 묻겠어. 수칙3조를 어긴 일이 없나?"

S의 목소리는 한결 누그러져 은근함마저 풍기고 있다.

"없습니다."

K는 결연히 대답한다. 정말 없다. 그런 일은. 그러나 마음 한 켠에 켕기는 구석이 아주 없는 것은 아니다. 아내다. 잠자리에서 아내에게 했던 각하에 대한 많은 이야기들. 그러나 아내는 입이 싼 여자가 아니다. 어디 가서 함부로 입을 놀릴 사람이 절대 아니다. K는 아내의 무거운 입을 믿고 그 사실을 묵살하기로 작정한다.

"없습니다? 그렇게까지 말했는데도 이 친구 이거 지금 누구랑 농담 쌈치기 하자는 거야 뭐야? 정말 각하의 머리에 대해서 타인에게 이야기한 적이 한 번도 없단 말이지?”

S가 가소롭다는 표정으로 천천히 말한다. 목소리가 표변하여 있다.

“그렇습니다. 없습니다. 정말입니다.”

아, 그 문제였구나. K는 속으로 무릎을 친다. 그러면 더욱 없다. 결코 없다. 그는 필사적으로 마음을 다잡아 먹는다. 그러나 한 가닥 불안은 어쩔 수가 없다.

“좋아, 그렇다면 보여 줄 게 있지. 따라와.”

S는 휙 돌아서며 걸어 나간다. K는 엉거주춤하게 서 있다. 비밀 요원 둘이 재빠르게 들어와 그의 양쪽 팔짱을 낀다.

11

어두운 복도를 앞장서서 몇 번이고 꺾어들던 S가 어느 방 앞에 걸음을 멈춘다. 요원이 방문을 열고 K를 거세게 밀어 넣는다. 아, 몸의 중심을 겨우 잡고 선 K는 속으로 비명을 지른다. 벽면 한쪽이 통짜 유리로 되어 있고 그 뒤의 유리막 너머에 또 다른 방이 있다. 그 방의 가운데엔 조그만 책상이 놓여 있고 그 뒤의 의자에 여자가 하나 앉아 있다. 아내다. 아내는 얼굴을 숙이고 울고 있다. 찢어지고 여기저기 피가 묻어 있는 윗도리가 먼저 눈에 들어온다. 머리는 마구 헝클어지고 얼굴엔 피멍이 들어 있다. 터진 입술에 선혈이 말라붙어 있다. 개가 씹어 놓은 신발짝 같은 몰골이다. 불안의 예감이 급속하게 현실적인 실체감으로 바뀐다. 아득한 절망감에 다리가 후들거려 온다. 여보……. K는 두 손바닥을 유리막에 대고 다가선다.

"소용없어. 저쪽에선 이쪽이 보이지 않아. 들리지도 않구."

등 뒤에서 빈정거리는 S의 목소리가 들린다. K는 S를 뒤돌아본다. S의 얼굴엔 빈들대는 웃음이 매달려 있다. K는 처음으로 S에 대해서 분노를 느낀다. 이 죽일 놈.

"자네 마누란 입이 가볍더구만. 자네에게 들은 각하의 머리에 관한 이야길 이웃집 여자에게 나불거렸단 말씀이야. 물론 그 이웃집 여자가 우리에게 고발해 오지 않았다면 우리도 몰랐겠지만 말이야."

이야기가 그렇게 되었구나. K는 애초에 그 일에 관해 아내에게 발설한 사실이 발등을 찍고 싶도록 후회스러워진다. 그놈의 그 알량한 영웅심이 이토록 목줄을 잡아당길 줄이야. 한데 아내가 정말 자백한 것일까? 그렇지 않다면 이웃집 여자의 모함이라고 버텨 볼 수도 있지 않을까. K는 지푸라기라도 잡는 심정으로 재빠르게 머리를 굴린다. 그러나 그런 K의 심정을 환히 읽고 있다는 듯이 S가 차갑게 말한다.

"자네 마누라쟁이가 다 불었어. 이젠 자네가 잡아떼도 소용없게 됐어. 자, 한 번 더 묻겠다. 수칙을 어긴 일이 없나?"

"……."

"오호라, 묵비권을 행사하시겠다 이건가? 여기선 그따위 것은 안 통해. 그건 자네에게 이득 될 게 전혀 없을 거야. 아까도

말했지만 자네가 협조적이라면 우리도 정상을 참작하여 보고할
수도 있어. 우리도 그렇게 인정사정없는 건 아냐. 어느 쪽이 자
네에게 유리할지 잘 생각해. 마지막으로 묻겠어. 정말 마지막이
야. 명심해 수칙을 어긴 일이 없나?"

자백을 해 버리면 그것으로 끝장이다. 아내나 나나. 그러나
빠져나갈 구멍이 없다. K는 절망한다. S의 말마따나 차라리 자
백을 하고 선처를 애원하는 것이 낫지 않을까 하는 유혹이 강하
게 다가온다.

"이, 있습니다. 하지만 술 때문입니다. 술김에 그만……. 저,
절대로 의도적인 건 아닙니다. 정말입니다."

이윽고 그는 고개를 숙인다.

"좋아. 이제 말이 통하는구만. 그럼 마누라 말고 또 어떤 사람
들에게 말했지?"

K는 고개를 번쩍 들어 S를 정면으로 올려다본다. 이건 또 뭔
가. S의 얼굴에 야릇한 미소가 떠올라 있다.

"아, 아닙니다. 아내 이외엔 어떤 사람에게도 말하지 않았습
니다. 정말입니다. 그런 일은 결코 없었습니다."

K는 당황한다. 수렁에 빠져들고 있는 기분이다.

"흠, 마누라에겐 말했는데 다른 사람에겐 하지 않았다? 잘 나
가다가 왜 이러실까. 집 안에서 새는 바가지가 집 밖에선 안 샌
다 이거야? 이치에 맞는 소릴 해야지."

"정말입니다. 정말입니다. 믿어 주십시오. 다른 사람에겐 결
단코……."

“어허. 이거 안 되겠구만. 야! 이리 들어왓.”

S가 갑자기 목청을 돋우어 밖에 대기하고 있는 요원들을 부른다. 기다렸다는 듯이 들어서는 건장한 체격의 요원들을 보고 K는 기가 질린다.

“바른 말이 나올 때까지 좀 주물러 줘. 아직 정신을 못 차린 모양이야.”

“부, 부장님.”

K가 황급히 불렀으나 S는 뒤도 돌아보지 않고 나가 버린다. 요원들이 무표정한 얼굴로 다가와 K를 의자에다 단단히 묶는다. 그들의 동작은 지극히 기계적이다. 어떠한 감정도 실려 있지 않은 동작이다. 그들은 어디서 났는지 곤봉을 꺼내더니만 그의 어깻죽지를 사정없이 내려친다. 어깨가 떨어져 나가는 듯한 격렬한 둔통이 온몸을 관통하여 발끝까지 내리 달린다. K의 입에선 저절로 짐승 같은 비명소리가 새어 나온다. 그러나 곤봉의 끝이 명치에 와 쑤셔 박히며 헉 하고 숨이 막혀 비명소리도 끅끅거리는 소리로 바뀐다.

이 죽일 놈들. 통증의 질량만큼 분노가 가슴 밑바닥으로부터 끓어오르며 머릿속을 가득 채운다. 그러나 곤봉이 두 번 세 번 이쪽저쪽 어깨로 번갈아 내려쳐질수록 고통만 남고 분노는 스러진다. 아, 아, 안 돼. K는 꺼져 가는 분노의 불길을 오기로 다잡아 두려 애쓰지만 소용이 없다. 요원들이 씩씩거리며 용을 써대는 동물적인 소리가 크게 확대된다. 연이어 머리 가슴 옆구리 허벅지로 난타하며 휘몰아쳐 오는 매의 소나기 속에서 그는 온

몸을 뒤틀며 고통의 늪으로 아득히 침몰한다. 온 몸뚱아리가 조
각조각 흩어지는 고통의 각인을 받으면서도 K는 악몽을 꾸고
있는 듯하다. 온몸의 관절과 살점들이 모조리 해체되어 가고 있
다. 아아, 제발 그만, 그만 해, 제발……. 그러나 아물아물 멀어
지는 의식 속에서도 K는 똑같은 소릴 외워 댄다.
　"아닙니다. 그건 절대 아닙니다."


12


　S가 다시 K의 눈앞에 나타난 것은 물을 뒤집어쓰고 몇 번의
혼절로부터 깨어난 뒤이다. 희미하게 깨어 오는 의식 속에서 K
는 총통의 대머리를 본다. 총통은 그를 향해 자상하게 웃고 있
다. 그의 어깨를 다독이며 웃고 있다. 그러나 웃고 있는 게 아니
다. 입을 크게 벌리고 그의 머리를 삼키려 한다. 어깨를 다독이
던 그 손도 그의 목을 죄어 오고 있다. 흉측한 흉터가 나 있는 총
통의 대머리는 어느덧 흉물스럽게 생긴 두꺼비로 변한다. 거대
한 두꺼비다. 두꺼비는 넙죽한 입으로 L선생의 머리를 파리 삼
키듯 넙죽 삼켜 버린다. 그리고 무수한 사람들의 머리를 그렇게
삼켜 댄다. 머리를 다 먹어 치운 두꺼비가 긴 혀로 입을 한 바퀴
핥고 K에게 다가온다. 아아, 달아나자. 달아나자. 저 괴물로부
터. 그러나 몸이 말을 듣지 않는다. 꼼짝을 할 수가 없다. 저 흉
물로부터 달아날 수만 있다면……. 용을 쓰던 K는 온몸을 바늘
로 찌르는 듯한 통증에 눈을 뜬다. 눈앞에 S의 음험한 얼굴이 내


228

려다보고 있다.

"정신이 좀 드나? 어때, 생각이 달라졌겠지?"

S는 히죽히죽 웃고 있다. 그의 손에는 종이와 볼펜이 들려 있다. 마지막으로 정신을 잃기 직전에 K는 도저히 넘을 수 없는 고통의 고개턱에서 아무 이름이나 마구 외쳐 댔던 기억이 난다. P, O, J, Y……. 자신의 고통을 피하기 위해 죄 없는 그들을 수렁으로 끌어들이다니. K는 눈물이 날 것 같다.

"쯧쯧, 애들이 너무 심하게 다뤘구만. 그만큼 살살 하라고 일렀는데……."

S는 결박을 풀어 주고 책상을 K 앞에 가져다주며 과장스레 혀를 찬다. 책상 위엔 종이와 볼펜이 나란히 놓여 있다.

"자, 이제부터 자인서 한 장만 쓰면 되는 거야. 글은 쓸 수 있겠지? 불러 주는 대로 쓰면 돼. 하겠나?"

K는 천천히 손을 뻗어 볼펜을 잡는다. 몸을 움직일 때마다 관절의 마디마디가 쑤셔 온다. 그래 써 주마. 이까짓 거짓 종이 조각. 백 번이라도 써 주마. 하지만 내 분노는 남는다. 이 따위 종이 조각보다 몇백 배 확실하게 내 분노는 남는다. 알 수 없는 오기가 다시 생겨난다. 기어이 눈물이 볼을 타고 흐른다.

"좋았어. 진작 그럴 것이지. 그랬으면 서로 편하고 좀 좋아. 받아 적어. 에, 저는 반혁명 세력의 스파이로서 반혁명의 우두머리 00의 사주를 받아 역시 스파이인 아내 X와 함께 주위 사람들을 포섭하여 반혁명의 불온한 단체를 결성하였고 혁명정부에 중대한 위해를 줄 목적으로 궁전에 침투하여 총통각하에 대한 근거 없는 악질적인 유언비어를 날조, 유포시켰으며……."

쓰기를 마치자 S는 다시 읽어 보고 만족한 표정으로 밑에 사인을 하도록 한다. 완성된 자인서를 품속에 넣고 S는 의미 있는 웃음을 띠며 은근한 목소리로 말한다.

"어때, 마누라가 보고 싶지 않나?"

그는 아내가 울고 있던 유리문 너머를 바라다본다. 그러나 거기에는 까만 어둠뿐이다. 아내를 만날 수 있다면…….

"좋아. 마누랄 만나게 해 주지."

K는 믿기지 않아 S를 멍하니 올려다본다.

"대신 조건이 있어. 자네 마누라에게도 자인서를 쓰도록 설득을 해 줘야겠어. 여자라서 말이야. 심하게 다루지도 못하겠고 고집이 여간이래야지. 일을 쉽게 하자구. 자네가 자인서를 쓴 이상 자네 마누라도 언젠가는 쓸 수밖에 없는 거야."

그렇다면……! 아내는 아직 자백도 하지 않았고 자인서도 쓰지 않았단 말인가. 머리 속에서 윙 하는 기계음이 들려온다. 이, 이런 교활한 놈. K는 S의 멱살이라도 잡으려 일어서려다가 신음을 내지르며 도로 앉는다. 온몸의 근육이 쥐어짜듯 당긴다.

"어허, 무리하지 마."

S가 낄낄거리며 악마처럼 웃는다.


13


"여보."

비밀국 요원의 부축을 받아 어느 방으로 들어서자 아내가 달려와 K를 껴안는다. 등 뒤에서 문에 자물쇠를 채우는 소리가 들린다. K는 아내를 마주 안는다. 품안에 실리는 낯익은 부피감이 가슴 저리게 느껴진다. 아내의 얼굴은 말이 아니다. 푸르딩딩하게 부어오르는 뺨과 멍든 눈자위 찢어진 입술과 쥐어뜯긴 머리……. 도대체 이 재앙의 씨앗은 어디로부터 온 것인가. K는 아내와 자신이 버려진 두 마리의 짐승 같다는 느낌이 든다. 외롭다. 견딜 수 없을 만큼.

"난 말하지 않았어요. 아무것도 말하지 않았어요. 당신이 내게 그런 말을 했다는 사실도 말하지 않았어요. 그들이 자인서를 쓰라고 했지만 끝까지 버텼죠. 끝까지 버텼어요. 그들이 차고 때리고 밟았지만 난 지지 않았어요. 난……."

아내는 울고 있다.

"알고 있어. 다 알고 있어."

K는 자신의 입술로 아내의 입을 막는다. 아내는 입이 막힌 채 흐느낀다. K는 입술을 떼고 분명히 말한다

"당신을 사랑해. 총통보다 아니 이 세상 누구보다 당신을 더 사랑해."

그는 첫사랑을 고백하는 숫총각처럼 진지하고 열정적으로 말한다. 아내가 두 팔로 그의 목을 끌어안는다.

"난 말하지 않았어요. 당신이 내게 한 말을 어느 누구에게도 말하지 않았어요. 정말이에요. 한 번 꼭 한 번 M 엄마에게 말하고 싶었지요. 그러나 하지 않았어요. 당신이 하지 말라고 했기

때문이에요.”

아내는 빠르게 주워섬긴다. 아내는 어떤 승리감에 도취된 듯하다.

“그럼 그들이 말하는 이웃집 여자는 누구야?”

“모르겠어요. 아무튼 난 아무에게도 말하지 않았어요.”

K는 망연해진다. 그럼 이웃집 여자도 가상 인물이란 말인가. 도대체 그들이 존재하지 않는 인물까지 동원하며 이토록 계획적으로 우리를 옭아매는 이유가 뭔가. 이젠 공공연한 비밀이 된 총통의 대머리에 대해서 그들이 이토록 집착하는 저의는 어디에 있는 것일까? K는 자신과 아내가 이유를 짐작할 수 없는 어떤 모종의 덫에 운수 사납게 걸려들었음을 확연히 깨닫는다.

14

“감동적이군.”

Q 국장이 모니터를 들여다보고 있다가 S를 돌아보며 빙긋 웃어 보인다. 모니터에선 K와 그 아내가 포옹하고 있는 장면이 비쳐지고 있다.

“이 명단에 있는 놈들을 당장 잡아들일까요?”

S는 K의 자인서를 들고 있다.

“좋아. 당장 잡아들이고 놈들이 결성했다는 단체 이름도 하나 지어. 좀 과격하고 자극적인 이름으로 말이야. 그리고 반혁명파로 의심되는 엘리트 놈들 몇을 지도자급으로 만들어 넣어. 놈들을 잡아들이는 대로 언론에 대대적으로 알려. 최대의 반혁명적 간첩단 사건이라고 일면 톱으로 때려서 분위기를 조성해.”

“각하께 보고는……?”

“그건 내가 알아서 하지. 각하께서도 기뻐하실 거야. 요즘 반혁명파 놈들 낌새가 수상쩍은 데 건수가 있어야지. 이런 건수를 만들어서라도 놈들을 싸그리 박살내야 해.”

“저 연놈은 어떻게 할까요?”

S가 눈짓으로 모니터를 가리키며 묻는다.

“여펜네의 자인서를 받는 대로 약식 재판에 부쳐 처형해. 재판과 처형 과정도 언론에 대대적으로 알려. 요는 분위기를 조성하는 거야. 그게 중요한 거야.”

“알겠습니다.”

S가 뒤꿈치를 모으며 부동자세를 취해 보인다.

“헌데 비서국장 저놈은 매일 밤 저 지랄이야. 누군 매일 이런 더러운 일로 골치를 썩이는데 말야. 개자식, 도대체 뭘 처먹어 저리 정력이 좋은 거야.”

Q는 벌거벗은 남녀가 한데 엉겨 개같이 헐떡거리는 화면으로 눈길을 옮기며 잔뜩 불만어린 소리로 투덜댄다.


※ 이 작품은 안드레이 콘찰로프스키 감독, 톰 헐스 주연의 영화 〈이너 서클〉
  (1992년)에서 몇몇 에피소드를 차용하였음.

# 브루스 리를 추억함

가난한 산동네 꼭대기 집에서, 등 뒤로 천식 걸린 아버지의 자지러지는 기침소리를 들으며 그 시간이 아름답다고 말할 수 있는 사람이 네 녀석 말고 또 누가 있겠니. 그래, 나는 이제야 네 녀석의 그 낙관주의를 긍정한다. 사람에겐 때로, 터무니없지만 제 나름대로 아름답게 느껴지는 시간이 있음을 인정한다.

1

　브루스 리, 네 녀석을 이렇게 불러 본 지가 정말 까마득하구나. 누군가를 별명으로 불러 본 지도, 또 누군가가 날 별명으로 불러 주는 걸 들어 본 지도 참 오래된 것 같아. 벌써 우리가 이토록 진지해진 나이가 돼 버린 것일까.

　브루스 리, 느닷없이 네 녀석 생각을 하게 된 건 전혀 우연이었어. 난 널 참 오랫동안 잊고 있었거든. 아니면, 적어도 잊은 체하고 있었을 거야. 난 네 녀석을 정말 잊고 싶었어. 그런데 말야, 망각이 기억보다 더 어렵다는 게 사실인가 봐. 아주 잊어버렸다고 믿고 있던 네 녀석이 이렇게도 쉽사리 내 기억 속으로 소환되다니.

　가을이 짙어 가던 어느 대학 앞의 길거리에서였지. 나는 그 대학에서 열린 무슨 강연을 들으러 왔다가 돌아가는 길이었어. 길 위엔 바람이 불고 있었고, 바람이 불 적마다 떨어진 은행잎들이 노란 나비 떼처럼 화르르 날아올랐다 내려앉곤 하던 늦은 오후였어. 그날따라 나는 시간이 꽤 여유로와서 이 만추의 풍경을 완상하며 느릿한 걸음으로 지하철역으로 향하고 있었지.

길모퉁이를 돌아서자 허리를 맞대고 늘어선 노점상 두엇이 보이더군. 그 중 하나는 리어카 좌판에 비디오테이프들을 아무렇게나 널어놓고 있었어. 늦은 오후의 햇빛 속에 그 중고 테잎들은 하나같이 죽은 생선처럼 생기 없이 좌판 위에 엎드려 있었어. 나는 그 좌판 앞에서 슬며시 걸음을 멈추었어. 그런 걸 그냥 지나치지 못하는 건 네 녀석도 알다시피 나의 오랜 버릇이지 않니. 영화와 비디오를 좋아하는 내 취미를 너도 아직 기억하고 있으리라 믿는다. 하긴 너도 영화라면 나 못지않게 사족을 못 썼지.

나는 늘어놓은 타이틀들을 그냥 버릇대로 죽 훑어보았어. 그런 노점상에 널려 있는 프로그램들이 대개 그런 것처럼 그것들도 참으로 고색창연한 것이더군. 하루가 다르게 새로운 작품들이 홍수처럼 쏟아져 나오는 마당에, 도무지 존재가치를 지닐 것 같지 않은 그 흘러간 작품들 말이야. 게다가 플라스틱 케이스는 하나같이 먼지를 뒤집어 쓴 듯 뿌옇게 보였고 그 속의 표지 사진들도 마른 나뭇잎처럼 빛바래어 보였지. 그건 그 옆에서 팔고 있는 붕어빵보다 상품가치가 없어 보였어. 사람들이 꽤 많이 오가는 길목이었지만, 그 비디오테잎들에 흥미를 가질 만한 행인은 아무도 없어 보이더군. 나처럼 특별히 구질구질한 취향을 가진 인간이 아니고선 말이야.

그러거나 말거나 늙수구레한 노점상 주인은 장사에는 아예 관심도 없다는 표정으로 간이의자에 앉아서 팔짱을 낀 채 멀거니 앞만 바라보고 있더군. 아마 밤 시간에 리어카 밑에 숨겨 둔 노골적인 포르노 테이프를 파는 게 그의 본업일 거야.

나는 이미 섭렵을 했거나, 혹은 섭렵할 가치를 도무지 느낄 수 없는 그런 타이틀들을 무심히 일별하며 지나치려 했지. 한데 말이야. 그 비디오테잎 중에 하나가 반짝하고 빛을 발하며 내 시선을 잡아끄는 거야. 별일이지. 나는 걸음을 멈추고 그 섬광의 발원지를 살펴보았어. 아하, 근데 그게 뭔 줄 알겠냐? 바로 〈용쟁호투〉였단 말이야. 이소룡 주연의 무술영화 〈용쟁호투〉! 그 영화가 먼지 속에 박혀 있던 사금파리처럼 햇빛에 반짝이며 내 눈앞으로 걸어 나오더라니까. 그리곤 이소룡, 리샤오룽, 브루스 리란 이름과 함께 불현듯 네 녀석의 그 잘 생긴 얼굴이 떠오르더구나.

고등학교 시절, 〈용쟁호투〉, 이 영활 너와 난 몇 번이나 보았을까. 너 기억하냐? 학교 수업 빼먹고 아침부터 극장으로 직행해 이 영활 하루 종일 보고 또 본 일 말야. 난 그때 극장 의자에 앉아서 까먹었던 도시락 맛이 아직도 기억에 생생해. 그리고 다음날 담임선생한테 들통나 대걸레 자루로 엉덩이에 불이 나도록 얻어맞았던 것도.

안 가려는 네 녀석을 악착스레 꼬여낸 것은 나였지. 모범생 중에 모범생이었던 네 녀석에게 일탈의 재미를 맛보게 해 주려는 내 심술궂은 집착이 문제였는지 몰라. 하지만, 이소룡이라면 자다가도 벌떡 일어나던 네 녀석의 이소룡에 대한 그 못 말리는 열광도 나의 꼬드김에 못 이기는 체하고 따라나서게 만든 원인이었을 거야.

당시 우리 또래 남학생 중에 이소룡 팬이 아닌 사람이 누가 있겠냐만, 나는 네 녀석만큼 열렬한 팬은 보지 못한 것 같아. 사방 벽을 이소룡 사진으로 도배하다시피 해 놓았던 네 방 풍경을 난 결코 잊지 못할 거야.

그 난리를 치고도 우린 두어 번 더 이 영화를 보러 갔던 것으로 기억해. 그러나 그 이후론 이 영화를 다시 본 적이 없었던 것 같아. 우리가 중고등학교 시절에 그토록 열광하며 보았던 이소룡의 다른 영화들처럼 이 영화도 추억의 영화가 되고 말았지. 학창시절을 지나 성인이 되고, 우물쭈물하다 보니 20대가 저물고, 나이에 밀려서 결혼을 하고, 아이를 낳아 아버지가 되고, 이제 지천명의 나이에 도달하는 동안, 이 영화는 까맣게 우리의 기억에서 멀어져 갔던 거야. 혹은 기억하고 있다고 하더라도 말이야, 그건 꽤 재미있는 무술 영화에 불과하다는 것이었을 거야. 그래, 그건 유치하게 치고 박고 싸우는 한낱 무술영화였어. 그건 아무도 부인할 수 없는 엄연한 사실이지.

한데 말이야, 브루스 리. 그 영화와 몇십 년 만에 그렇게 딱 마주치는 순간, 갑자기 가슴 한켠이 먹먹해지면서 신물 같은 게 울컥하고 올라오는 기분이 들지 뭐냐. 그래, 그건 확실히, 소화되지 못한 음식물과 함께 식도를 거슬러 올라와 목젖을 따갑게 하는 그 신물과 같은 느낌이었어. 물론, 이 영화가 이런 곳에서 아직 살아남아 있었구나 하는 반가움과, 그 영화와 함께 한 30

년 전의 학창 시절에 대한 그리움도 아주 없었다고 할 수는 없지만, 그 느낌의 8할은, 바로 그 목젖의 따가움이었어. 그리고 그 질척한 따가움은 바로 브루스 리, 네 녀석 때문이기도 해.

난 주인에게 그 테이프를 달라고 했지. 그러자 주인은 방금 잠에서 깨기라도 한 양 갑자기 부산한 몸짓으로 그걸 뽑아서 비닐봉지에 넣어 주며 가격을 만 원이나 부르더구나. 다른 건 개당 천 원인데도 말이야. 그건 희귀본이라나 뭐라나. 아마 그 테잎을 사고 싶어하는 내 마음을 장사꾼의 재빠른 눈치로 알아차렸는가 봐. 하긴 이만 원을 달라고 해도 난 선뜻 주고 말았을 거야.

그 테잎을 코트 주머니에 넣고 집으로 향하면서 나는 이상하게 가슴이 뛰었더랬어. 그 영화를 다시 본다는 사실에 나는 조금 흥분되었는가 봐. 아니면 오래 잊고 있던 브루스 리, 아니 이충일(李忠一), 네 녀석을 다시 만난다는 사실이 기쁘고도 슬펐는지 모르겠다. 네게 이렇게 편지를 써야겠단 생각이 든 것도 가슴 뛰는 일임에 틀림이 없어. 한데 이 편지는 과연 부쳐질 수 있을까.


2


널 처음 보았을 때가 생각나. 산골 중학교를 나와 지방 소도시인 진주의 고등학교에 진학한 나는 도회지 아이들 틈에서 얼뜨기처럼 잔뜩 긴장해 있었지. 짝지가 된 네 녀석과도 처음엔 퍽 서먹서먹했어. 솔직히 난 네 녀석 인상이 별로 마음에 들지 않았어. 네 잘 생긴 얼굴 탓에 난 네 녀석이 뺀질뺀질 닳아먹은 도회지 아이일 거라 지레 짐작을 했었거든. 게다가 모든 것에 자신감이 차 있는 듯한 네 태도가 무척 건방져 보이기도 했어.

하지만 난 점심시간에 펼쳐 놓은 네 도시락을 보며 속으로 슬며시 웃지 않을 수 없었다. 혼분식 장려 기준치보다 훨씬 지나쳐 보이는 시커먼 꽁보리밥은 그렇다고 쳐. 하지만 깍두기 김치와 풋고추와 된장이 담긴 반찬통은 당시의 우리네 가난한 살림살이를 감안하더라도 촌티가 물씬 풍기다 못해 희극적이기까지 했거든.

내가 네 반찬통을 자꾸 힐끔대는 기색이자 네 녀석은 풋고추 하나를 된장에 쿡 찍더니만 내 반찬통에 담아 주더구나. 그리곤 날 보며 씩 웃었어. 도대체 그 상황을 부끄러워한다거나 자조한다는 느낌이라곤 조금도 없는 웃음이었지. 그렇다고 마냥 호의적이지만은 않은 웃음이었어. '뭘, 이까짓 걸 가지고 그러냐?' 하는 의미도 포함된 그런 웃음이었지. 그 웃음을 보는 순간 난 대번에 긴장의 끈을 놓아 버릴 수가 있었다. 네 녀석이 나와 동류의 인간일 거란 생각이 퍼뜩 들었거든.

왜, 네 녀석에게는 소리도 내지 않고 씩 하고 웃는 버릇이 있지 않니. 그런 네 녀석 웃음에는 확실히 사람의 마음을 넉넉하게 하는 뭔가가 있어. 이렇게 말하면, 네 녀석은 "짜아식, 별 놈의 소리를 다 하고 자빠졌구나." 하고 내 뒤통수를 한 대 갈기고 또 씩 웃을 거야.

훨씬 뒤에 네가 이야기해 주어서 알았지만, 넌 봉래동 산동네의 꼭대기 집에 살고 있다고 했지. 부친은 천식으로 늘 골골거리며 앓아 누워 있고, 모친이 날품팔이로 식구들 생계를 책임지고 있다고 했어. 넌 새벽이면 우유배달을 하고, 저녁이면 중앙시장의 채소전에 가서 버려진 배춧잎을 주워 와 토끼들을 먹인다고 했지. 네 어린 동생들도 신문배달을 하고 있다고 했던가.

너 기억하니? 네 녀석이 처음으로 날 너희 집에 데려갔던 거. 여름날의 어느 일요일이었을 거야. 하수구 냄새가 피어오르는 꼬불꼬불한 골목길을 한참이나 오르다 보니, 주택지가 끝나고 야산 등성이가 펼쳐지는 경계 지점에 네 집은 엎드려 있었지. 그래, 그건 글자 그대로 엎드려 있다는 표현이 맞아. 루핑을 덮어 놓은 지붕에는 루핑 조각이 날아가지 않도록 돌들을 올려놓았더군. 집이 그런 지붕의 무게 때문에 꼼짝없이 엎드려 있는 느낌이었어. 그래도 넌 방이 세 칸인 덕분에, 네 자신의 공부방이 있어서 다행이라고 자랑스레 말했던 거 같아.

네 아버지는 어두운 방 안에서 이불을 덮어쓰고 아들 친구 녀석의 인사를 받으면서 끊임없이 쿨럭쿨럭 기침을 해 대셨지. 어머니는 삶은 고구마를 내놓곤 대접할 게 이것뿐이라며 미안해하셨어.

마당엔 평상이 놓여 있었고 마당 끝엔 낮은 대나무 울타리가 둘러쳐져 있었지. 울타리 너머론 아랫집 지붕이 내려다 보였어. 그 집 지붕에도 얹혀져 있던 돌들이 바둑판에 펼쳐진 바둑알 같다는 생각을 했던 게 아직도 생생히 기억나.

너희 집 마당에선 평상에 앉아서도 진주 시내가 훤하게 내려다 보였지. 햇빛을 받고 서 있는 건물들과 큰 길들과 개미처럼 꼬물거리며 오가는 차와 사람들과 그리고 우리 학교 운동장 등이 눈 아래로 보였어. 우린 그런 풍경을 말없이 바라만 보고 있었지. 집 뒤의 아카시아 숲에선 매미가 맹렬히 울어 대고 바람이 불어 왔어. 그러다가 네가 불쑥 말하더구나.

"야, 참 좋다."

"뭐가?"

나는 네 녀석의 뜬금없는 말을 다소 퉁명하게 받았던 것 같아.

"그냥."

"자식, 그냥 뭐?"

"그냥 임마, 그냥 이 시간이 좋다구."

"……시간? 싱겁기는……."

"그래 이 시간 말이야. 지금 이 시간이 아름답다는 생각이 들지 않니?"

"임마, 지금 시 쓰냐? 무슨 헛소리야."

"아냐, 난 다음에도 지금 이 시간을 꼭 기억하고 싶어."

내 퉁박에도 넌 씩 웃어 보이고 시선을 다시 시내 쪽으로 돌렸지. 그때 무엇이 네게 그토록 아름답게 느껴졌는지 궁금했지만, 난 네 옆얼굴만 멀거니 바라보았어. 짙은 눈썹 아래 암갈색으로 빛나는 눈동자와 쌍거풀이 진 서늘한 눈매, 우뚝한 콧날과 두툼한 입술, 강인해 보이면서도 날렵한 턱선……. 넌 참 잘생긴 놈이었어. 네 녀석의 눈빛은 깊은 생각에 잠겨 있었지. 난 그 눈빛의 깊이를 가늠해 보며 네 녀석이 나보다 한참 어른스럽다는 생각이 들었어. 그건 참 더러운 기분인 거, 너 아냐, 임마?

지금 생각해 보면, 네 녀석의 그 낙관성은 타고난 것이 아닌가 싶어. 가난한 산동네 꼭대기 집에서, 등 뒤로 천식 걸린 아버지의 자지러지는 기침소리를 들으며 그 시간이 아름답다고 말할 수 있는 사람이 네 녀석 말고 또 누가 있겠니. 그래, 나는 이제야 네 녀석의 그 낙관주의를 긍정한다. 사람에겐 때로, 터무니없지만 제 나름대로 아름답게 느껴지는 시간이 있음을 인정한다. 나도 지금껏 살아오면서, 평범한 일상의 한 모습이 어느 날 갑자기 내밀한 아름다움이 되어 다가오는 순간을 여러 번 경험한 적이 있으니까.

"야, 넌 나중에 뭐가 되고 싶어?"

넌 날 돌아보며 다시 물었어. 난 갑자기 할 말이 없었다. 아니 좀 당황했었던 것 같아. 난 그때까지 한 번도 앞으로 뭐가 되고 싶다는 생각을 해 본 적이 없었거든.

"글쎄, 잘 모르겠어. 넌 뭐가 되고 싶은데?"

"군인, 난 육사를 나와서 군인이 될 거야."

"왜 하필 군인이야?"

"그냥, 멋있잖아."

그리곤 네 녀석은 다시 씩 웃어 보였지.

"짜아식, 그래, 임마. 이왕이면 멋진 장군이 돼라."

그 말과 함께 등짝을 갈기자 넌 더 크게 웃어 보였지. 그러고 보니 네 녀석에겐 군인이 잘 어울린다는 생각이 들었어. 넌 정말 멋진 군인이 될 거란 확신이 갑자기 드는 거야. 아무 근거도 없었지만 그런 생각이 들었어. 대학 학비를 감당할 수 없는 네 집안 형편도 너의 그런 선택에 영향을 미쳤을 거란 생각은 아주 나중에 하게 되었지.

넌 장독대 옆 뒤란으로 날 데려갔어. 거기엔 나뭇가지에 걸린 샌드백과 돌을 깎아 만든 역기와 줄넘기와 역시 돌로 만든 덤벨 등이 널려 있더구나. 넌 태권도 자세로 샌드백을 치고 차는 시범을 보여 주며 날더러도 해 보라고 했던 게 기억나.

네 합기도 실력과 각종 구기 종목에서 언제나 날고 기는 네 타고난 운동 실력은 우리 학교에서 이름이 높았었지. 당시 교내외를 설치고 다니던 불량 서클 녀석들도 네 앞에선 꼼짝도 못 했으니까. 네 녀석과 친한 짝지란 이유로 나도 꽤 덕을 보았어. 아무도 나에게 함부로 시비를 걸지 못했거든. 고 또래 남자아이 사이엔 예나 지금이나 싸움 실력이 절대적 가치이지 않니.

널 더욱 유명하게 만든 게 또 하나 있었지. 이소룡 흉내내기. 일 학년 봄 소풍 때 장기자랑 시간에 전교생 앞에서 이소룡 흉내를 냈던 거, 너 기억하지? 넌 정말 완벽하게 이소룡의 표정과 동작을 재현해 보였어. 그때 네가 무척 진지했던 것도 인상적이었어. 언제 준비했는지 쌍절곤까지 현란하게 돌리며 이소룡 특유의 그 기성으로 마무리를 했을 때, 우리들은 열광, 또 열광했었지.

당시 이소룡 흉내내기는 장기자랑의 단골 레파토리였어. 그래서 많은 이들이 거기에 도전하는 걸 봐 왔지만, 네 녀석만큼 완벽하게 그 역을 해 내는 건 한 번도 보지 못했다. 그건 아마 그 당시 우리 학교 아이라면 누구나 인정하는 이야길 거야. 내가 보기에도, 넌 길쭉길쭉한 팔다리와 늘씬한 몸매뿐 아니라 얼굴 생김새마저 이소룡과 아주 닮았으니까.

그날 이후로 네 녀석은 대번에 우리 학교의 명물이 되었었지. 넌 이충일이란 본명보다 브루스 리란 별명으로 더 잘 통했어. 적어도 우리 학교 내에서는 말이야.

브루스 리, 난 이충일이라는 네 본명보다, 유치하게 들리지만 아직도 이 별명으로 널 부르고 싶다. 별명을 부르는 게 유치하게 생각되어지는 나이에 벌써 이르고 말았구나. 우리 나이가. 아니 '우리' 나이가 아니지. 이 경운 나만의 나이라고 해야겠구나. 너의 나이는 삼십대 중반에 영영 머물러 버렸으니……. 그러나 네가 나와 함께 늙어 간다 하더라도 나는, 네가 적어도 나한테서만큼은 충일이로 불리는 것보다 브루스 리로 불리는 걸 더 기분좋아할 거라고 믿는다.

그러나 이젠 널 충일이라 부를게. 넌 어디까지나 이충일이지 브루스 리는 아니잖니. 너는 이 땅을 이충일로 살다가 갔어. 참으로 이충일답게……. 이충일답다는 말에 어폐가 있는지도 모르겠다. 어떤 게 이충일다운 거냐고 네가 묻는다면 글쎄, 나도 딱히 할말은 없다. 그래, 과연 어떤 게 너다운 삶이었을까.

그래도 널 생각하면 자연히 브루스 리가 떠오르는 건 어쩔 수가 없다. 아마 우리 동기 녀석들 누구나 이 말에 동의할 것으로 본다. 네 녀석은 참 지독한 이소룡의 팬이었지. 넌 이 소룡의 영화를 모두 서너 번 이상씩 보았고, 어떤 건 대사까지 외우기도 했지.

"멋을 부리지 말고 정신을 집중해, 화를 내지 말고 집중을 해. 달을 가리키는 손가락처럼 집중을 해. 생각을 하지 말고 느껴. 집중을 못 하면 천기를 놓치는 거야."

기억나니? 네가 가장 좋아하던 이소룡의 대사. 아마 〈용쟁호투〉의 도입부에 나오는 대사일 거야. 넌 그걸 무슨 셰익스피어 연극의 대사라도 되는 양 외워 보이곤 했지. 우리 발음으론 이소룡이고, 중국 본토 발음으론 리샤오룽인 그의 영어식 이름이 브루스 리란 걸 제일 처음 가르쳐 준 것도 너였던 것으로 기억돼.

하긴 너뿐만 아니라, 칠십 년대 중고등학교를 다닌 사람이라면 누구나 이소룡에 열광했었지. 그땐 그랬었어. 정말 이소룡, 그는 몇 편 되지 않은 영화에 출연하고도 당시 고등학생이었던 우리들에게 절대적인 우상으로 부각했었지.

적의 공격을 기다릴 때의 그 차갑게 내려간 시선과 상대를 공격하기 전부터 기선을 제압하는 카리스마 가득한 눈빛, 적을 공격할 때의 폭발적인 스피드의 동작과 신기에 가까운 쌍절곤 솜씨, 그리고 발정난 암고양이의 울음소리를 닮았다는 그 기묘한 기합소리, 적을 쓰러뜨린 후 지어 보이는 다소 과장스럽지만, 카타르시스를 느끼게 하는 비장한 표정, 복잡을 뚫고 순식간에 문제의 핵심에 도달하는 박력 있는 액션의 동선……. 거기다 잘생긴 외모와 날렵한 근육질의 몸매, 그리고 무엇보다 그 출중한 연기력. 이소룡의 연기에는 열정을 넘어 선 어떤 광기마저 번득였었어.

〈정무문〉을 처음 보았을 때의 감동을 뭐라고 표현해야 할까. 그건 일종의 충격이었어. 그건 텔레비전이란 걸 처음 보았을 때의 충격을 능가하는 것이었지. 그 작은 상자 속에서 사람들이 움직이고 있는 걸 보았을 때, '세상에, 이런 물건도 있구나.' 하는 감탄을 금할 수 없었던 것처럼, 〈정무문〉을 보면서 '세상에, 이런 배우가 있었다니!' 하는 감탄을 넘어선 경악을 금할 수 없었지. 확실히 이소룡 영화는 그 이전의 중국 무협 영화, 가령 '외팔이' 시리즈의 왕우나 깡다위 영화와 차별화되는 무엇을 가지고 있었어. 동양 무술에 서구식 연출과 연기 스타일을 적절히 접목시킨 그의 영화는 단번에 그를 문화적 영웅으로 만들어 버렸어.

물론, 지금 아이들이 이소룡 영화를 보면 하품을 할지도 모르지. 〈미션 임파서블〉이나 〈매트릭스〉, 〈와호장룡〉의 액션에 길든 아이들의 눈엔 이소룡 영화는 낡디낡은 무협영화에 지나지 않아 보이겠지. 그러나 그래픽과 와이어에 의해 만들어진 디지털 액션이 따라올 수 없는 아날로그의 묘미가 그의 액션에는 있다는 것을 그 아이들은 도무지 이해하지 못할 거야.

〈정무문〉을 통해 이소룡은 우리들의 영웅이 되었고, 〈당산대형〉, 〈용쟁호투〉, 〈맹룡과강〉, 〈사망유희〉를 거치며 어느덧 신으로 자리하게 되었지. 그러나 이런 영화들이 우리나라에 들어왔을 땐, 그는 이미 이 세상 사람이 아니었다. 그의 요절 또한 그에 대한 신화를 완벽하게 비장한 색깔로 마무리하는 데 이바지했었지. 우리들은 모두 이소룡이라는 종교의 열렬한 신도들이었다. 말하자면 당시의 우리의 문화적 코드는 이소룡으로 시작해서 이소룡으로 끝나는 것이었어.

쌍절곤 돌리기는 대유행을 일으켰고, 줄무늬가 있는 노란색 추리닝은 없어서 못 팔 정도였지. 우리들은 쌍절곤을 배우느라 뒤통수가 성할 날이 없었고, 걸핏하면 괴성을 지르며 코를 쓱 문대고 쿵푸 자세를 잡는 버릇이 생겼지. 이소룡의 사진이나 브로마이드 한 장쯤 가지고 있지 않는 아이가 있었을까. 너 기억나니? 진주 극장 앞 노점상에서 이소룡에 관한 잡지를 팔았던 거. 대부분 재탕을 하여 흐릿한 사진과 여러 번 베껴 먹은 기사를 싣고 있었지만 우린 표지만 새로우면 용돈을 아껴서라도 사지 않곤 배기지를 못했지. 그리곤 제일 앞장에 실어 놓은 그의 컬러 사진을 오려 내어서 교과서 뒷장에 붙여 놓곤 했어. 우린 경쟁적으로 그의 사진을 모으는 데 열을 올렸어. 이소룡을 둘러싼 스캔들과 무용담은 언제 들어도 흥미진진한 것이었지. 그에 대한 새로운 에피소드를 찾기 위해 싸구려 잡지들을 샅샅이 뒤지기도 했지.

그래, 이소룡은 우리 세대의 청소년기의 감수성을 온통 지배했던 존재였어. 적어도 우리 세대에 있어선 그는 한낱 액션 배우에 그칠 수가 없어. 그는 우리 세대를 괄호 안에 묶어 주는 공통 코드였어. 우리들 청소년기의 문화적 코드에는 무엇이나 그의 이미지가 어른거려. 그는 우리 젊은 날을 물들인 뚜렷한 빛깔 중의 하나야.

한데, 그에 대한 열광과 신봉은 단지 그의 매력적인 이미지 때문만이었을까. 그는 순전히 스스로의 매력만으로 우리들의 영웅이 되었던 것일까. 아니면, 우리 모두가 그를 영웅으로 만들지 않고는 견딜 수 없는 어떤 강박감에 쫓기고 있었던 것은 아닐까. 말하자면, 우리는 영웅의 탄생이 절실히 요구되던 시대를 살아온 것은 아닐까. 충일아, 네 생각은 어떠냐?

3

너 그거 기억하냐? 2학년 여름 방학 때던가, 기차 타고 하동에 놀러 갔었던 거. 너랑 나랑 또 다른 애들도 몇 명 있었던 것 같은데 너 말곤 기억이 안 나. 기차간에서 우린 얼마나 찧고 까불었냐. 우린 모두 들떠 있었지. 나를 비롯해 몇 놈은 처음 타 보는 기차이기도 했어. 차창으론 바람이 불어 오고 스쳐 지나는 산과 들판은 여름의 폭양 아래 짙푸를 대로 푸르렀어. 누군가 챙겨 온 트랜지스터라디오에서는 김추자의 '님은 먼 곳에' 가 시원하게 흘러나오고 있었다. 우린 계란을 까먹으며 사이다를 마시며 시골 역마다 내리고 타는 사람을 구경하며 끊임없이 장난질을 치며 웃어 댔지. 그땐 세상이 뭐가 그토록 재미있었을까.

송림의 그늘에 빌려 온 군용 텐트를 치고 났을 땐 8월의 정오 햇볕이 그 길고 긴 백사장을 하얗게 달구고 있었다. 우린 반바지 차림의 반 벌거숭이가 되어 고함을 치며 백사장을 가로질러 달렸지. 가장 먼저 강물에 뛰어들기 위해 우린 숨이 턱에 닿도록 달렸어. 모래밭을 달릴 때의 퍽퍽함도 아랑곳하지 않고 우리는 옆에 놈을 방해해 가며 악착스레 달려 차례로 강물에 뛰어들었지. 물싸움을 벌이고 여럿이서 한 놈을 잡아다 물 속으로 던져 물을 먹이는 장난을 치다가 어지간히 몸이 식어서야 우리는 하나 둘 물을 벗어나 모래밭에 젖은 몸을 뉘였어. 그리곤 등 뒤론 모래의 열기가 피어오르고 가슴으론 태양이 내리쬐여 온몸이 가슬가슬 말라 가는 촉감을 즐겼지. 몸이 마르면 우리는 일어나 앉아 팔다리에 말라붙은 모래를 문질러 털어 내곤 그제야 주위의 경치를 새삼스레 둘러보았어.

강을 따라 위 아래로 아득히 뻗어 있는 모래사장과 쉼 없이 흘러가는 강물과 강 건너 그늘 진 벼랑과 강을 가로지르는 철교와 섬진강의 아득한 상류를, 우린 말없이 제법 진지하게 바라보기도 했지. 아아, 그때 우리가 본 세상은 너무도 평화로웠어. 너도 기억할 거야. 그때 우리가 본 세상이 얼마나 아름다웠는지. 난 아직도 기억해. 그때 강 건너 벼랑의 숲에 깃들이고 있던 흰 날개의 물새들이 둥지와 수면 사이를 오르내리던 그 한가로운 날갯짓까지. 하지만 우리가 본 아름다운 세상은 거기까지였는지 몰라. 그날 이후로 우리는 그 아름다운 세상으로부터 강물처럼 자꾸만 멀어져 왔거든.

사건이 일어난 건 우리가 두어 차례 더 물놀이를 즐기고 온몸을 모래에 파묻고 있을 때였지.

"사람이 물에 빠졌다!"

"도와줘요. 도와주세요."

누군가 다급하게 내지르는 소리에 우리는 벌떡벌떡 몸들을 일으켰지. 우리보다 조금 하류 쪽 물가를 향해 사람들이 뜀박질을 하고 있었고, 얕은 강물 가운데에서 단발머리 여학생 몇이 소리를 지르고 있었어. 그 여학생들 너머 강물 안쪽에서 사람 하나가 허우적거리는 게 보였어. 너도 알다시피 섬진강은 강물이 깊지 않아. 깊은 데라 해 보았자 어른 한 길 정도에 불과하지. 그러나 그것만 믿고 무턱대고 뛰어들다간 낭패를 보는 수가 있어. 강물이 휘돌아 나가는 곳은 갑자기 깊어져서 사람의 발목을 잡아당길 수도 있거든.

우리는 모두 여학생들이 모여서 있는 곳까지 헐레벌떡 달려갔지. 여학생들은 공황 상태에 빠져 연신 강물을 손가락으로 가리키며 괴성을 지르고 펄쩍펄쩍 뛰며 울부짖고 있었어. 물에 빠진 이가 그 여학생들의 일행 중 한 명인 걸 직감했지. 그녀는 허우적거림도 멈추고 수면 위로 머리만 천천히 오르내리는 것으로 보아 이미 의식을 잃고 있음이 분명해 보였어. 우린 잠시 그 광경을 바라만 보고 있었지. 누구도 선뜻 물로 뛰어들려는 사람이 없었어.

그때 누군가 강으로 뛰어들었어. 바로 충일이 너였지. 넌 서두르는 기색도 없이 물에 빠진 이를 향해 헤엄쳐 갔어. 그리곤 여학생의 목을 안고 되돌아 나오기 시작했어. 네가 얕은 곳까지 빠져 나온 뒤에야 우리는 달려들어 여학생을 들쳐 업고 모래밭까지 뛰었지.

모래밭에 뉘어진 여학생은 이미 호흡도 끊겨 있었어. 우린 어찌할 바를 몰라 우왕좌왕하고 있었는데, 인공호흡을 시작한 것도 너였다. 가슴을 단속적으로 눌러 주고 입을 통해 입김을 불어넣는 동작을 반복하기를 5분 넘게 했을 거야. 그 시간이 참으로 길게 느껴졌었다. 그 여학생은 마침내 기침을 터뜨리며 물을 쏟아 내고 숨을 몰아쉬기 시작했어. 주위를 둘러싸고 있던 사람들이 환호성을 지르며 박수를 쳐 댔지. 다른 여학생들은 털썩 주저앉아 서로 부둥켜안고 울어 댔어.

"어린 친구가 대단해."

어른들이 너의 어깨를 두드리며 감탄을 금치 못했지. 여학생들은 너에게 연신 고개를 꾸벅이면서 '고맙습니다' 를 연발했지. 넌 그 피서지의 영웅이 되어 있었다.

뒤늦게 도착한 안전요원이 겨우 의식을 되찾은 여학생을 업고 병원으로 데려가고 다른 여학생들은 죄지은 사람 모양 고개를 숙인 채 그 뒤를 따라갔어. 사람들도 모두 흩어졌지. 그제야 우리는 모두 맥이 풀려 모래밭에 넉장거리로 누워 버렸어.

"저……"

텐트 앞에 구식 알코올버너를 피우고 때 이른 저녁밥을 짓느라 부산을 떨고 있는데 누군가 찾아왔어. 우린 금방 예의 그 여학생들 중의 한 명임을 알아보았지. 그녀 뒤로 저만치에 다른 여학생도 몰려서 있는 게 보였다.

"전 진주여고에 다니는 한희원이예요. 아깐 경황이 없어서 정식으로 인사를 못 했군요. 여러분 정말 감사합니다. 여러분 아니었으면 큰일날 뻔했습니다."

그녀는 두 손을 앞으로 모아 잡고 다소곳이 머리를 숙여 보였다. 우린 서로 눈치를 보다가 충일이 네 녀석 옆구리를 쿡쿡 찔러 앞으로 밀어 내었지.

"아, 예. 아니, 그게……. 그 여학생은 괜찮습니까?"

너답지 않게 허둥대는 모습이 재미있어서 우린 뒤에서 킥킥대었지.

"덕분에 완전히 회복되었어요. 정말 감사합니다."

"아, 아니, 자꾸 그러시면 우리가 도리어 미안해집니다."

"아니에요. 감사의 표시로 다른 건 해 줄 게 없고, 저녁 식사를 우리가 준비했으면 합니다. 어떻습니까?"

너는 우리들을 돌아다보았고 우리는 일제히 고개를 크게 끄덕여 보였지.

그녀들은 우리 학교와 이웃한 여학교의 동급생이라고 했고, 하동 읍내에 있는 한희원의 집에 놀러들 왔다고 했어. 그녀들은 자기들이 준비해 온 부식으로 열심히 저녁을 준비하기 시작했어. 물에 빠졌던 아이는 한희원의 집에서 쉬고 있는지 보이지 않더구나.

저녁 식사 후에 우리는 여학생들과 모닥불 가에 둘러앉아 자기소개를 주고받았지. 그리고 저마다 신고식으로 노래 한 자락

씩을 했다. 여학생 중엔 한희원이 가장 인상적이었지. 세련된 미모에다 뛰어난 노래 솜씨까지 갖추었으니까. 게다가 성격도 서글서글하니 좋아 보였어. 그때 아마 우린 모두 속으로 한희원을 점찍었을 거야. 하지만 한희원이 정작 점찍은 사람은 따로 있었지. 한참 나중의 일이지만, 우리 모두 단체로 주소를 주고 받았는데 여학생으로부터 편지를 받은 건 네놈뿐이었다. 그것도 3명의 여학생으로부터. 그 중에 한희원도 끼어 있었어. 그 때문에 임마, 우리가 얼마나 큰 상처를 받았는지 네놈은 모를 거다.

우리들의 합창 속에 그날 밤은 깊어 갔다. 달빛에 하얗게 빛나는 백사장과 반짝이며 흘러가는 강물, 철커덩거리며 철교를 건너는 야간열차, 모닥불 불빛에 비친 사람들의 붉은 얼굴, 어둠 속에서 두런거리는 사람들의 목소리……. 아름다운 밤이었다.

4

이소룡 이외에 그 당시 우리의 대중문화적 코드에는 어떤 목록들이 들어 있었을까. 김추자, 트윈폴리오, 이장희, 엘비스 프레슬리, 무하마드 알리, 펠레, 이회택, 박스컵 축구대회……. 아마도 이런 걸 포함시킬 수 있을 거야. 그러나 무엇보다 우리의 청소년기를 가로지르며 가장 무겁게 침잠해 있는 코드는 거대한 군사문화였을 거야.

우리는 국민교육헌장을 달달 외워야 했고, 맹호부대, 청룡부대, 백마부대 등의 군가를 배워야 했지. 거기다 향토예비군가까지 주워들어 알고 있었어. 월남전 소식은 늘 '대한 뉴스'의 첫머리를 장식했지. 길거리에서 소위 개구리복을 입고 긴 머리 위에 모자를 삐딱하게 눌러쓴 아저씨들이 빈 카빈총을 들고 지루해 죽겠다는 표정으로 경계를 서고 있던 모습은 거의 일상적인 풍경이었어. 한 달에 두 번씩 민방위 훈련을 받았던 거 생각나지? 공습 사이렌이 울리면 우린 교실 밖으로 달려 나가 운동장 가장자리에 나란히 엎드려 눈과 귀를 막고 있어야 했지. 우린 준전시체제를 살고 있었던 게지.

그리고 우린 교련을 배워야 했어. 올챙이 모양의 얼룩무늬가 놓인 교련복, 우리에겐 작업복도 되고 체육복도 되고 외출복도 되고 때론 잠옷도 되어 주던 그 옷 말이야. 그걸 입고 요대와 각반을 차고 거기다가 베레모 비슷한 검은 교련모를 쓰고 나면 우린 작은 군인이 되곤 했지. 우린 교련시간마다 목총을 들고 제식훈련, 분열과 행진 연습, 총검술 훈련까지 익혔어. M1 소총을 분해 조립하는 훈련과 도상 사격훈련까지도 했었지. 그건 완벽한 군사 훈련이었어. 우리는 그야말로 '싸우면서 배우고, 배우면서 싸우는' 재건학생회의 용맹한 전사들로 키워지고 있었지.

특히 정훈 시간엔 장교 출신의 교련 선생은 북한 김일성의 붉은 군대가 얼마나 섬뜩한 정신 무장을 하고 우리를 호시탐탐 노리고 있는 지를 누누이 설명하면서, 거기에 대응하는 우리의 정신상태가 얼마나 빈틈이 없어야 하는가를 강조하곤 했지. 북괴는 7일 만에 남한을 완전 점령할 작전을 다 짜 놓았으며, 우리 사회가 조금이라도 방심하는 기미만 보이면 곧장 쳐들어 올 것이며, 이는 곧 나라의 패망으로 이어질 것이라고, 끝없이 우리를 세뇌시켰지. 그리고 그것이 우리가 힘들더라도 교련을 조국과 민족을 위한 절대절명의 과제로 알고 열심히 해야 하는 이유라고 역설하곤 했지.

교련 선생만이 아니었지. 교장 선생이 그랬고, 교과서가 그랬고, 라디오 방송이 그랬어. 심지어 극장에서 본 영화를 상영하기 전에 빼먹지 않고 보여 주던 ‘대한 늬우스’가 그랬어. 그들은 한결같이 단결만이, 국민총화만이 이 풍전등화 같은 나라를 구할 수 있는 유일한 길임을 강조해 마지않았지.

우리는 그 협박성 세뇌 공작에 모두 넘어갔어. 우린 정말 우리가 교련시간에 열심히 훈련을 받지 않으면 김일성이 금방이라도 쳐내려올 줄 알았거든. 하긴 울진 삼척 지구에 무장공비들이 출현하고 김신조 부대가 청와대를 까부시러 내려오던 시절이었으니 무리도 아니지. 그것을 기화로 박통은 ‘위대한 구국의 결단’을 내려 얼마 뒤 유신을 선포하기에 이르지.

그땐 참 그런 시절이었어. 우리는 교련의 구호대로 ‘단결’했고, 우리의 모든 단체행동은 절도가 있었고 일사불란했었어. 우리는 아마 그때부터 ‘단결’하지 않고 일사불란하지 않으면 불안해지는 습관을 지니게 된 것이나 아닌지 몰라. 혹은 우리는 그때부터 많은 편의 무리에 속하지 않으면 불안해지는 버릇을 배운 것이나 아닌지 몰라. 그것은 우리의 생존을 위협하는 무엇으로부터 우리를 지켜야 한다는 강박감의 다른 얼굴이었을 거야.

그러나 교련 선생의 이런 간곡한 정신 교육에도 불구하고 우린 갈수록 교련 시간을 지겨워했어. 똑같은 동작을 되풀이해야 하고 똑같은 소릴 반복해서 들어야 하는 그 단조로움은 자유분방함을 갈구하는 우리의 몸과 마음을 숨 막히게 했거든. 그래서 우리는 선생의 눈치를 보아 가며 슬슬 꾀를 부리기 시작했어. 교련시간 준비도 대충하고 수업시간에는 동작도 대충 시늉만 내곤 했지.

한데 넌 예외였어. 교련을 처음부터 끝까지 너처럼 열심히 한 놈은 대한민국에서 아무도 없을 거야. 제식훈련과 총검술 훈련에서 넌 언제나 시범 조교로 뽑히곤 했지. 기억나니? 총검술 시범을 보일 때 네 눈빛이 너무 진지해서 아이들의 놀림감이 되곤 했었던 거. 총검술 약속 대련에서 넌 너무 힘을 주는 버릇이 있어 아이들이 겁을 집어먹고 아무도 네 상대가 되려 하지 않았던 것도.

해마다 공설운동장에서 교련대회가 열리곤 했다. 전 시내 고등학교가 모두 참여하는 어마어마한 규모였던 것으로 기억해. 분열과 행진은 학교 전 학생이 참여하고 제식훈련, 총검술, 수류탄 던지기, 그물 통과하기와 모래 가마니 나르기 등은 학교별 대표선수가 참여했었지 아마? 넌 언제나 우리 학교 대표로 출전했고 늘 좋은 성적으로 입상을 하곤 했어.

넌 교련 시간에 게으름을 피우는 우리의 태도를 어지간히 싫어했지. 간혹 교련 선생이 공무로 수업에 들어오지 못하는 일이 생기면 너에게 지휘권을 임시로 위임하는 사태가 생기곤 했어. 그러면 넌 교련 선생보다 오히려 더 혹독하게 우릴 훈련시키는 거야. 아이들은 너에게 감히 대들지는 못하고 따라하느라고 죽을 맛이었을 거다. 너 그거 알고 있었냐? 넌 도대체 대충이라는 걸 모르는 놈이었으니까. 오죽하면 아이들이 널 두고 교련 귀신이 씌었다고 했겠니.

한번은 휴식시간에 옆의 아이가 장난을 치다 각반을 집어던졌는데 그게 하필이면 네 얼굴에 맞고 떨어졌지. 그때 네가 불같이 화를 내며 각반을 던진 아이에게 욕을 퍼부어 댔던 거 기억하니? 네가 누군가에게 그렇게 화를 내는 건 처음 보는 일이었다. 상대방 아이도 어안이 벙벙해선 멍하니 네 얼굴만 바라보고 섰던 기억이 나. 나는 알고 있었지. 네가 얼굴을 맞아서가 아니라, 각반을 가지고 장난을 치는 게 마음에 들지 않아서 그렇게 화를 내었다는 것을. 각반은 적어도 너에게만큼은 절대로 장난의 대상이 될 수 없는 거였지. 넌 육사 지망생 아니랄까 봐 군사적인 것은 무엇이나 턱없이 소중히 여기는 버릇이 있었으니까.

그렇다고 네 의식 속에 군사 마초이즘 같은 게 잠재되어 있었다는 건 아냐. 그건 뭐든 장난삼아 대충하려는 것을 못 견뎌하는 네 성벽과 관계가 있을 거야. 네놈한테 일종의 결벽증 같은 게 있다는 거 너 아냐? 넌 뭐든 반듯하게 정리를 하지 않으면 못 견디는 습벽이 있었던 것 같아. 네 책상 속과 가방 속을 유심히 본 사람이면 모두가 깜짝 놀라고 말 거야. 모든 게 그렇게 깔끔하게 정리되어 있을 수가 없기 때문이지. 노트 필기는 또 어떻구. 계집애들처럼 깨알만 한 글씨로 촘촘하게 기입해 놓은 걸 보면 감탄이 절로 나올 지경이었지. 교과서는 일 년을 사용했는데도 표지가 늘 새것처럼 보였어. 넌 어쩔 수 없는 군대 체질이었는지 몰라.

우리는 곧 고3이 되어 지옥 같은 입시 준비에 시달려야 했어. 예비고사 성적을 좀 더 올리기 위해 우리는 밤낮으로 머리를 싸매고 종종 코피를 흘려 가며 교과서와 참고서를 파먹었지. 그리곤 밤낮으로 몸과 마음이 파리하게 메말라 갔어. 사막처럼 메마른 시절이었어.

그래도 그 시절을 밝게 해 주었던 기억 몇 개. 밤늦도록 도서관에서 공부를 하다 돌아오는 길에 들리곤 하던 학교 앞 호떡집의 불빛. 기억나지? 그 불빛은 얼마나 따뜻했니. 그 집의 어묵과 국물의 그 기막힌 맛도 잊을 수가 없을 거야. 또 다른 기억은 한희원에 관한 거야. 그녀는 그 사건 이후로 이따금씩 다른 여학생 하나를 달고서 너와 날 만나러 나오곤 했어. 아니, 사실은 널 만나기 위해서였어. 나와 다른 여학생은 너희 둘의 만남에 들러리에 불과했지. 그래도 기율 선생님들의 시선을 피해 빵집 구석자리에서 넷이서 낄낄거리는 재미가 제법 쏠쏠했던 것으로 기억돼. 그러나 한희원 그녀는 내게 고통이기도 했어.

지금에야 고백하건대 난 그녀를 꽤나 좋아했었나 봐. 그녀의 그 단아한 이마와 초롱한 눈망울과 교복의 새하얀 칼라 위로 뻗어 있던 긴 목과 가녀린 어깨선과, 잇몸을 활짝 드러내고 웃기를 잘하던 그 구김살 없는 쾌활함을 나도 모르는 사이에 사랑하고 있었는가 봐. 그게 사랑이었는지는 자신할 수 없지만, 친구 이상의 특별한 감정이었던 것은 분명해. 공부를 하려고 책을 펼치면 책 위에 그녀의 영상이 또렷이 떠오를 정도였으니까 말야. 이건 비유적인 표현이 아냐. 실제로 그랬다니까.

그러나 그 특별한 감정은 고통스런 것이었어. 그녀의 시선은 언제나 네 녀석에게로만 향해 있었거든. 너와 그녀 사이엔 내 감정 따위가 끼어들 여지가 전혀 없어 보였어. 네가 그녀에게보다, 그녀가 네게 더 적극적이었던 것도 그 고통을 가중시켰지. 나는 결코 그녀에 대한 내 감정을 드러낼 수가 없었어. 그게 마지막 남은 나의 자존심이었는지도 몰라. 그리고 내 그 은밀한 감정이 너에 대한 죄의식을 불러일으키기도 했다구. 어쩐지 가져선 안 될 감정을 가진 것 같은 죄의식이 드는 거야. 지금 생각하면 삼류 드라마 같은 이야기지만, 그땐 내가 얼마나 괴로워했었는지 네 녀석은 아마 까맣게 모르고 있었겠지?

나는 입시공부와 그녀에 대한 감정이라는 이중의 고통과 싸워야 했어. 그 고통의 와중에서 나는 결심했지. 그녀에 대한 감정을 깨끗이 지우기로. 그리고 어느 누구에게도, 설사 그녀에게라도 결코 그 감정의 흔적에 대해서조차 발설치 않기로. 그 결심은 더 큰 괴로움을 몰고 왔지만 난 공부에 몰두하며 버텨 내었지. 희원에 대한 내 은밀하고 특별했던 감정은 그렇게 세월과 함께 사산(死産)되어 버렸어. 너 지금 희원에게 내가 특별한 감정을 가졌었다는 내 말이 믿어지기나 하니?

네 녀석이 육사에 합격했다는 통지가 전해진 건 우리가 한참 본고사 준비를 하고 있을 무렵이었던 것 같아. 난 네가 그렇게 기뻐하는 모습을 처음 보았어. 내가 얼마나 진심으로 축하해 주었는지 넌 모를 거다, 임마. 그 후 난 부산의 사범대로, 희원은 서울의 여자대학으로 진학을 했지.

졸업하는 날, 동기 놈들 몇이랑 남강변을 따라 진양호까지 걸어갔던 거 기억나? 진눈깨비가 푸른 강물 위로 지고 있었지. 강변의 겨울 나목들은 고행자처럼 바람 속에 말없이 서 있고 말라 버린 덤불이 둑 위에 엎드려 있었어. 강변길엔 우리 외엔 아무도 없었어. 우리는 쉴새없이 떠들어 대고 이장희의 노래를 목청껏 합창하며 그 먼 길을 걸어갔지.

그리고 댐 아래 마을의 닭백숙 집에 도착해서 막걸리를 퍼마셨을 거야. 우리는 태어나서 처음으로 그렇게 많은 술을 마셔 보았을 거야. 아니 술을 처음 마셔 보는 놈도 있었을 거야. 다들 얼굴이 발그레 달아올라 이유 없이 히죽히죽 웃어 댔지. 그 지긋지긋한 수험생의 올가미에서 벗어났다는 해방감과 앞으로 우리에게 다가올 장밋빛 대학생활에 들떠 있었던가 봐. 아아, 그래, 그때 우리의 미래는 얼마나 푸른 것이었나. 우리는 모두 희망에 차 있었지. 그래서 젓가락으로 상 모서리를 두드려 대며 유행가를 불러 제키며 그 희망에 취해 갔어. 말짱한 것은 충일이 너 혼자였던 거 같아. 넌 이미 육사에 들어가 신입생 오리엔테이션 과정 중에 있었지. 넌 벌써 육사 생도답게 술 마시는 것도 절도가 있었어.

밤늦게 시내로 돌아오는 버스 안에서 내가 옆자리의 네 어깨를 껴안고 난생 처음 주정을 부렸던 게 기억나. 넌 잊었는지 모르지만.

"야, 육사생, 임마! 너 육사가 높다고 생각해, 사범대가 높다고 생각해? 너 육사가 높다고 할려구 그러지? 자식 그게 틀려먹은 거야 임마. 박통이 일본 육사 나오기 전에 사범대 나온 거 너 알지 임마? 그러니까 육사보다 사대가 높은 거야. 알어? 아냐구?"

"임마, 그렇게 따지면 국민학교가 제일 높아. 박통도 국민학교를 제일 먼저 나왔을 거 아냐. 그렇찮냐?"

그리고 넌 이제 막 자라기 시작한 내 머리카락을 쥐고 흔들었지.

시내로 나와서 다시 역전으로 몰려간 것은 누구의 선동 때문이었는지 모르겠다. 당시 역전엔 사창가가 몰려 있었잖니. 우린 벌집처럼 늘어선 방으로 각기 흩어져 들어갔지. 도망가려는 네 녀석을 몇이서 강제로 어느 방에 밀어 넣고 난 후였어.

우린 그렇게 고등학교 시절과 동정(童貞)의 시절을 마감하고, 각자의 길을 찾아 제각기 다른 방향을 향해 세상 속으로 걸어 들어가기 시작했어. 스스로의 앞길엔 무한한 상승만이 기다리고 있을 거란 확신과 함께. 추락에 대한 일말의 불안감도 없이. 그런 무모함을 젊음의 특권쯤으로 여기며.

## 5

나는 자취를 하고 과외 아르바이트를 하며 대학생활에 적응해 나갔지. 대학가는 평온했어. 그러나 그건 잔뜩 억눌린 평온에 불과했어. 유신 정권이 강력한 통치체제로 사회 전반을 억누르고 있던 시기였으니까. 대학가도 예외가 아니었지. 학도호국단으로 편성된 대학은 정권의 하위 조직화되고 말았어. 서울 쪽에서 산발적인 데모가 일어났다는 소문이 들렸지만, 곧 잠잠해지고 말았던 것 같아. 사람들은 정권에 대해 늘 냉소를 머금고 있으면서도 조용히 숨죽이고 살아가던 시기였을 거야.

널 다시 본 게 그 해 늦가을이었던가. 수업을 마치고 대학 본관을 빠져 나와 식당으로 향하다가 나는 문득 걸음을 멈추었지. 거기 히말리야시타 나무 아래 거의 부동자세로 꼿꼿하게 서 있는 낯선 제복 차림 하나를 발견했기 때문이야. 그런데 그 제복이 날 향해 씩 웃고 섰더란 말이지. 아하, 그게 충일이 네 녀석이었지.

그때 내가 속으로 얼마나 놀랐는지 넌 모를 거야. 네 기습적인 출현도 그랬지만 생도복 입은 네 모습에 더 놀랐어. 짐작은 했지만 실제로 보니 정말 근사해 보였거든. 금단추가 죽 달린 진회색 긴 코트에 멋진 금테가 둘린 제모와 건장한 어깨 위에서 반짝이는 견장이 너에게 그렇게 잘 어울려 보일 수가 없었어. 네놈 그 잘난 얼굴과 큰 키와 늘씬한 몸매가 더욱 돋보였어. 넌 훈련 탓이었는지 얼굴이 좀 탔었는데 그게 오히려 더 멋있게 보이더구나. 네 녀석은 아마 세상에서 제복과 가장 잘 어울리는 놈일 거야.

너랑 학교 앞 술집에 들렀는데 사람들이 모두 널 쳐다보았지. 특히 여자 애들이 감탄어린 표정으로 널 힐끗거렸어. 내가 괜히 얼굴이 달아오르더라니까. 난 그런 네가 친구인 게 자랑스럽기도 하고 은근히 샘이 나기도 하고 그랬던 것 같아.

그날 넌 육사 생활이 정말 마음에 든다고, 체질과 적성에 꼭 맞는 것 같다고 흡족해 했지. 넌 자신감에 차 있어 보였고 모든 행동거지가 한결 절제되고 성숙되어 보였어.

"미래의 장군 각하, 제발 선글라스 끼고 쿠데타는 일으키지 말어."

나는 그런 너에게 조금 주눅이 들고 심술이 나서 이렇게 엇먹고 나왔는가 봐.

"임마, 교육계나 신경 써."

넌 그렇게 받아치곤 그 가지런한 이를 드러내며 웃어 보였지.

그날 넌 나를 두 번이나 놀라게 했지. 나중에 그 생맥주 집에 한희원이 나타난 거야. 그녀는 부산의 친척집에 다니러 온 길이라고 했지만, 너희 둘이 날 놀래켜 주려고 작당을 했었던 것 같아.

그녀를 보자마자 난 니들이 이제 공공연한 연인 관계로 발전했다는 것을 직감했지. 희원은 한층 세련되고 발랄한, 긴 생머리의 여대생으로 변모해 있더구나. 아주 잠시, 그녀에 대한 내

어설픈 옛 감정이 떠올라 가슴 밑이 아려왔어. 그러나 이내 속
으로 체머리를 흔들고 말았지. 너희 둘은 너무 잘 어울려 보였
고, 나의 사랑은 이미 죽고 없었으니까.

네가 잠시 화장실을 다니러 간 사이, 희원과 나, 둘만 남아 있
었지. 네가 빠지자 갑자기 희원과 나 사이에 이상한 어색함이
느껴지는 거야. 고등학교 시절 그렇게 자주 만난 사인데도 불구
하고 말이야.

"……희원이 너 그런 이야기 아니?"

난 그 어색함이 싫어서 먼저 이야기를 꺼냈지.

"무슨?"

"러시아의 어느 마을에 한 소년이 살고 있었지. 한데 이웃집
에 어떤 여인이 이사를 온 거야."

희원은 고개를 내 쪽으로 숙이고 아주 진지하게 듣고 있었어.

"그 여인은 아주 묘한 아름다움을 지녔어. 소년은 그 여인의
매력에 빠져들기 시작했고 결국 그 여인을 남몰래 사랑하게 되
었지."

"그러나 소년은 우연히 그 여인이 정작 사랑하는 사람은 홀아
비인 자기 아버지인 것을 알게 되지. 맞지?"

희원이 웃으며 이야기의 뒤를 이었다.

"아는 이야기구나?"

"소년은 여인을 향한 자기의 사랑을 죽을 때까지 비밀로 하기
로 결심하고 마음속으로 여인을 떠나보내지. 투르게네프의 소
설이지 아마?"

"맞아. 소년은 블라디미르이고 여인은 아이다인가 그럴 거야."

그리곤 둘은 또 잠잠히 앉아 있었어.

"……고마워."

그때 희원이 아주 낮은 목소리로 말했어.

"누구? 나한테?"

"그래."

"왜?"

"몰라. 그냥 고마워."

그리고 또 둘은 말이 없었어. 난 희원의 말뜻을 알 듯도 했지만 그저 웃기만 했지. 이 경운 아무 말도 하지 않는 게 가장 좋을 것 같은 기분이 들었거든.

그날 밤 우린 셋 다 과음을 했던 것 같아. 유쾌한 밤이었어. 우리는 젊었고, 곁에는 멋진 친구들이 있었으니까.

그리고 우리가 언제 또 만났더라? 그 다음 세월은 기억이 좀 어수선하다. 내가 언젠가 서울 가는 길이 있어 널 불러낸 적도 있는 것 같고, 진주에서 있었던 동기회 모임에서 우연히 마주친 적도 있고, 네가 부산에 내려와서 만난 적도 있는 것 같아. 희원이랑 같이 셋이였던 적도 몇 번 더 있었지 아마?

내가 휴학을 하고 입대를 한 것도 그즈음이었어. 보충대를 거쳐 전곡의 후방부대에 배치 받았었는데, 얼마 안 돼 네가 면회를 왔던 거는 분명히 기억나. 부대 앞의 니나노 술집의 아가씨 방에서 코가 비뚤어지게 소주를 마셨더랬지. 김지미를 좋아해서 말할 때마다 입을 한쪽으로 비뚤어지게 하던 그 전라도 아가 씨 너 기억나지? 미끈한 육사생도인 네게 반해서 연애 한번 하 자고 난리를 부려 댔지. 나중엔 술에 취해서 고향 이야기를 풀 어 놓더니 참 서럽게 울어 댔지. 그러다 우리보다 제가 먼저 꼬 꾸라져 자더군. 그러거나 말거나 넌 꼿꼿하게 앉아서 뚜벅뚜벅 술잔을 비워 내곤 했지. 넌 아무리 마셔도 도대체 취할 것 같지 않은 놈이었어.

내가 제대를 하고 보니 넌 말단 소위로 임관하여 동해안 전방 부대로 배치를 받았더구나. 복학하기 전에 널 한 번 보려고 네 부대로 면회를 갔었지. 춘천에서 기차를 내려 털털거리는 버스 를 몇 번이나 갈아타고 가파른 산길을 굽이굽이 돌아 한 나절 만에 어느 마을 앞에 내렸어. 마을이랬자 주막집과 가게 집, 그 리고 다 쓰러져 가는 오두막 한 채가 전부였지. 네 부대는 거기 서도 한 시간이나 걸어 들어가야 한다고 하더군. 군용 트럭도 한 대 오가지 않는 그 길을 혼자 허위허위 걸어가며 하늘이 다 섯 평이란 말을 실감했어. 세상에 그런 깊은 골짜기는 생전 처 음 보았어. 내가 다시 이 골짜기를 벗어날 수 있을까 싶어지더 라니까.

넌 부대에 비상이 걸렸다며 외출 허락을 받지 못했어. 난 위 병소 옆의 허름한 면회소에서 네 얼굴만 겨우 보았어. 너는 얼 굴이 햇볕에 까맣게 탔더구나. 빛나는 거라곤 여전히 자신만만 한 눈빛과 어깨 위의 소위 계급장뿐이었지. 넌 참 단단해 보이 고 민첩해 보였어. 왜 그런 사람 있지 않니. 자신의 일에 무한한

자부심과 자신감을 동시에 가지고 있으면서 어떤 조그만 빈틈
도 용납지 않을 것 같은 사람. 난 군대에서 그런 신념형의 인간
을 몇 명 만난 적이 있지. 나는 늘 그런 사람에게 외경심과 경원
심을 동시에 느끼곤 했어. 너는 내게 그런 느낌을 주는 인간이
었는지 몰라.

"야, 난 이게 체질인가 봐. 소대원들하고 마음도 잘 맞고 아주
재미있다니까."

초보 소대장 노릇하기 힘들지 않느냐는 질문에 너는 아무 걱
정 말라는 듯이 손을 흔들어 보였어. 아무렴 교련 귀신 출신이
어련하겠니. 넌 어쩔 수 없이 타고난 군인이었던 게지.

부대 정문에서 헤어져 신작로를 한참 걸어오다 뒤돌아보니
넌 아직도 정문 앞에서 날 바라보고 서 있더구나. 내가 뒤돌아
보자 넌 손을 흔들어 주었어. 다시 걸음을 옮기다 산모퉁이를
돌아서기 직전에 다시 돌아보았지. 넌 여전히 거기 서서 더 큰
동작으로 손을 흔들어 보였지. 그 이후로, 어스름이 지는 산골
짜기를 배경으로 그렇게 손 흔들고 섰던 네 모습을 떠올리면 어
쩐지 좀 애틋하고 애처로운 느낌이 들곤 했어. 왜인지는 딱히
뭐라 설명할 순 없지만 그저 막연히 그런 느낌이 막 드는 거야.

그리고 얼마 후에, 네가 서울의 육군 본부로 발령이 났다는
소식을 들었을 때, 나는 솔직히 좀 의아했지. 난 야전에서 전투
지휘를 하는 네 모습만 상상했지, 책상 앞에서 펜대를 굴리는
모습은 상상할 수가 없었거든. 하긴 그런 요처로 들어가지 못해
안달인 사람들로 박이 터지는 세상에서 넌 행운을 잡은 셈인지

도 몰라. 그러나 그 행운을 위해 다들 그러는 것처럼 너도 이리 저리 줄을 대고 잔머리를 굴렸으리라고는 생각할 수 없었어. 넌 그런 재주가 겨자씨만큼도 없는 놈이라는 걸 잘 알기 때문이었지. 무슨 곡절이 있으리란 생각이었지만 그 곡절을 확인해 볼 기회는 없었다.

이듬해 봄에 너는 엽서로 결혼 소식을 알렸다. 신부는 물론 한희원이었지. 결혼식은 진주에서 치러졌어. 결혼식장에는 고등학교 동기 녀석들로 득실거렸고, 서울에서 내려온 듯한 장교복들도 꽤 눈에 띄었지. 예식장에서 신랑인 넌 좀 얼간이 같아 보였어. 육사 후배들이 도열하여 지휘도를 치켜들어 만든 캐노피를 늠름하게 걸어 들어온 것까진 좋았는데, 신부의 오른쪽에 서야 될지 왼쪽에 서야 될지 헷갈려 하객들을 웃겼거든. 덥지도 않은데 웬 땀은 그렇게 흘려 댔었니. 뭐든 딱 부러지게 행동하던 네게 그런 면이 있다는 게 재미있어 나도 한참 흐흐거리고 웃었다.

그래도 넌 참 잘생긴 신랑이었어. 양복 차림의 네 모습은 아주 멋져 보였지. 그날 신부의 아름다움을 뭐라고 표현해야 좋을까. 소박하지만 단아한 드레스에 싸인 희원은 막 피어나는 목련꽃을 닮았었지. 나는 주례 앞에 나란히 서 있는 너희 둘을 보며 기쁘기도 하고 또 가슴 저 깊숙한 곳이 조금은 쓰리기도 한 얄궂은 심정이었어. 떠들썩한 피로연을 마치고 곧 신혼여행을 떠나 버려 우린 이야기도 제대로 나누지 못하고 말았던 것 같아.

얼마 후에 서울에 있는 동기 녀석들과 네 신혼집 집들이를 갔던 게 기억나. 단칸 셋방이었지만, 희원과 넌 참 행복해 보였어.

나는 그 해 졸업반이 되어 있었어. 중등교사 순위고사를 준비하느라 나름대로 열심히 대학 도서관을 들락거렸지. 취직은 졸업반 복학생에겐 당장 절박한 사안으로 다가와 있었거든.

네가 출장이라며 부산에 내려왔던 게 그 해 여름 방학 얼마 전이었지? 서면의 다방에서 만났었는데 넌 어째 좀 지쳐 보이는 얼굴이었어. 벌써부터 결혼 생활에 문제가 있는 게 아니냐고 놀려 대자 넌 빙긋 웃어 보이곤 느릿하게 말했지.

"그런 말 말어. 직장 생활이 고달파서 그런다."

"임마, 남들은 그런 자리 못 들어가서 난린데, 그 좋은 자리가 왜 고달파?"

"모르는 소리. 남들은 어떤지 모르겠지만, 야, 난 정말 못 해 먹겠어. 하루 종일 책상머리에서 서류나 잡고 앉았고 게다가 상관들 눈치 볼 일도 많구……. 야, 정말 이건 내 체질이 아니야."

"그런 자릴 왜 꿰차고 앉았는 거야? 평양감사도 제 싫으면 그만이지."

"말 잘했다. 김 대위라구 예전부터 존경하는 선배가 있는데, 아 이 선배가 자기를 도와 달라며 기어이 육본으로 날 끌어들이는 거야. 이건 막무가내야. 그놈의 정 때문에 거절도 못 하고 결국 이 지경이 됐지 뭐냐. 아, 요즘 같으면 소대원들과 함께 뛰고 뒹굴던 전방부대 생활이 그립다. 그때가 좋았는데 말이야."

"자식, 호강에 받쳐 요강에 똥 싸는 소리하고 자빠졌구만. 그것도 총각 때 이야기지 임마. 저기 강원도 산골짜기로 들어가면

희원이가 꽤나 좋아하겠다."

그러고 웃고 말았지만, 나는 네가 진심으로 하는 소리라는 걸 알고 있었다. 그날 넌 기차 시간이 다 되었다며 술 한 잔도 나누지 못한 채 자리를 일어서고 말았어.

그 해 가을에는 대학가가 술렁이고 있었어. 박통의 유신 여당은 권력의 공고화를 위해 야당 총재를 국회에서 제명하는 초유의 악수를 두었고, 학생들은 저항하기 시작했어. 부산의 대학가는 불길처럼 일어서기 시작했고 그 불길은 캠퍼스를 벗어나 시내 중심가로 번져 가기 시작했다. 연일 거리에서 구호를 외치는 학생들의 대열과 전경들의 공방전이 치열해지고 있었고 마침내 부산과 마산에 위수령이 떨어졌다. 그리고 얼마 안 있어 대통령 시해사건이 일어났지. 길고 긴 정권의 말로는 비참했다. 민주세력들은 민주화의 봄을 꿈꾸며 희망에 잠겼다. 그러나 힘의 공백을 재빠르게 파고 든 신군부가 유혈 쿠데타를 일으키며 권력을 장악했어. 사태는 숨이 막힐 정도로 빠르게 전개되었다. 자고 일어나면 놀라운 일들이 신문의 지면을 채우던 시절이었다. 신군부는 박통보다 더한 무식함과 저돌성으로 사태를 밀어붙이고 있었어.


6


육군 본부에서 총격전이 있었다는 사실을 안 것은 신문을 통해서였다. 대문짝만 하게 제호를 뽑은 그 기사를 읽으면서 난 그 사건의 어마어마한 시사성에 정신이 팔려 그 사건의 현장이 네 녀석의 직장이란 사실을 잊고 있었어. 한참 후에야 그 사실을 깨닫고는 깜짝 놀라 기사를 다시 읽어 보았지. 그리곤 다수의 사상자가 발생했다는 부분에서 설마 하는 생각도 들었지만 슬그머니 고개를 드는 불길한 생각은 어쩔 수가 없었어. 당장 서울의 네 집으로 전화를 넣었지만 아무도 받는 사람이 없더구나. 그 후 몇 번인가 더 전화를 했지만 여전히 받지 않았어.

일주일 만에 통화가 된 희원은 내 불길한 생각이 현실화되었음을 확인해 주었어. 희원은 의외로 침착한 목소리로, 네가 그 사건에서 총상을 입었다, 다리의 상처가 심하긴 하지만 목숨에는 지장이 없다, 지금은 군 병원에 입원 치료 중이다, 다리 상처보다는 정신적 충격이 더 심한 것 같다, 가족 외는 면회가 안 되기 때문에 올라올 필요는 없다고 알려 주더구나. 전화를 끊고 나서 나는 좀 어이가 없는 기분이었어. 하필 네 녀석이 가당찮은 역사의 유탄을 맞았다는 사실이 도무지 믿기지 않았거든.

그리고 또 세월이 흘렀지. 어수선한 시국이 계속되고 있었다. 나는 이듬해 봄에 용케 부산 시내 중학교로 발령을 받아 교사 생활을 시작했어. 소망대로 국어 선생이 되긴 했지만, 글쎄, 기다리고 있는 현실은 내가 바라던 꿈과는 멀어 보였어. 그래도 그런 대로 난 학교생활에 적응해 가고 있었어. 아이들을 가르친다는 게 신나기도 하고 힘들기도 하고 그랬어. 열심히 교재 연구를 했고 새로 맡은 담임 반 학생들의 생활 지도에 열성을 다

했어. 이따금 희원과 통화를 했어. 그녀는 여전히 면회가 안 된다면서 상처는 아물어 가고 있고 상처가 다 아무는 대로 퇴원과 전역을 동시에 하기로 되어 있다고 했지. 난 전역이란 말을 듣고 기분이 참 씁쓸했어. 도대체 군인이 아닌 네 녀석을 어떻게 상상이나 할 수 있겠냐 말이다.

화창한 5월이 오고 있었어. 그리고 광주에서 폭동과 소요 사태가 일어났다는 기사가 신문 지면을 뒤덮기 시작했다. 신문 기사의 행간에는 화약 냄새와 피비린내가 진동하고 있었지.

내가 서울로 널 만나러 간 건 여름 방학 때였던 거 같아. 넌 이미 퇴역하여 조그만 무역회사에 나가고 있다고 했지. 퇴근 시간에 맞춰 네 회사 앞 어느 선술집에서 널 기다리고 있었지. 이윽고 네가 그 집 출입문을 열고 들어서는 데 난 널 몰라볼 뻔했지 뭐냐. 넌 왼쪽 다리를 표 나게 절고 있었어. 양복 차림에 머리를 더부룩하게 기르고 있는 모양새는 내가 너에게서 한 번도 보지 못한 모습이었다. 너는 몸이 무척 야위어 보였고 얼굴엔 오랜 병원 생활의 흔적이 초췌하게 남아 있었다. 너에게선 어떤 군인의 흔적도 발견할 수가 없었어. 그 어디에도 패기에 넘치던, 그토록 자랑스럽던 청년 장교의 모습은 보이지 않았지.

그러나 너는 의외로 쾌활했다. 농지거리를 던지고 낄낄대며 웃었고, 술잔을 호기롭게 들면서 건배를 청하곤 했지. 너는 마치 그동안 아무 일도 없었던 사람처럼 보였어. 아니, 그렇게 보이려고 애쓰고 있었는데, 그게 환히 읽히는 거 있지. 그런 너에게 나는 아무것도 먼저 물어 볼 수가 없었어. 너도 그 일에 대해서는 입을 열 기색이 보이지 않더구나. 우리는 동기 녀석들의 근황이나 네 회사 이야기나 나 다니는 학교 이야기 같은 시시한 이야기만 했어. 시국에 대한 이야기는 한마디도 입에 올리지 않고 말이야. 너는 외모뿐만 아니라, 성격마저 크게 변해 있더구나.

우선 술이 굉장히 늘어 있었어. 술에 기갈 들린 사람처럼 잔을 채우기 바쁘게 단숨에 비워 내곤 했어. 그리고 너는 점차 취해 갔어. 네가 그렇게 취한 모습은 처음이었지. 아무리 마셔도 표정 하나 흐트리지 않던 너는 이미 없었어.

"봐라. 봐라. 현우야."

너는 눈꼬리가 풀리고 혀가 꼬부라질 때쯤 새삼 나를 불렀지.

"너, 너 말이야. 사람 죽여 본 일 없지? 하긴 하늘이 두 쪽 나도 너 같은 샌님에게 그런 일이 있을라고."

그리고 너는 낄낄대고 웃었지.

"근데 말이야. 현우야. 나는 말이다. 사람을 죽여 봤어. 그것도 말이야. 동기 녀석을 죽였어. 친구 녀석을 죽였다고……. 내가 이렇게 권총으로 말이야. 동기 놈을 쏴 버렸다니까."

너는 집게손가락을 꼬부려 총 쏘는 시늉을 내 보였어.

"사람 목숨 그거 아무것도 아니야. 그저 한 방이면 그냥 끝이야. 깨끗하게 끝나 버리는 거라구. 정말 아무것도 아니야……."

"무슨 소리야? 사람을 죽이다니?"

나는 그때 그 일과 관계된 이야기란 걸 직감했지만, 네가 사람을 죽였다는 소리는 믿을 수가 없었어. 네가 술기운에 헛소리

276

를 하는 것으로 들렸거든.

"뭐야, 대체 어떻게 된 거야?"

나는 네가 스스로 말을 꺼낸 게 차라리 다행이다 싶어 이렇게 다시 물었지.

"어떻게 됐냐구? 어떻게 되긴 뭐가 어떻게 돼, 모두 다 엉망이 됐지. 엉망진창이 돼 버렸다구. 그게 말이야. 어떻게 됐냔 말이야. 그날 저녁에 내가 당직실에 있는데 말이야. 김 대위가 부르는 거야. 근데 그놈들이 왔어. 근데 말이야. 그놈이 그 중에 끼어 있었어. 그놈이 먼저 날 쐈지. 날 쐈다구. 그래서 나도 쐈어. 지 놈이 쏘는데 나라고 가만히 있나……."

너의 말은 도무지 종잡을 수가 없어서 일의 앞뒤를 추리해 낼 수가 없었다. 너의 횡설수설 속에서 이삭을 줍고, 나중에 희원이에게 들었던 사실과 오랜 세월 후에 그 사건 관련자들이 펴낸 수기 등을 종합해서, 그날 네가 겪은 일을 재구성해 보면 대충 다음과 같지 않을까 싶어. 그러나 이건 어디까지나 추측일 뿐이지. 사실은 네가 더 잘 알고 있지 않니. 내 추측이 얼마만큼 정확히 사실에 접근하고 있는지 네가 판단하려무나.

그날 저녁 7시쯤, 너는 당직실에 있다가 참모총장의 경호대장인 김 대위로부터 총장 부관실로 올라오라는 연락을 받는다. 보안사 합수부에서 곧 손님이 온다고 했으니 접대를 좀 하라는 지시였다. 네가 급히 부관실에 올라갔을 때, 김 대위와 부관인 이 소령이 평소처럼 자리를 지키고 있었다. 주방으로 들어가 당번 병에게 차와 과일을 준비시키고 나오는데 김 대위가 공관 초병으로부터 손님들이 공관 정문을 통과하였다는 보고를 받고 있었다. 김 대위와 너는 급히 현관으로 달려간다. 얼마 안 있어 지프차 두 대가 현관 앞에 도착했고, 영관급으로 보이는 사복 차림의 수사관이 먼저 내리고 그 뒤로 군복 차림의 요원들이 따라 내린다.

김 대위는 사복 차림 둘을 부관실로 안내하며 빠른 목소리로 너에게 나머지 수사관들은 바깥에 대기시키라고 지시한다. 너는 그들 중 가장 상관으로 보이는 키가 크고 덩치가 곰처럼 우람한 대위에게 잠깐 대기하여 주면 고맙겠다고 말한다. 그는 고개를 끄덕여 보인다. 그 외에도 땅딸막하고 몸이 몹시 단단해 보이는 중사와 네 또래의 젊은 중위가 있다. 너는 젊은 중위를 보고 깜짝 놀란다.

젊은 중위도 너를 보고 놀라는 눈치다. 젊은 중위는 분명 육사 동기인 박철민이다. 나훈아의 노래를 잘 불러 인기가 높던 동기생이다. 너는 반가움에 손을 내민다. 박철민도 어색한 몸짓으로 네 손을 맞잡는다. 너는 박철민에게 동기들의 근황에 대해서 이것저것 물어본다. 그러나 박철민은 여전히 딱딱하게 굳은 자세를 풀지 않는다. 너는 그만 머쓱해져 돌아서고 만다.

초병이 서 있는 관저 정문에도 사복 차림 몇이 서성거리고 있는 게 보인다. 그들도 표정이 매우 굳어 있다. 그래서 넌 뭔가 일이 심상치가 않다는 생각을 한다. 너는 그들에게 부속실로 내려가 잠깐 쉬면서 기다리는 게 어떠냐고 권하지만, 그들은 간단하게 거절한다.

네가 부관실로 들어갔을 때, 이 소령은 손님을 따라 공관 응접실로 들어갔는지 보이지 않는다. 잠시 후에 곰 같은 덩치의 대위와 박철민이 부관실로 들어온다. 김 대위가 두 수사관에게 나가 있으라고 한다. 두 수사관은 쭈빗쭈빗 하면서 나가더니 다시 들어온다. 너는 바깥이 추워서 그러는 줄 알고 커피를 들겠냐고 물어본다. 그들은 고개를 끄덕인다.

이때 이 부관이 공관 응접실에서 황급히 나오더니 전화 다이얼을 돌리기 시작한다. 너는 당번병에게 커피를 시키려고 주방으로 가다가 응접실에서 나오는 당번병과 마주친다. 당번병은 시퍼렇게 질려 있다. 뭐야? 무슨 일이야? 너는 당번병에게 다그쳐 묻는다. 부관실에서 총성이 연달아 울린 것은 당번병이 뭐라 말을 떼기도 전이었다. 너는 순간적으로 권총을 뽑아 들고 안전장치를 푼다. 바깥에서도 M16 사격 소리가 콩 볶듯 하고 있다. 너는 부관실로 뛰어든다. 경호대장 김 대위가 소파 옆에서 피로 홍건해진 배를 싸쥐고 허우적거리고 있고, 이 소령은 자기 책상 옆에 죽은 듯이 엎어져 있다. 책상 위에 있던 전화기가 늘어 떨어져 흔들리고 있는 게 한눈에 들어온다.

두 수사관은 보이지 않고 응접실 쪽에서 큰소리로 총장을 위협하는 소리가 들린다. 네가 응접실 쪽으로 달려가려 할 때, 현관으로 통하는 문이 벌컥 열리며 누군가 너를 향해 권총을 발사한다. 너도 몸을 돌려 정신없이 방아쇠를 당겨 대지만, 불에 달군 쇠꼬챙이가 허벅지를 찌르는 듯한 통증을 느끼고 쓰러진다. 너는 정신이 가물가물해지면서도 너를 쏜 사람이 박철민이라는 걸 깨닫는다. 그리고 박철민이 네가 쏜 총을 이마에 맞고 고꾸라지고 있는 것을 본다. 어디선가 "사격 중지, 사격 중지"를 외치는 소리가 들리고, 이윽고 잠잠해진다. 넌 일어서려 몸을 일으켜 보지만 다시 고꾸라지고 만다.

너는 바닥에 똑바로 누워 천정을 바라다보고 있다. 응접실에서 사복 차림의 총장이 걸어 나오고 그 뒤를 두 수사관이 권총을 빼든 채 따라 나온다. 너의 곁을 지나던 수사관 하나와 너는 눈이 마주친다. 수사관은 아주 차갑게 너를 잠시 내려다보다 다시 걸음을 옮긴다. 너는 오한이 들어 몸이 떨려 온다. 춥다. 추워서 견딜 수가 없다. 너는 의식이 가물가물 멀어져 간다.

"……박철민이 그 녀석과 바로 총을 쏘아 댄 건 아니야. 녀석과 내가 서로 총을 겨눈 채 마주보고 있던 순간이 있었단 말이야. 고게 1초나 2초쯤 될라나. 녀석도 상대가 나인 줄 알고 순간적으로 멈칫했겠지. 고 짧은 순간에 말이야. 녀석의 총구멍이 동굴처럼 크게 확대되어 보이는 거야. 그리고 갑자기 말이야. 지금까지 살아왔던 모든 일들이 한꺼번에 머리를 휙 스치고 지나가는 거야. 고 짧은 순간에 말이지. 하, 참, 근데 말이야. 현우야. 녀석도 그랬을까? 철민이 녀석도 내 총구멍이 그렇게 동굴만 하게 크게 보였을까 난 그게 궁금해 죽겠어. 죽어 버린 놈한테 물어 볼 수도 없고……. 젠장."

너의 말은 점차 혼잣말처럼 들리기 시작했어. 너는 오래 참고 있던 말을 한꺼번에 쏟아놓는 듯이 주절주절 말을 이어 갔지. 난 네가 말을 그렇게 많이 하는 것을 처음 보았어. 그러나 그때까지도 나는 네 말을 긴가민가했어. 네 말은 액면 그대로 믿기에는 너무 엄청난 것이었거든.

"하, 젠장, 그래 이게 무슨 일이냐? 도대체 누가 적인 거야? 야, 현우야. 말 좀 해 봐라. 누가, 도대체 누가 적이냐. 응? 같은 대한민국 군인끼리 이게 무슨 짓이냐 말이야. 이해가 안 돼. 도무지 이해가 안 돼. 하하하, 참 우스운 세상이야. 그렇찮냐?"

그리고 넌 정말 재미있다는 듯이 킬킬대고 웃었고 또 술을 마셔 댔지. 그날 너의 폭음은 내가 도저히 상대해 줄 수 있는 수준이 아니었어. 너는 끝없이 마셔 댔고 나에게 술잔을 강요했다. 나는 어느새 너로부터 도망칠 기회를 노리고 있었어. 그러나 그날 너는 기어코 나를 너의 집으로 데리고 가고 말았지.

너는 집에 도착하자마자 희원에게 술을 내어놓으라고 호통이었지. 네 어린 아들은 잠들어 있었어. 너는 계속 취해 갔고 횡설수설하기 시작했어. 나중에는 앞에 앉아 있는 나를 다른 사람으로 착각하는 증세까지 보였어.

"이봐, 김 소위. 정신상태가 틀려먹었어. 이런 정신상태로 어떻게 김일성 군대를 막아 낸다는 거야. 그렇지 않아? 김 소위, 그렇지 않냐구? 응? 어, 너 현우구나. 이런 미안 미안, 내가 말이야. 허허……"

그러다 너는 쓰러져 잠이 들고 말았지. 네 잠자리를 보아주고 나서, 희원과 나는 먹던 술상을 사이에 두고 마주 앉았어. 그녀는 단아한 자태는 여전했지만, 어딘가 지쳐 있는 듯했고, 옛날의 그 쾌활성도 많이 사라진 듯했어. 그녀는 나에게 지금까지 일의 경위를 조곤조곤 일러 주었지. 그녀의 말을 통해 나는 비로소 네가 실제로 동기와 총격전을 벌이다 그를 죽였다는 네 말이 사실인 것을 확인했어. 참 할말이 없더구나.

희원은 네가 술을 너무 마신다고 걱정했어. 회사 일에도 통 적응을 못 하고 있다고 했지. 나는 그저 머리를 끄덕이며 그녀의 말을 들어 주기만 했지. 속이 쓰리고 뭔가에 자꾸 화가 나고 있었거든. 희원이 너와 함께 자고 가라고 잡았지만 나는 기어코 늦은 밤거리로 나서고 말았다. 나는 동네 어귀의 포장마차에서 혼자 또 소주를 마셨지. 그리곤 영등포역으로 가서 야간열차를 타고 서울을 떠났던 것 같아.

그리고 또 세월이 흘렀다. 일상이 결국 너의 상처를 치유해 주고 모든 걸 잊게 해 주리라 믿으며 나는 나의 생활에 충실했다. 그렇게 네가 이 사회에 편입되어 조용히 살아 주기를 바라면서.

내 결혼식에 네가 오지 않아서 내가 무척 섭섭했었다는 거 알고 있냐? 섭섭하긴 했지만 이해하기로 했지. 그 당시 소문으론 넌 술 때문에 다니던 회사를 그만두고 다른 곳에 취직했다가 다시 그만두는 짓을 반복하고 있다 하더구나. 점점 술에 빠져 알콜 중독 증세까지 보인다고 하더군.

그러다가 네가 서울생활을 그만두고 처가인 하동으로 내려와 과수원 일을 시작했다는 소식을 들었다. 내가 내심 얼마나 반가워했는지 넌 모를 거다. 제발 그렇게 해서라도 마음을 추스르고 술도 끊어서 평범한 생활인으로 돌아와 주기를 바랬지.

내가 과수원을 방문한 것은 어느 봄날의 일요일이었다. 희원이 전화로 일러준 대로 하동 읍내에서 쌍계사 방면으로 버스를 타고 가다 악양 못 미쳐 어느 조그만 마을에서 내렸어. 네 과수원 집은 그 마을의 제일 윗집이라고 했다. 넓은 마당을 들어서자 단출한 기와집 한 채가 조용히 서 있는 게 보였다. 집 너머 야트막한 야산 기슭이 온통 복숭아꽃과 오얏꽃으로 뒤덮여 있었다.

마당가에서 거름을 섞고 있던 낯모를 아낙네가 의아한 표정으로 돌아다보았다. 주인을 찾자 아낙네는 하던 일을 멈추고 자기를 따라오라며 앞장을 섰다. 아낙네는 집 뒤로 돌아가더니 과수원 고랑길로 접어들었다. 과수원 길에는 꽃그늘이 내려 있었어. 꿀벌들이 잉잉거리며 부지런히 꽃잎들 사이로 날아다니고, 꽃향기가 바람에 몰려다니고 있었지.

인부들 몇과 나무에 거름을 주고 있던 희원이 화들짝 놀란 몸짓으로 나무 사이를 뛰어오더구나. 머리 수건을 쓰고 몸뻬 차림인 그녀는 영락없는 농사꾼이었어. 희원이 간이용 의자를 가져와 나무 밑에 놓으며 앉기를 권했다.

"차라리 이게 맘 편해. 힘이 좀 부치긴 하지만, 이젠 만성이 돼서 견딜 만해."

일은 할 만하냐는 말에 그녀는 수건을 풀어 작업복의 먼지를 털어 내며 웃어 보였지. 하지만 눈 밑에 오종종하니 매달린 기미와 움푹 빠져 버린 볼살이 그녀의 신산스런 삶을 대변하고 있었어. 화사한 꽃그늘 아래에서, 몇 년 사이에 폭삭 늙어 버린 듯한 그녀를 보는 것은 참 씁쓸한 일이었어. 한때는 그 꽃들보다 더 화사했던 얼굴, 그 아름다웠던 얼굴은 어디로 가 버린 걸까.

"내 꼴이 우습지?"

그녀는 조금 자조적으로 물었어.

"아니, 씩씩해 보여 보기 좋아."

내가 크게 웃어 보이자 그녀는 따라 웃었지만, 웃음 끝이 쓸쓸해 보였어.

"충일이는?"

내가 네가 어디 있느냐고 묻자 희원은 고개를 숙이며 금세 표정이 어두워지더구나. 그리고 머뭇거리며 대답했지. 뭔가 숨기고픈 게 있는 눈치였어.

"그인 지금 저 위에서 참호를 파고 있어."

나는 이게 무슨 소린가 해서 그녀의 얼굴만 멀거니 바라보았지.

"참호라니?"

그녀는 한동안 말이 없었어. 그러다 한숨을 폭 내쉬고 과수원 위로 향하는 길을 가리켜 보이며 올라가 보라고 했지. 가 보면 알게 될 거라고.

"그이 만나고 곧장 집으로 내려와. 자세한 얘긴 그때 하자."

그녀는 그렇게 말하고 머리 수건을 다시 매었어.

나는 햇빛이 눈부신 꽃길을 천천히 걸어 올라갔어. 과수원이 끝나고 탱자나무 울타리가 나타나더군. 울타리를 따라 돌던 길은 다시 산언덕으로 향하고 있었지. 언덕을 올라서자, 저만치 산비탈에서 웃통을 벗어 붙인 채 열심히 삽질을 하고 있는 한 사내가 보였어. 너는 내가 다가가도 벌거벗은 등짝을 보이며 여전히 일에 몰두하고 있었다.

"뭐 하고 있는 거냐?"

내가 말을 붙였지만 넌 한 번 힐끗 돌아보곤 다시 허리를 굽혀 삽질을 계속했어. 너는 웬 구덩이를 파고 있더구나. 그러고 보니 이미 산기슭을 빙 돌아가며 군데군데 파 놓은 구덩이들이 꽤 많이 보이는 거야. 그 구덩이들은 일정한 선을 이루며 파여져 있었어. 나는 희원이 말한 참호라는 게 이걸 가리킨다는 걸 깨달았지.

"너무 얕은 거 같아. 조금 더 파야겠어."

너는 나에게 하는 말인지 혼잣말인지 알 수 없게 중얼거렸어. 너는 내가 아주 오랜만에 만나는 친구라는 사실을 잊고 있는 것 같았지. 마치 매일 만나는 사람이거나, 아니면 아주 모르는 사람처럼 그렇게 심상하게 말하더구나.

"이게 뭐 만드는 거냐?"

내가 다시 묻자 너는 비로소 삽질을 멈추고 구덩이에서 올라서더니 날 새삼스럽게 뜯어보는 거야. 아주 낯선 사람을 보듯이. 그러는 네 얼굴이 나도 퍽 낯설었어. 하긴 제멋대로 자란 수염과, 땀과 흙이 범벅이 돼 더께가 앉은 네 얼굴은 낯설지 않을 수 없었지.

"여길 좀 봐. 기가 막히지 않냐?"

너는 손을 들어 산 아래쪽을 빙 둘러 가리켜 보였어. 산 아래론 과수원의 봉숭아꽃과 오얏꽃이 연분홍 구름처럼 내려앉아 있고 그 너머로는 국도가 가로지르는 들판이 펼쳐지고 있었어. 들판 건너엔 제법 가파른 야산자락이 가로막고 있었다. 아무것도 기막힐 것이 없더구나. 난 네가 과수원의 꽃구름을 두고 하는 소리인 줄로만 알았어.

"여기가 이 지역의 최대 요충지야. 이 길목만 딱 지키고 있으면 적군은 이 지역을 절대로 통과할 수 없어. 저기 돌출 참호 두 곳에는 LMG와 케래바 50을 걸고 여기와 저기에 무반동포를 설치하고 이쪽으로 쭉 돌아가며 참호에다 소총수 두세 명씩만 배치하면 적 1개 중대도 막아낼 수 있다구. 암, 1개 중대로는 어림도 없지. 어림도 없구 말구. 봐, 이 참호의 연결선이 얼마나 단단한지……."

그리곤 너는 네가 파 놓은 참호들을 너무도 흐뭇한 표정으로 돌아다보는 것이었어. 너의 표정에는 무한한 도취가 어려 있었지. 자기가 이룩해 놓은 일이 쟁그랍도록 흡족해서 어루만지고 또 어루만지는 눈길이었지. 네 퀭한 눈은 네가 보려고 하는 것 외는 아무것도 보고 있지 않았어. 너는 이미 네가 만들어 놓은 세계로 혼자 떠나가 버린 상태였어.

"저기 작은 바위들 있지. 저쯤에 크레모아 A탄을 심고, 요기 잔솔가지 나 있는 요기쯤에 B탄을 심어 놓으면 아래서 올라오는 놈들은 모조리 청소를 해 버릴 수가 있단 말이야. 올테면 와 보라구 해. 어림도 없지. 어림도 없다구……."

나는 그제야 네가 아직도 전투 중임을 깨달았지. 너는 그 사건 이후, 혼자서 계속 전쟁을 해 오고 있었던 거야. 아니, 너의 전쟁은 우리의 고등학교 시절, 그 교련시간들로부터 시작된 것이나 아닌지 몰라. 나는 가슴이 콱 막혀와 아무 말도 할 수가 없었어.

"저기 저 벚꽃나무 말이야. 저거 때문에 영 시계 확보가 안 돼. 베어 버리든지 해야지 원."

너는 산 아래쪽에 흐드러지게 피어 바람에 꽃잎을 분분히 날리고 있는 벚꽃을 보며 혀를 찼어. 그리고 다시 구덩이로 들어가 작업을 계속했고, 나는 망연히 서서 네 등짝만 바라보았지. 도대체 내가 무슨 말을 할 수 있었겠니.

나는 너에게 인사도 없이 돌아섰어. 돌아서면서 나는 속으로 네게 물었지. 너의 적은 도대체 어디에 있는 거냐. 너는 대체 누구와 싸우고 있는 거냐.

"……서울에서부터 저런 증세가 나타나기 시작했어. 술만 취하면 방공호로 피신을 가래. 적이 쳐들어온다고. 그리고 자기는 적을 막으러 가야 한대. 대한민국의 장교는 죽음을 불사하고 적을 막아야 된다는 거지."

과수원 길을 혼자 허위허위 내려오니 희원이 청마루 끝에 막걸리 상을 봐 두었더구나. 네가 같이 내려오지 않을 걸 알았는지 잔이 하나뿐이었어.

"허구한 날 술에 취해 사니 정신이 온전할 리가 있겠니? 마침 친척 분들의 권유도 있고, 고향으로 내려오면 좀 나아질까 해서 내려오기로 했어. 마침 싸게 난 과수원도 있고 해서 무리를 좀 해서 장만을 했지. 처음에 내려와서는 술도 덜 마시고 과수원 일도 열심히 해 정말 오길 잘했다고 생각했는데, 얼마 전부터 다시 저러는 거야. 방공호를 파야 한다며 마당을 뒤집어엎지를 않나, 진지를 만든다고 왼종일 산자락에 붙어살지를 않나……. 못 하게 말리기라도 하면 눈에 새파란 독기를 품고 그냥 사람을 잡아 죽일 듯이 설쳐서 그러지도 못해.”

희원이 막걸리를 따라주며 체념한 듯한 목소리로 말했어. 그리곤 내가 권하는 잔을 단숨에 비워 냈지.

“건강은 괜찮은 거야. 아까 보니 안 좋아 보이던데.”

“매일 술을 마셔 대니 몸인들 견뎌 내겠어? 병원에서 간이 안 좋아졌다고 약을 먹고 요양을 해야 한다고 했지만 어디 말을 들어먹어야 말이지. 병원 약도 제대로 먹질 않아. 그저 술이지…….”

막걸리 한 주전자가 다 비워질 무렵, 나는 희원이 울고 있다는 걸 알았어. 그녀는 소리 없이 어느새 눈물만 줄줄 흘리고 있었어. 어깨를 들썩이지도 않고, 눈물을 훔칠 염도 없이 그렇게 고개를 숙이고 뺨을 온통 적시며 울고 있는 거야. 나는 청마루 끝에 걸터앉아 마당가에 함뿍 피어난 박태기 꽃과, 이제 막 연둣빛으로 피어 나오는 감잎의 새순과, 건너편 산자락 위를 흘러가는 구름을 바라보았어. 마당 가득히 쏟아져 내린 햇살이 어질어질하게 빛났어. 낮술이 올랐던가 봐.

너를 다시 만난 건 그로부터 2년 후의 봄이었다. 나는 아일 낳아 아버지가 되었고 집 한 칸이라도 장만하기 위해 악착을 떨어가며 살았어. 널 다시 찾아가 볼 여유도 없이 바쁘게 살았지. 아니 그건 핑계였는지 모르지. 나는 널 점차 잊고 싶어했는지도 몰라. 너는 나에게 아니, 이 세상에게 점차 짐스런 존재가 되어가고 있었던 거나 아니었는지 몰라.

희원으로부터 네가 간경화로 진주의 병원에 입원을 했다는 연락을 받았지. 병실을 찾아간 나를 넌 알아보지 못하는 눈치였어. 희원이 내 이름을 불러 주었지만, 생각날 듯 말 듯하다는 애매한 표정으로 너는 나를 바라보았지. 그러나 너의 시선은 그 무엇도 바라보고 있지 않았어. 너의 눈은 이미 텅 비어 있었던 거야. 너는 현실의 그 무엇도 바라보고 있지 않았어. 너는 견고한 네 생각의 고리에 갇혀 맴돌고 있을 뿐이었다. 너의 영혼은 비어 있었지. 간 혼수가 주기적으로 찾아오고 있는 상태라고 했다.

여윌 대로 여위고, 검게 타 들어간 얼굴은 절대로, 절대로 이충일이가 아니었어. 아니 그 날렵하고 건장하던 브루스 리가 아니었어. 네가 있어야 할 거기엔 아주 낯선 이물(異物)이 하나 대신 누워 있을 뿐이었어.

그리고 또 넉 달 후에 나는 너의 부음을 받았다. 너의 장례식은 시립병원에 딸려 있는 화장지에서 있었다. 너의 장례식은 쓸쓸하지만은 않았어. 이제는 장성한 네 동생들과 조카들 그리고 희원과 네가 이 세상에 남기고 간 두 아들, 그리고 브루스 리를 기억하는 수많은 동기 녀석들이 네 영안실을 지켰지. 너는 삼십 분만에 한 줌의 뼛가루가 되어 나왔다. 우리는 너를 남강 물에 뿌렸어. 기억나니? 우리가 고등학교를 졸업하던 날 걸어갔던 그 겨울의 강변길, 우리는 그 강변길에서 너를 물 위에 뿌렸어. 너는 그렇게 강물을 타고 이 세상을 떠났어. 겨우 서른넷의 나이였지.

그리고 우리는 너를 점차 잊기 시작했어. 정말 너란 놈이 이 세상에 존재하고 살았었다는 사실마저 잊어 갔지. 일상은 그토록 무섭게 망각의 세월을 몰고 왔어. 그것이 사람 사는 살이일까. 산다는 게 그런 건지 모르지. 자꾸 잊어 가는 것. 그러다 너처럼 자기 자신도 잊어버리고 죽어 가는 것, 그게 사람이 가는 길이나 아닐까 몰라.

너 떠나고 다시 세월이 흘렀다. 10여 년이란 세월이. 나도 이제 늙어 가고 있다. 벌써 오십에 이른 우리 나이를 생각하면 참 끔찍스럽기도 하지. 세월이 화살 같다는 말이 실감 나. 세월이 너무 빨라 어느 땐 현기증이 날 지경이야. 어때, 거기에서도 나이를 먹냐? 거기서 네 좋아하던 이소룡도 만나 보았니? 이소룡이 젊은 나이에 요절을 한 걸 너와 난 얼마나 안타까워했었냐?


7


나는 지금 〈용쟁호투〉를 보고 있어. 우리가 나이 들어서일까. 화면 속 이소룡은 옛날보다 더 앳돼 보여. 요즘 쏟아져 나오는 액션 영화에 비하면 이소룡 영화는 소박한 편이야. 그러나 이소룡의 매력은 요즘의 어떤 액션 스타도 능가하기 어려울 것으로 보여. 브루스 리 이전이나 그 이후에도 그만큼 절대적인 카리스마로 대중을 휘어잡은 액션스타가 드문 것 같아.

그에 대한 당시 청소년들의 열광이 전 세계적이었다 해도 그때 우리가 가졌던 그에 대한 열광은 분명 특별한 데가 있었어. 그 말은 브루스 리, 그의 특출한 무술 솜씨와 그것을 대중들에게 카리스마로 연출하여 보여 주는 솜씨가 남다른 데가 있다는 것 외에 우리가 그 당시에 그에게 매료되어 열광할 수밖에 없는 저간의 또 다른 사정이 숨어 있을 수도 있다는 거지. 그것이 무엇이었을까. 우리가 브루스 리를 통해 추구하고 싶었던 건 무엇이었을까.

그것은 정의로운 힘이었을 거야. 정의가 곧 힘이 되는 세상, 그런 세상을 우리는 그를 통해 꿈꾸어 왔을 거야. 그것은 정의가 절대로 힘이 되지 못하는 세상에 우리가 살았기 때문에 더욱더 절실한 그 무엇이 아니었을까. 그는 명실공히 정의와 힘을 일치시킨 영웅이었지. 힘과 정의가 절대로 같은 편이 되어 있지 않는 사회에서 그는 힘과 정의가 같은 편이라는 것을 보여 주는 거야.

바로 그 점이야. 정의가 곧 힘이고 힘이 곧 정의라는 진실을 브루스 리가 보여 주고 있다는 점, 그것이 우리로 하여금 그에게 열광케 했던 또 다른 이유일 거라 생각해.

〈용쟁호투〉는 이제 막바지로 치닫고 있구나. 악당의 괴수는 거울의 미로에 숨어서 브루스 리를 기습하고 있어. 거울에 비치는 악당의 여러 허상들, 그 중에 어느 것이 적의 실체일까. 어느 것이 우리의 진정한 적일까. 그 적은 어디에 있는가. 너는 이제 그걸 알아내었냐? 너의 적은 무엇이냐? 군사정권이 사라지고 문민정부와 국민의 정부를 거쳐 이제 참여정부에 이르러 있는 지금, 남북한 화해의 분위기가 우리를 들뜨게 하는 지금 너의 적은 사라졌니? 우리의 적은 정말 사라졌을까. 브루스 리가 거울 속의 여러 허상 속에서 악당의 실체를 찾아내 처치하였듯이 우리의 적은 처치된 것일까. 아니면 거울 뒤에 숨어서 여전히 우리를 향해 늑대의 발톱을 세우고 있을까. 그걸 너는 이제 알아내었냐? 정말 훌륭한 장군이 되고 싶어했던 너의 꿈은 어찌 되었냐? 그 옛날 우리가 함께 했던 섬진강 송림의 그 아름다운 밤은 어디로 가 버렸을까. 그 날개 하얀 물새들은 여전히 거기에 살고 있을까.

# 정글 게임

아내는 아직 돌아오지 않았다. 아내가 돌아온다
고 해서 달라질 건 아무것도 없다. 그는 아내가
지금 어디에서 무엇을 하고 있는지 알지 못한
다. 아내의 행방에 관심을 끊은 지가 언제부터
였는지조차 알 수 없다. 그건 아내도 마찬가지
리라. 아내와 그는 마주쳐도 별 할 말이 없다. 그
저 그녀가 눈앞에 어른거리면 조금 덜 외로울
뿐이다.

시뮬라시옹과 죽음으로 변환되고 전환되는 이 세계,
격렬히 섹스화된, 그러나 진정한 욕망이란 없이, 격렬한
그러나 중화된 것 같은 신체들로 가득 찬 이 세계, 크롬
적이고, 강도 높은 금속적인 세계, 그러나 관능성이 빈
세계, 목적성 없이 초기술적인 이 세계―이것은 좋은 것
인가 나쁜 것인가?

―장 보드리야르의 『시뮬라시옹』 중에서

그는 아파트 베란다의 의자에 앉아 창 밖을 내다보고 있다.
13층에서 내려다보이는 아파트 광장엔 늦은 밤이 찾아와 있다.
광장을 흐르는 엷은 안개 속에 가로등이 뿌옇게 빛나고 있고,
어쩌다 지나치는 사람의 그림자가 길어 보인다. 주차장에 늘어

선 차량의 지붕이 갑각류의 등피처럼 불빛을 반사시키고 있다. 늦게 귀가하는 자동차의 불빛이 주차 공간을 찾아 이리저리 꺾이다 아파트 뒤쪽으로 사라진다. 경비실의 책상 앞에서 늙은 경비원이 졸고 있는 게 들여다보인다. 맞은편 동(棟)의 창문엔 불빛이 하나씩 꺼져 간다. 불이 꺼진 창은 금방 음흉스런 표정이 된다. 불 꺼진 창마다 사람들이 잠들어 있을 것이다.

그는 자신이 언제부터 베란다에 앉아 있었는지 잠시 생각해 본다. 초저녁부터였던가. 아니, 늦은 오후부터였던가. 그러다 그는 머리를 흔들며 생각을 털어 버린다. 그건 아무래도 좋다. 한 천 년쯤 그 자리에 앉아 있었다고 하면 또 어떤가. 실제로 그는 한 천 년쯤 그 자리에 앉아 있었던 기분이다. 그는 기지개를 키며 길게 하품을 한다. 하품 탓에 눈물이 괴이며 창 밖의 풍경이 어룽어룽해진다. 불빛들이 난반사 되며 사방으로 길게 휘어 보인다. 그는 불빛을 잡기라도 할 듯 눈앞의 허공을 움켜쥐어 본다. 그러나 손에 잡히는 것은 아무것도 없다. 눈물에 비쳐 흩어진 불빛들이 환상적이다. 그는 눈물을 비벼낼 생각도 없이 저절로 마를 때까지 있기로 한다.

아무래도 창 밖의 밤 풍경은 실제 같지가 않다. 이 아파트로 이사 온 후, 몇 달 동안을 저녁마다 내다보고 있는 풍경이지만 그것은 여전히 실체감 없이 다가온다. 저건 환상인지도 몰라, 그런 생각을 얼핏 하며 그는 속으로 웃는다. 하긴 그가 창 밖으로 손을 내밀어 살짝 건드리기만 하면 창 밖의 풍경은 전원 꺼진 모니터 화면처럼 '팟-' 하고 사라질지도 모를 일이다. 문제는 그것이라고 그는 생각한다. '팟-' 하고 사라지는 것. 궁극적으로 그렇게 사라지지 않는 풍경이 어디 있는가. 저 도무지 변할 것 같지 않는 고집스런 표정으로 웅크리고 있는 건물들조차도 이미 1초 전에 본 그 모습은 아니다. 그것은 1초 전보다 이미 낡아 있다. 낡아 있다고 생각하는 순간에도 그것은 낡아 간다. 1초 전의 모습은 이미 사라지고 없다. 그것은 단지 머릿속에 하나의 이미지로 저장되어 있을 뿐이다. 그것은 실체가 아니다. 기억 속의 이미지일 뿐이다. 10년을 1초로 환산하여 이 풍경을 보여 준다면(이 무한대의 시간 속에서 1초든 10년이든 무슨 상관이랴), 왕가위의 영화처럼 현란하게 뒤바뀌는 이미지의 조합일 것이다, 라고 그는 생각하다 다시 머리를 흔든다.

그건 아무래도 좋다. 그는 자신의 손을 내려다본다. 그의 두 손은 무릎 위에 얌전히 놓여 있다. 천천히 손을 들어 눈앞으로 가져와 펼치고 새삼스럽게 들여다본다. 거실의 불빛에 손바닥의 손금들이 선명히 보인다. 지도 위의 강물처럼 손금들은 손바닥 위를 이리저리 흘러가고 있다. 그는 자신의 손금들도 환상처럼 생각된다. 두 손을 맞잡아 비벼 보지만 그 느낌은 사라지지 않는다. 어느 날 자고 일어나면 그의 손에서 손금이 말끔히 지워져 있을지도 모른다. 그는 그런 일이 일어났으면 싶다. 그래서 그의 운명도 그렇게 바뀌어 봤으면 싶다.

그는 의자에서 일어나 거실로 들어선다. 거실의 물건들은 오래된 표정으로 시침을 뚝 따고 정지해 있다. 그러나 그렇게 보일 뿐이라는 것을 그는 안다. 그것들은 이미 아까 보았던 그것이 아니다. 아까 보았던 그것들은 기억 속으로, 이미지 속으로 사라지고 없다.

아내는 아직 돌아오지 않았다. 아내가 돌아온다고 해서 달라질 건 아무것도 없다. 그는 아내가 지금 어디에서 무엇을 하고 있는지 알지 못한다. 아내의 행방에 관심을 끊은 지가 언제부터였는지조차 알 수 없다. 그건 아내도 마찬가지리라. 아내와 그는 마주쳐도 별 할 말이 없다. 그저 그녀가 눈앞에 어른거리면 조금 덜 외로울 뿐이다. 아니다. 아내의 깊은 침묵과 마주하면 더 외로울 뿐이다. 아내와 그는 침묵 조약을 맺은 사람처럼 생활상에 부득이 하게 해야 할 말 외엔 거의 하지 않는다. 아내도 그도 그 묵계를 존중한다. 조금 외롭긴 하지만 그 묵계는 편안하다. 도대체 부부란 이유로 서로의 감정의 실핏줄까지 미주알 고주알 까발겨서 서로에게 상처를 주며 살아야 할 이유가 어디 있는가. 그건 얼마나 야만적인가, 라는 것이 그의 생각이다. 어차피 그와 아내 사이에 감수성의 공감대는 없다. 모든 면에 있어서 둘은 엇나가기만 한다. 대화는 결국 그 엇나감을 재확인시킬 뿐이요, 나아가 서로의 자존심에 상처만 입힐 뿐이다.

그는 거실 벽에 걸려 있는 사진을 오래 들여다본다. 사진 속엔 노란 유치원복을 입은 아이들이 풍선을 들고 한껏 웃고 있다. 꼭 병아리 떼 같다. 그가 아이를 갖지 말자고 선언했을 때, 아내는 어디선가 그 사진을 구해와 벽 한가운데 걸어 두었다. 그건 그의 선언에 대한 무언의 저항임을 그는 안다. 그러나 지금 생각해도 아이를 갖지 않은 것은 퍽 다행스런 일이다. 아이가 있다면 그 아이로 인하여 생겨날 그 잡다하고 진부한 일상사와 아이에 대한 서로의 다른 의견으로 둘은 또 얼마나 헛된 감정을 마모시키며, 독설의 칼날로 서로의 마음을 베어 넘겼겠는가.

그는 자신의 서재로 돌아와 책상 앞의 컴퓨터를 켠다. 검게 닫혀 있던 화면이 서서히 밝아지며 바탕화면이 떠오른다. 바탕화면 한가운덴 온몸이 검은 퓨마가 한 마리 웅크리고 있다. 그는 그 퓨마를 좋아한다. 윤기가 흐르는 검은 털은 비단처럼 매끄러워 보인다. 거기다 유연하고 우아하게 발달한 근육, 그리고 금방이라도 폭발할 것 같은 그 근육의 힘을 냉철하게 제어하며 어깨를 움츠리고 있는 그 자세와, 정면을 노려보는 그 무엇에도 흔들릴 것 같지 않는 강철 같은 눈빛, 그것은 그를 매료시키기에 충분하다.

인터넷에서 처음 그 사진을 발견했을 때 그는 거의 숨이 막힐 것 같은 감동을 맛보았다. 그는 상상해 보았다. 바위산 꼭대기에서 그런 오만에 가까운 황태자 같은 자세로 아래를 내려다보고 있는 퓨마의 모습을. 거기다 저물어 가는 저녁놀이 퓨마의 등 너머 배경을 이룬다면……. 그는 스스로의 상상에 취해 눈을 감아 보기까지 했다. 아아, 그것은 얼마나 황홀한 이미지인가. 그는 당장 그 사진을 다운 받아 바탕화면에다 깔아 두었다.

그는 익스플로러를 클릭하여 외국의 포털 사이트를 떠올린다. 그리곤 검색란에 '포르노' 라고 기입하고 엔터를 친다. 포르노 사이트 목록이 줄지어 떠오른다. 그는 가장 선정적인 제목을 골라 입장한다. 초기 화면에 벌써 엉겨 붙어 있는 남녀의 그것을 확대해 놓은 사진이 여기저기 실려 있다. 신용 카드로 결제를 하자 본격적인 프로그램 목록이 나타난다. 그는 우선 포토스로 들어가 사진들을 훑어본다. 사진들은 한결같이 벌거벗은 남녀가 만들 수 있는 가장 음란한 포즈를 연출하고 있다. 뒤엉켜 있는 붉은 살덩이들과 혓바닥, 검은 음모, 여자의 얼굴 위로 분출된 우유 빛깔의 정액…….

그는 서양 여자가 거대한 남자의 그것을 입에 가득 물고 카메라를 향해 똑바로 바라보고 있는 사진에서 멈춘다. 여자는 그런 자세로 묘하게 웃고 있다. 그는 여자의 시선에 눈을 맞춰 본다. 여자의 눈빛은 도발적이다. 자신이 보여지고 있다는 사실을 즐기고 있는 듯한 눈빛이다. 그러나 사실 그런 그녀를 즐기는 것은 카메라 뒤편의 눈이다. 정확히 말하자면 카메라 이편에 숨어 있는 익명의 남자들의 눈이다. 그녀는 남자들에 의해 자신이 즐겨지는 것을 즐기고 있는지도 모른다. 그녀의 눈빛은 자신이 연출한 이미지가 어떻게 보여질지 정확히 파악하고 있음이 틀림없다. 거기에 그 여자는 없다. 단지 그녀가 연출한 이미지만이 있다. 그 사실을 그녀도 알고 있다. 그는 그 여자에게 영혼이란 게 있다고 믿기 힘들어진다. 그 사실이 그는 마음에 든다. 영혼이 거세된 저 이미지! 갑자기 그의 남성이 부풀어 오르며 바지 앞섶을 쳐든다.

포르노 사이트는 온갖 성적 이미지들의 백화점이다. 그것들은 백화점의 각종 코너처럼 분류되어 있다. 누드만 보여 주는 소프트코어부터 본격적인 섹스 장면을 보여 주는 하드코어를 비롯해, 매저키즘적이거나 새디즘적인 상상력을 불러일으키는 코너, 레즈비언과 게이, 두 개의 성기를 가졌거나 양성의 성기를 다 가지고 있는 사내(?)나 거대 성기의 소유자, 하이틴과 늙은 여자, 수간, 근친상간……. 그건 성적인 모든 금기 사항에 대한 위반의 목록이다.

그는 즐겨 찾는 동영상 프로그램으로 이동한다. 마스크라는 목록을 클릭하자, 화면 가득 두 마리 뱀처럼 얽혀 헐떡거리고 있는 남녀가 등장한다. 여자가 남자의 몸 위에서 몸부림치며 기성을 질러댄다. 그건 짐승의 울부짖음 같다. 그녀가 몸부림칠 때마다 길고 탐스런 금발이 그녀의 등 뒤에서 출렁인다. 두 남녀는 눈만 가리게 되어 있는 가면을 쓰고 있다. 가면의 양쪽 끝이 불꽃 모양으로 치켜 올려져 괴기스런 느낌을 준다. 그래서 그들은 섹스를 하는 게 아니라 무슨 의식을 치르고 있는 것 같다.

가면 탓에 여자의 얼굴 표정을 읽을 수 없다. 카메라가 가면 밑에 드러난 여자의 한껏 벌린 입을 클로즈업한다. 한창 절정으로 치달아 오르는 여자의 입은 상처처럼 붉다. 굼실거리던 그의 욕정이 갑자기 맹렬하게 치솟아 오른다. 거의 참을 수 없을 지경이다. 그러나 그의 욕정을 도발시키는 것이 기성을 지르고 있는 그녀의 입이 아니라, 그녀가 쓰고 있는 가면인 것을 그는 알고 있다. 한창 단내를 내뿜고 있는 그녀의 입보다 그 가면이 오히려 그의 남성을 자극하고 있다. 그는 제기럴, 하고 속으로 투덜거리며 바지 지퍼를 내리고 부풀어 오를 대로 오른 그의 남성을 꺼낸다. 그것은 무섭게 충혈되어 수직으로 일어서 있다. 그는 손가락으로 천천히 그것을 쓰다듬는다. 아니, 그것을 쓰다듬는 것은 화면 속 그녀이다. 가면을 쓴 채 여자는 그의 그것을 부드럽게 쓰다듬는다. 그리고 천천히 그녀의 가면이 내려와 그의 그것을 삼켜 버린다. 온몸이 가면 속으로 빨려들어가는 느낌이다. 참을 수가 없다. 그는 가면 속에서 폭발하고 만다.

처음, 가면을 쓰고 섹스를 해 보자고 그가 제의했을 때, 아내는 한참 동안 뜨악한 표정이었다가 곧 지독한 경멸의 표정으로 바뀌었다. 그리곤 더러운 벌레를 피하는 몸짓으로 다른 방으로 건너가 버리고 말았다.

언제부턴가 그는 아내와의 성생활에서 발기부전 증세를 보이고 있었다. 어찌된 영문인지 도무지 아내에게서 한 톨의 성욕도 느낄 수가 없었다. 어쩌다 마음이 동할 때도 있었지만, 그 경우에도 한참 서로를 애무하다가 아내의 얼굴만 보면 그의 그것은 시나브로 움츠러들어 다시 일어설 기미를 보이지 않는 것이었다. 그럴 때마다 그는 일어나 담배를 피워 물었고, 아내는 등을 보이며 돌아누워 버렸다.

아내는 아직도 젊고 아름답다. 출산 경험이 없는 아내의 몸매도 처녀 때의 매력을 그대로 간직하고 있다. 그러므로 그의 발기부전은 순전히 그의 탓인지도 모른다. 그러나 포르노 사이트를 검색하고 다닐 때 그가 느끼는 맹렬한 성욕과 발기는 그의 육체가 지극히 정상적임을 말해 주고 있었다. 스스로도 답답해진 그가 찾아간 전문의도 여러 가지 검사를 하더니만, 육체적으로는 아무런 이상이 없다고 단언했다. 그리곤 이런 경운 심리적 요인이 크다며 차라리 정신과를 찾아보는 게 어떠냐는 조언을 해 주었다. 그러나 그는 그 조언을 따를 생각이 전혀 없었다.

그는 병원을 찾아다니는 동안 자신의 증세에 대한 나름대로의 진단을 내려 보려 애를 썼는데, 그 결과 그가 얻은 가장 확실한 결론은, 문제는 아내의 얼굴이라는 것이었다. 행위 도중에 아내의 얼굴만 보지 않는다면 성공적으로 일을 마칠 수도 있을 것 같았다. 행위 도중만큼은 아내를 아내가 아닌 전혀 낯선 익명의 여자로, 아니 하나의 암컷으로, 저 포르노 사이트상의 이미지 중 하나로 상상할 수만 있다면 문제는 간단할 것 같았다. 그러나 행위 도중에 아내의 얼굴을 보지 않는다는 것은 어려운 일이었다. 아내의 얼굴은 이미지가 아니라 하나의 인격이었다. 독립적으로 생각하고 느끼고 그리하여 이쪽에 대해서도 그 생각과 느낌에 대해서 일정하게 반응해 주기를 바라는 인격체였다. 그 인격을 지워 버리기는 쉬운 일이 아니었다.

아내의 얼굴을 보지 않는 방법을 고심하던 그는 예의 그 사이트에서 벌이는 가면의 정사를 목격하곤 쾌재를 불렀다. 역시 인터넷은 무한한 정보의 보고였다. 모든 길은 인터넷으로 통한다는 말은 진리라고 그는 생각했다.

그러나 그의 방법에 아내는 싸늘한 경멸로 답했다. 그때부터였으리라. 그와 아내가 서로에게 말이 없어진 것은. 아내와 그는 서로에게 벽처럼 무덤덤해졌다. 아내는 더 이상 그에게 아무것도 바라지 않는 눈치였다. 그도 아내에게 점차 무신경해져 갔다. 피차 직장엘 나갔다 늦게 퇴근하였으므로 사실 얼굴을 대할 시간도 그렇게 많은 게 아니었다. 그게 서로에게 편한 노릇인지도 모른다. 아내와 그는 경쟁하듯 귀가 시간을 늦추었고 될 수 있는 대로 서로 얼굴을 마주하지 않으려 했다.

포르노 사이트의 닫힘 버튼을 누르자 붉은 목단화 같은 성기를 자랑하던 여인들이 팟, 하고 사라진다. 여인이 아니라 성기가 사라진다. 사라진 것은 성기이지 여인이 아니다. 대신 포털 사이트의 건조한 리스트가 다시 떠오른다. 그는 여인들이 사라지는 순간을 좋아한다. 닫힘 버튼을 찾아 마우스를 살짝 누르는 그 사소한 동작으로도 깨끗이 사라지는 여인들. 그리고 언제고 그 사소한 동작으로 다시 눈앞에 불러 올 수 있는 여인들. 그것을 확인하는 순간은 언제나 또 다른 쾌감을 준다. 이런 것을 모던한 쾌감이라고 이름 붙일 수 있지 않을까 하고 그는 생각한다.

그는 리스트를 빠져 나와 채팅 프로그램으로 이동한다. 대화방을 검색하다 장미여왕이 홀로 대화 상대를 기다리고 있는 방으로 입장한다. 장미여왕은 그의 오랜 대화 상대이다. 장미여왕이 먼저 반갑게 인사를 한다. 장미여왕은 자기가 20대 후반의 노처녀라고 소개했지만, 믿을 수가 없다. 게이일지도 모른다. 대화방에선 종종 그런 치들을 만난다. 여자 아이디를 쓰면서 여자라고 소개하고는 대화를 슬슬 성적인 쪽으로 이끌고 가는 녀석들이 있다. 그런 치들은 대부분 게이라고 그는 확신한다. 장미여왕도 여자치고는 걸쭉한 성적인 대화를 스스럼없이 해댄다.

"안녕?"

그는 인사를 하고 이 여자인지 남자인지, 어떻게 생겨 먹었는지조차 알 길 없는 상대와 대화를 시작한다. 장미여왕은 재빨리 대화방을 비공개로 폐쇄한다.

"오늘 기분은?"

"지랄이야."

"?"

"마누라가 아직 오지 않았어."

"본처에게 밤일을 소홀히 한 거 아냐?"

"맞아. 그건 그래."

"저런, 왜? 벌써 정력이 딸리는 거야?"

"그런 모양이야."

"아하, 그런 증상엔 내가 전문인데……. 어때, 나한테 치료 좀 받아 볼껴?"

"오프라인으로?"

"하하, 아무렴. 내가 화끈하게 책임져 주지."

"처녀가 못 하는 말이 없어."

"그런 건 처녀한테 치료받는 거야."

"무료봉사야?"

"이런, 처녀한테 못 하는 말이 없어. 난 정말 숫처녀란 말이야. 그걸 그냥 주니?"

“뭘 바라니?”

“마누라와 이혼하고 나랑 살면 돼. 하하하……..”

“앓느니 죽지, 그냥 이대로 살래.”

“하하하하하하하, 그럴 줄 알았어.”

장미여왕과의 대화는 늘 농담조이다. 아무것도 진지할 것도 무거울 것도 없다. 대화방에서 무거운 것은 죄악이다. 가볍고 빠르게 치고 빠지는 대화의 요령이 인기를 끈다. 진지해지기를 좋아하는 친구는 대화방에서 왕따 당하기 십상이다. 하이퍼링크의 전환처럼 사뿐사뿐하게 대화의 행간을 깃털처럼 날아다녀야 한다. 진지해질 필요가 없다. 어차피 얼굴도 나이도 성격도 모르는 익명의 대화 상대에게 진지해지는 것은 우스울 뿐이다.

“넌 어떤 사람이니?”

그는 장미여왕을 슬쩍 건드려 본다.

“웬일???? 그런 질문을 다 하게, 난 말이지. 뭐랄까. 젤리 같은 여자야. 조금은 끈끈하고 조금은 부드럽고 조금은 사각거리는 젤리. 나는야 젤리여왕~~~~~.”

“끈끈한 건 맞는데, 부드러운 건 좀 그렇다.”

“그러는 넌 어떤 사람이야?”

“난 사람이 아냐. 그냥 이미지일 뿐이지. 사이버 공간에서만 존재하는 사이버 인간이야.”

“맞는 말이야. 나에게 넌 언제나 컴퓨터 화면으로만 만나는 존재니까.”

“정말 오프라인으로 한 번 만나는 건 어때?”

"아서라, 적당히 알고 적당히 모르고 있는 편이 좋아. 너무 많이 알려다간 다친다니까. 히히히."

장미여왕의 말은 맞는 말이다. 그녀의 얼굴을 마주 대하면 그는 한마디 말도 못 할 것이다. 아내와 그런 것처럼. 사람에게서 재빨리 인격을 지울 것, 그리고 이미지만 남길 것. 아아, 그것은 얼마나 마음 편한 일인가.

그는 장미여왕과 다시 시답잖은 농담을 주고받다가, 자야겠다는 핑계를 대고 대화방을 빠져 나온다. 장미여왕은 "영원히 안녕"이라고 인사한다. 그녀의 작별인사는 늘 그렇다. 장난스레 안녕이라고 말끝을 길게 빼어 올리는 그녀의 목소리가 들리는 듯하다. 언젠가 그가 곧 죽으러 가는 인사 같아 싫다고 하자, 그녀는 언제 죽을지 모르는 게 인생 아니냐면서 미리 미리 그런 인사를 남겨 놓아야 한다는 주장을 폈다. 하긴 그녀와 다시 접속할 수 있으리란 보장은 없다. 이 변화무쌍한 인터넷 속에서 만남은 늘 1회를 전제로 한다.

그는 습관처럼 게임 프로그램으로 들어선다. 수많은 게임들의 목록을 훑어보다가 그는 정글 게임을 클릭한다. 게임 시작 버튼을 누르자 하늘에서 내려다보는 울창한 밀림이 펼쳐진다. 제트 비행기 한 대가 화면 아래에서 나타나 숲 위로 날아간다. 비행기의 한쪽 날개엔 불이 붙어 있다. 비행기가 날아가면서 검은 연기가 길게 꼬리를 문다. 화면은 조종석 내부로 바뀐다.

"엔진 고장! 엔진 고장! 즉시 탈출하시오. 즉시 탈출하시오."

조종석 스피커에선 급박한 목소리가 터져 나온다. 칙칙거리는 기계음 사이로 경고음이 반복되고 있다. 이윽고 고글과 헬멧을 쓴 조종사가 스위치를 누르자 화면이 바뀌며 조종사는 조종석과 함께 공중으로 튕겨 오른다. 그리고 낙하산이 펴지고 조종사의 두 다리 아래로 검은 연기를 끌며 숲으로 추락하는 비행기의 모습이 보인다.

드디어 숲에 안착한 조종사는 낙하산의 줄을 풀어 버리고 권총을 빼어 든 자세로 검은 숲과 마주하고 있다. 그는 출발 단추를 누르고 업 스위치를 밀어 준다. 조종사가 앞으로 전진한다. 숲이 천천히 눈앞으로 전진해 온다. 앞으로 그가 뚫고 가야 할 정글 속에는 맹수와 야만인과 절벽과 함정과 부비트랩이 그를 기다리고 있다. 그는 권총으로 그들을 격퇴하고 절벽을 기어오르고 함정과 부비트랩을 피하여 첫 번째 마을까지 가야 한다. 마을에 도착하기까지 그는 두 번 죽을 수 있다. 그러나 세 번째는 영원히 안녕이다. 게임 오버. 그러나 게임은 절대 끝나는 법이 없다. 시작 단추만 누르면 비행기는 다시 뜨고 조종사는 다시 낙하산을 타고 내린다. 그리고 전의로 가득 찬 자세로 어두운 숲과 다시 마주한다. 그리고 다시 두 번의 죽을 수 있는 권리가 부여된다. 우리의 삶도 이처럼 죽었다 다시 살아날 수 있다면 어떨까 하고 그는 생각해 본다. 별 신통찮은 생각 같다.

통나무를 뛰어넘었을 때 좌측 45도 방향에서 갑자기 멧돼지가 숲을 헤치며 달려나온다. 그는 재빨리 우측으로 이동하며 권총을 발사한다. 자동 권총은 불꽃을 끌며 정확하게 멧돼지의 몸통에 전자총탄을 퍼붓는다. 달려들던 멧돼지가 피를 흘리며 쓰

러진다. 점수판의 숫자가 빠르게 올라간다. 대각선 방향과 정면
에서 멧돼지가 동시에 그를 향해 달려든다. 그는 정면에서 달려
드는 멧돼지를 살짝 피하며 대각선 방향의 멧돼지를 명중시킨
다. 그러는 사이 12시 방향에서 무수한 독화살이 부채꼴을 이루
며 연달아 날아온다. 그는 손잡이를 왼쪽으로 최대한 당기며 발
사 스위치를 미친 듯이 두드린다. 방향 스위치를 잘못 잡아 야
만인들을 잡지 못했지만 독화살은 간발의 차이로 피했다. 그러
나 안심하고 있을 시간이 없다. 화살은 피한 곳으로 다시 집중
되기 마련이다. 그는 화면 중앙으로 이동한다. 이동하는 발꿈치
뒤로 아슬아슬하게 화살들이 지나간다. 그는 화살이 날아온 숲
을 향해 총탄을 퍼부어 댄다. 비명소리가 없는 걸 보면 야만인
들은 이미 몸을 피한 모양이다.

　잠시 습격이 느슨해진 틈을 타 그는 앞으로 나아간다. 개울이
앞을 막아선다. 개울에 한 발을 담그자 발밑에서 독사가 고개를
든다. 그러나 독사의 공격은 그렇게 빠르지 않다는 것을 그는
안다. 그는 방향키로 정확히 조준한 후 독사의 머리를 날려 버
린다. 머리가 없어진 독사의 몸뚱아리가 뒤틀리다가 사라진다.
그러나 독사는 점수가 별로 높지 않다.

　개울을 건너 언덕을 넘자 텅 빈 초원지대가 나타난다. 그는
천천히 숲을 빠져 나와 초원으로 들어선다. 이곳의 풀숲엔 사자
와 치타 그리고 부비트랩이 숨겨져 있음을 그는 알고 있다. 그
가 한 발을 내딛는 순간, 전방 풀숲에 사자 떼가 어슬렁거리며
나타나는 게 보인다. 사자 떼는 한가하게 어슬렁거리다가 어느

순간에 동시에 폭발적으로 달려들 것이다. 그 각각의 사자들이 어느 방향으로 달려드는지를 그는 오랜 경험으로 알고 있다. 그는 가장 안전한 위치로 이동한다. 그러나 손잡이의 조작이 늦었다고 느낀 순간 우측으로 튕기듯 달려드는 수사자에게 다리를 물려 버린다. 사자는 그의 다리를 물고 엄청난 힘으로 흔들어 댄다. 그의 온몸이 사자의 입놀림대로 허공에서 춤을 춘다. 이윽고 공중으로 날려올라간 그의 몸은 땅에 떨어진다. 다리에 낭자한 선혈을 내뿜으며 그는 움직임을 멈춘다. 첫 번째 죽음.

그는 초원지대의 한복판에 서 있는 자신을 발견한다. 그의 상반신엔 아무것도 걸친 게 없다. 다만 아랫도리에 베 조각이 하나 걸쳐져 있어 중요부분을 가리고 있을 뿐이다. 그의 손에는 창이 한 자루 쥐어져 있다. 창끝은 제법 날카롭게 빛나고 있다. 그는 자신이 언제부터 어떻게 해서 거기에 있게 된 것인지 잠시 생각해 본다. 그러나 알 길이 없다. 그는 누군가에 의해 내팽개쳐지듯 거기에 있게 된 것 같은 느낌이다.

그는 허리춤까지 자라 있는 수풀을 헤치고 가까이에 있는 바위 언덕을 오른다. 햇빛에 달구어진 바위산은 열기를 뿜어 올리고 있다. 그는 바위산 꼭대기에 서서 초원을 내려다본다. 멀리에서 누 떼와 스프링팜스 무리가 조용히 풀을 뜯고 있다. 그 너머론 초원지대가 끝나고 열대우림이 시작되고 있다. 그는 자신이 그 정글 숲으로 가야 한다는 것을 알고 있다. 그 숲을 뚫고 산봉우리를 넘어 사람들이 사는 마을로 가야 한다는 생각이 강박

관념처럼 그의 머리를 지배하고 있다. 그는 이마 위에 손을 대고 그가 걸어가야 할 거리를 가늠해 보며 뜨거운 햇볕 속에 한동안 가만히 서 있다. 멀리서 보는 숲은 햇볕을 받아 밝게 빛나는 나뭇잎과 그 밑의 짙은 음영이 선명한 대비를 이루고 있다. 그는 숲의 그 짙은 그늘 속에 뭔가 불길한 것이 숨어 있을 것 같은 예감이 든다. 결코 그에게 우호적이지 않은 그 무엇이 조용히 그를 기다리고 있는 듯한 느낌을 지울 수 없다. 엷은 불안감이 밀려와 그는 창을 잡은 손아귀에 힘을 한 번 주어 본다.

그는 이윽고 바위산을 천천히 내려와 숲으로 향한다. 그가 바로 곁을 지나쳐도 스프링팜스 떼는 조용히 풀을 뜯고 있다. 그는 될 수 있는 대로 뱀처럼 소리 없이 숲으로 다가가고 싶다. 숲의 그늘에 숨어 있는 그 무엇이 깨어나 그를 발견하지 않기를 바라며. 그러나 그는 그런 일은 불가능하리라는 것을 이미 알고 있다.

그는 드디어 숲의 어귀에 서 있다. 그는 다시 눈앞의 숲을 노려본다. 한낮인데도 숲속은 어둡다. 그리고 지극히 조용하다. 거대한 나무들의 둥치와 무성하게 뻗은 가지들, 하늘을 덮고 있는 잎새들, 가지를 타고 오르는 넝쿨과 오래된 이끼……. 그곳은 한 번도 사람의 발길이 닿아 본 적이 없는 것 같다. 숲에서 축축한 바람이 불어온다. 그는 바람을 안으며 앞으로 나아가기 시작한다. 바위를 돌아서자 황금색 이끼가 깔린 좁은 공간이 나타난다. 발밑에 밟히는 이끼의 감촉은 양탄자처럼 푹신푹신하다.

놈이 좌측 숲에서 모습을 보인 것은 그가 막 이끼의 양탄자를 벗어나려 할 때이다. 그는 소스라치게 놀라 걸음이 딱 얼어붙는다. 처음 본 것은 놈의 두 눈이다. 어둠 속에서 야광처럼 빛나는 두 눈이 그를 힐끗 돌아보더니, 곧 나뭇잎 뒤로 사라진다. 그리곤 그 근처의 가지들이 흔들리며 놈의 검은 몸체가 빠르게 스쳐 지나가는 게 얼핏 보인다. 온통 검고 날렵한 몸매. 그래, 놈은 바로 그 바탕화면의 검은 퓨마가 틀림없다. 놈의 존재를 알아본 순간, 그는 왈칵 두려워진다. 아아, 숲에 숨어 있던 불길한 존재가 놈이란 말인가. 그가 그렇게 찬탄해 마지않았던 그 우아한 몸매의 짐승이 왜 이렇게 두려운 존재로 느껴지는 것일까. 창을 잡은 그의 손이 미세하게 떨리고 있음을 그는 느낀다. 그는 한 발짝도 움직일 수가 없다. 그러나 그대로 마냥 있을 수만은 없다. 그는 숲을 건너야만 한다고 생각한다. 숲 저 너머의 마을을 향해 그는 반드시 가야만 한다고 다시 다짐한다.

그는 다시 용기를 내어서 앞으로 전진한다. 등걸을 타고 넘고 눈앞을 가로막아서는 덤불을 걷어 내며 그는 조금씩 전진한다. 티크, 유카리, 고무나무, 종려나무, 바나나나무, 멀구슬나무 등의 우록림이 빽빽이 들어찬 지대가 한 차례 지나고 바위 밭이 나온다. 바위 위에 찰싹 달라붙어 햇볕에 달구어진 바위의 온기를 즐기고 있던 도마뱀들이 발기척에 놀라 재빨리 흩어진다. 그는 잠시 걸음을 멈추고 하늘을 올려다본다. 하늘에는 뭉게구름들이 풍성하게 피어 있다. 주위는 새소리 하나 들려오지 않고 사위스럽도록 적막하다. 그는 갑자기 외로워진다. 지독한 외로움이다.

그는 너럭바위 위에 도마뱀처럼 배를 깔고 누워 본다. 배가 따뜻해 온다. 그러나 여전히 외롭다. 그는 오랫동안 그렇게 누워 있다. 영원히 그런 자세로 누워 있고 싶다. 도망갔던 도마뱀 한 마리가 그의 다리를 통해 벌거벗은 등으로 타고 오른다. 그래도 그는 꼼짝도 않고 누워 있다. 도마뱀이 등 위를 기어다니는 촉감은 익살맞다. 그는 간지럼을 타는 것처럼 등 근육을 움찔거려 본다. 예민한 도마뱀이 놀라 다시 달아난다. 그는 천천히 일어선다. 그는 두 팔을 하늘을 향해 벌린다. 그리고 손끝에서부터 차례로 힘을 주어 아래로 내려온다. 목과 가슴과 배와 허리와 엉덩이와 허벅지와 종아리와 그리고 발가락 끝까지 온몸의 근육에 차례로 힘을 주어 본다. 그리고 다시 아래에서 위로 힘을 되짚어 주어 본다. 근육들이 차례로 일어서는 느낌을 그는 가만히 느낀다. 기분이 조금 나아진다. 그는 자신이 살아 있다는 걸 확인하고 싶어진다.

갑자기 마구 달리고 싶다. 그는 눈앞에 다시 펼쳐지는 숲을 바라본다. 그리고 숲을 향하여 멧돼지처럼 달리고 싶다는 생각을 한다. 그는 숨을 한 번 깊이 들이쉬고 숲 그늘을 향해 달리기 시작한다. 바위를 타넘고 눈앞을 가로막는 잎새늘을 장으로 늘이치며 그는 마구 달린다. 나뭇가지들이 그의 얼굴과 팔과 가슴을 긁고 지나간다. 그래도 그는 달리기를 멈추지 않는다.

그는 달리면서 무언가 그를 따라 오고 있다고 느낀다. 그가 달리는 속도만큼 똑같은 속도로 그를 따라오고 있다. 놈이다. 눈에 보이지 않지만 그는 놈이 따라오고 있음을 확연히 느낀다.

그는 두려움에 더욱 속력을 낸다. 그러나 놈은 여전히 같은 속도로 따라오고 있다. 그는 덩굴에 걸려 넘어지고 젖은 낙엽에 미끄러지면서도 필사적으로 달린다. 그러나 달릴수록 공포감은 더욱 증대될 뿐이다. 달리는 속도에 비례하여 공포감은 커진다.

그는 계곡의 개울을 만나서야 달리기를 멈춘다. 들숨 날숨 없이 숨이 차올라 가슴이 타들어 가는 듯하다. 그는 콸콸거리며 흘러가는 계간수 앞에 털썩 엎드려 한참 동안을 숨을 고르면서 주위를 돌아본다. 그러다 그는 소스라치게 놀란다. 놈은 벌써 그를 앞질러 건너편 숲의 가장 어두운 그늘에 그 검은 몸을 숨기고 그 타오르는 듯한 눈빛으로 그를 노려보고 있다. 처음과는 달리 이번에 놈은 제법 오랜 동안을 그를 빤히 노려본다. 그는 두려움 때문에 차오르는 숨마저 죽인다. 그러나 어느 순간 놈의 눈빛은 어디론가 사라지고 없다. 온몸에 땀이 비오듯 흘러내리고 있다. 그는 개울물로 풍덩 뛰어든다. 그는 물 속에 머리까지 담그고 생각한다. 아아, 지금 나는 살아 있는 것인가. 아니면 꿈을 꾸고 있는 것인가. 놈은 언제까지 날 따라올 것인가.

밤이다. 숲속은 깊이를 알 수 없는 어둠에 잠겨 있다. 그는 어둠 속에 꼼짝없이 앉아서 달이 떠오르길 기다린다. 눈앞에 손을 들어올려도 보이지 않을 정도로 어둡다. 그는 자신의 몸이 어둠에 물들어 버린 느낌이다. 자신의 몸은 어둠이 되어 버리고 그저 그의 의식만이 살아 있는 듯한 느낌이다. 그리 멀지 않는 곳에서 길게 울부짖는 짐승의 울음소리가 들린다. 두려움이 왈칵 그의 의식을 물어뜯는다. 놈의 울음소리인지도 모른다. 놈은 이 어둠 속에서도 그의 주위를 맴돌며 그를 노리고 있을 것이다. 두렵다. 놈이 언제 이 캄캄한 어둠 속에서 그 허연 이빨을 드러 내며 그에게 달려들지 모를 일이다. 놈은 단 한 번의 도약으로 그의 목줄기를 결단내어 버릴 것이다. 그리고 죽음, 그러나 이 죽음은 사이버 죽음이 아니다. 세 번까지 다시 살아날 수 있는 게임 속의 죽음이 아니라는 것을 그는 안다. 단 한 번으로 끝나 는 죽음이다. 그는 그게 두렵다.

동편 산봉우리에 등불 같은 보름달이 떠오른 지 한참 후에 그 는 드디어 산봉우리를 향해 출발한다. 달이 지기 전에 봉우리를 넘어 마을에 도착할 수 있을까. 달빛에 의지해서 그는 어두운 숲을 뚫고 나아가기 시작한다. 바람도 없는데 어디선가 풀잎 스 치는 소리가 들린다. 그는 그게 자신을 따라 오는 놈의 기척임 을 알고 있다. 보이지 않지만, 저 수상한 풀잎과 나뭇가지의 흔 들림 속에 놈은 숨어 있다. 놈은 어디에도 있다. 그가 가는 곳이 면 어디든 놈은 먼저 도착한다. 바람처럼 공기처럼……. 그는 놈의 존재를 떨치기라도 할 듯 허둥거리며 걸음을 재촉한다. 그 러나 어두운 숲은 여전히 덤불과 밀집한 넝쿨과 바위와 비탈로 그의 발길을 가로막아 선다. 어둡다.

그는 숨을 몰아쉬며 드디어 산꼭대기의 바위 위에 올라선다. 달은 서편으로 한참을 기울어 있다. 그는 숨을 고르며 자신이 걸어 올라온 눈 아래의 숲을 내려다본다. 달빛을 받은 숲은 푸 른 비단처럼 펼쳐져 있다. 그가 시선을 돌려 이제 자신이 걸어 내려가야 할 반대편 산자락을 바라보았을 때, 아아, 거기에, 아득히 먼 산자락 아래에 담배씨만 한 불빛이 보인다. 마을의 불빛이다. 그는 왈칵 눈물이 솟을 것 같다. 사람들이 사는 마을의 불빛이 이토록 절절히 그리운 것은 처음이다. 아아, 마을엔 사람들이 서로의 팔을 베고 편안한 잠에 빠져 있을 것이다. 그는 잠든 사람들의 얼굴마저 그립다.

땀이 가실 무렵 그는 다시 마을로 향해 흘러내리고 있는 산골짜기의 방향을 가늠해보며 골짜기를 따라 하산하기로 결심한다. 그리고 막 몸을 움직이려 할 순간. 그는 멈칫 발을 멈춘다. 언제 왔는지 얼마 떨어지지 않은 저쪽 바위 위에 놈이 그 형형한 눈빛을 빛내며 엎드려 있다. 달빛 아래 놈의 검은 몸은 비로드처럼 윤기를 흘리고 있다. 바위 위에 바짝 엎드려 있는 놈의 자세가 심상치 않다. 분명한 공격의 자세다. 앞발을 굳건히 앞으로 내딛고 어깨와 등을 뒤로 잔뜩 구부리고 있는 놈은 언제 튀어오를지 모를 용수철이다. 그는 극도의 공포감에 손끝 하나 까딱할 수가 없다. 그러나 이대로 당할 수만은 없다는 생각이 머리를 들며 그는 온몸의 힘을 눈으로 모아 놈을 마주 쏘아본다. 그리고 서서히 창을 머리 위로 들어 맞공격의 자세를 잡는다. 그러나 놈은 그런 그의 행동에도 꿈쩍도 하지 않는다. 아주 가소롭다는 태도이다.

그가 언제든지 창을 던질 수 있는 자세를 잡을 때까지 놈은 미세한 움직임조차 없다. 그는 창을 어깨너머로 잔뜩 젖힌 채 놈에게 눈을 떼지 못한다. 온몸의 근육이 부풀대로 부풀어 오른 느낌이다. 심장이 쿵쾅대며 요동치는 소리가 들리는 듯하다. 그

316

는 그 자세를 풀지 않은 채 조심스럽게 한 걸음 뒤로 물러선다. 그러다 그는 발밑의 작은 모래에 미세하게 미끄러진다. 그 순간이다. 캬앙, 하는 고양이과 동물 특유의 울음소리를 내며 놈이 용수철처럼 튀어오르며 그를 향해 달려든 것은. 그는 흉포하게 드러난 놈의 허연 이빨과 칼날처럼 앞으로 내뻗친 놈의 발톱이 눈앞으로 확대되어 온다고 느끼는 순간, 힘껏 창을 던진다. 그리고 높은 비명을 지른다. 동시에 그의 머릿속에 아내의 얼굴과 포르노 배우들의 가면의 정사와 벌거벗은 여인들과 헬멧을 쓴 조종사와 멧돼지와 독사와 사자의 모습이 칙칙거리는 기계음 사이로 들리는 경고음과 함께 휙휙거리며 지나간다.

그는 언뜻 잠에서 깨어난다. 방금 지른 자신의 비명이 채 사라지지 않고 귓속을 맴돌고 있다. 그는 전혀 낯선 곳에 온 것처럼 자신의 방 안을 휘둘러본다. 달라진 건 아무것도 없다. 아니 모든 것이 달라져 있다. 그가 자신도 모르게 잠들기 전 방 안의 모든 것은 이미 아무것도 없다. 그것은 이미 팟, 하고 사라지고 없다. 거기 있는 것은 전혀 새로운 것들이다. 컴퓨터의 화면은 스크린 세이버가 소리 없이 작동하고 있다. 이마를 훔치는 손바닥에 땀이 흥건히 묻어난다. 그는 컴퓨터의 엔터키를 눌러 본다. 화면 보호기가 사라지고 정글 게임의 초기 화면이 나타난다. 화면은 게임오버 상태에 머물러 있다. 그는 인터넷을 빠져나온다. 인터넷 화면이 사라지면서 바탕화면의 퓨마의 우아한 자태가 다시 모습을 드러낸다. 그는 흠칫 놀란다. 그리고 서둘러 종료 버튼을 찾아 누른다. 윈도우 로고가 잠시 떴다가 화면은 이내 팟, 하고 사라진다. 그리고 캄캄한 어둠. 그는 전원 단추를 눌러 끄고 거실로 나온다.

아내의 방은 여전히 텅 비어 있다. 아내는 아직도 돌아오지 않았다. 그는 아내도 지금 어디에선가 그처럼 퓨마의 꿈을 꾸고 있는지 모른다는 생각이 든다.

그는 다시 베란다로 나가 의자에 앉아 담배를 피워 문다. 그는 손바닥을 들어 내려다본다. 손금들이 여전히 이리저리 흘러가고 있다. 그는 손금 가득한 손바닥으로 그의 볼을 쓸어 본다. 볼에는 가칠한 소름이 돋아 있다. 그는 창 밖을 내다본다. 아파트 광장엔 사람 그림자 하나 얼씬거리지 않는다. 도열해 있는 차들의 지붕에서 불빛만이 반사되고 있을 뿐이다. 여전히 창 밖의 풍경은 현실 같지가 않다. 그가 손을 내밀어 건드리기만 하면 팟, 하고 사라질 것 같다. 그는 담배를 비벼 끄고 길게 기지개를 켜며 하품을 한다. 눈물이 맺힌다. 그는 손끝으로 눈물을 찍어낸다. 그러나 이상하게도 눈물은 계속 흘러나온다. 그때서야 그는 자신이 지금 울고 있다고 깨닫는다. 그는 비로소 자신이 무언가에 의해 갇혀 있음을 깨닫는다. 아, 그건 추락하는 비행기의 조종석에 갇혀 있는 느낌이다. 자꾸만 흘러내리는 눈물 때문에 창 밖의 풍경은 어룽어룽하다. 그것은 정말 환상 같다.

# 상처와 상실 ― 정태규의 소설세계

구모룡

　야성(野性)에 대한 동경은 정태규의 소설 곳곳에서 드러나는 주제이다. 「구글 어스」에서 "영화감독"의 꿈을 간직한 채 "학원강사"로서 "변화하지 않는" 삶을 살아가고 있는 주인물이 연상하는 것은 "우리 속의 표범"이다. "매일 매일 집과 직장 사이를 시계추처럼 한 치의 오차도 없이 오가며 수업시간마다 똑같은 소리를 레코드판처럼 지껄이는 자신의 삶"이 우리에 갇혀 뱅뱅 돌고 있는 표범과 다를 바 없다는 생각이다. 탈주의 꿈을 실현할 수 없는 현실에서 그가 선택하는 것은 그러한 현실에 대한 "도피"이다. 밤마다 "구글 어스"를 찾아 현란한 사이버 공간을 유영하는 것이다. "공황장애"를 앓고 있는 "아내"와 음악에 매달리는 "고등학생 아들" 또한 일상이라는 우리 속에서 그 일상을 거부하는 도피처를 찾고 있다고 그는 생각한다. 이렇게 보면 정태규에게 야성은 실현가능한 대상이 아니다. 나날의 삶이 원초적인 야성을 거세하거나 억압하고 있다는 우울한 진단이 깔려 있다. 달리 말해서 현대적 삶을 비관적으로 인식하고 있는 것이다.

인간은 근본적으로 안식을 갖지 못하는 존재인지도 모른다. 그래서 늘 불안을 버리지 못하고 쫓기며 사는지도 모른다. 그래, 삶이란 불안이란 질병을 앓는 과정일 테지. 그는 아내의 옆얼굴을 보며 속으로 한숨을 쉰다. 아내도 불안이란 질병의 우리 안에 갇혀 있다고 그는 생각한다. 그 자신도 예외가 아니었다. 그 자신도 일상이란 우리에 갇혀 죽어 가고 있다는 느낌이다. 그는 아이 쪽을 바라본다. 아이도 제 나름의 우리 속에 갇혀 살아갈 뿐이다. 살아간다는 건 저마다 마음속에 감옥을 짓는 일인지도 모른다. 그 감옥 속에서, 의사의 말대로 쉽게 죽지는 않을 병을 앓으며 또한 서서히 죽어 가는 게 삶이다.

3인칭 전지(全知)로 서술되는 경우 주인물의 생각과 느낌은 작가의 분신인 서술자의 생각과 느낌과 흡사하다. 모든 소설의 서술을 전지의 시점으로 일관하고 있는 정태규의 소설에서 작가의 목소리와 만나는 것은 자연스럽다. 인용된 구절은 일견 인간 일반론에 대한 개진으로도 보이지만 비관적 실존론을 내용으로 하고 있다는 점에서 주목된다. 마치 키르케고르의 실존철학에서 종교적인 문제의식의 외피를 소거한 인간존재의 드러냄처럼 보인다. 불안은 공포와 달리 원인을 찾을 수 없어 치유가 불가능한 의식상태이다. 그렇다고 자살을 제외하고 이것이 곧바로 죽음으로 직결되는 경우는 드물다. "쉽게 죽지는 않을 병을 앓으며 또한 서서히 죽어 가는 게 삶"이라는 것이 주인물의 생각이다. 야성은 이러한 비관적인 삶의 조건과 대척에 있다. 그것은 "킬리만자로의 표범"처럼 아무런 우리를 갖지 않거나 어떠한 우리도 박차고 나가는 "자유로운 존재"의 속성이다.

「구글 어스」에서의 "표범"은 「정글 게임」에서 "퓨마"의 형상으로 나타난다. 우선 여기서 관심사는 선후의 변용문제가 아니다. 유사한 이미지를 추적하여 작가의 의식 변화를 말하고자 한다면 「길 위에서」에 등장하는 "늑대" 이미지를 먼저 살펴야 할 것이다. 이 소설은, 광고회사 도안 디자이너인 주인물 "나"가 월남전 후유증으로 떠도는 아버지를 찾아 나서나 마침내 "아버지의 죽음"을 확인하면서 그가 그리고 있던 늑대 그림을 완성할 수 있을 것이라 예감한다는 줄거리를 지닌다. 상처의 근원을 직면하면서 어떤 의미에서 야성을 회복할 수 있을 것이라는 시사를 담고 있다. 다시 말해서 "아버지란 이름, 혹은 그 이름의 허망한 흔적, 그리고 그 이름이 되살려 줄 혐오스런 유년의 기억들"을 "아버지 찾기"라는 과정을 통하여 풀어내면서 진정한 자기 인식에 도달한다는 것이다. 이 소설에서 "아버지"는 주인물의 삶을 간섭하고 구속하는 기제로 작동한다. "아버지"의 방황과 부재는 주인공의 삶 또한 허위와 가식으로 만든다. 의식의 차원에서 그의 삶은 아버지 베끼기에 다를 바 없다. 아버지의 궤적을 찾아가면서 왜곡된 관계의 틀에 갇힌 자기를 벗어나 정체성을 회복한다. 이러한 과정에서 작가는 "늑대"의 이미지를 차용한다.

나는 한 마리 늑대다. 달밤이다. 나는 바위투성이 산을 오르고 있다. 눈에 들어오는 것은 달빛에 젖은 황량한 들판과 달빛을 하얗게 반사시키고 있는 차가운 바위들뿐. 나는 고개를 들고 운다. 앞발에 힘을 주고 으르렁거리고, 온몸을 떨고, 다시 달을 향해 고개를 뽑아 올리고 울부짖는다. 바위와 바위를 건너뛰고 건너온 바위를 돌아다보고 다시 눈앞의 바위를 기어오른다. 온몸의 근육을 수축시키고 뒤틀어 올리고 팔과 다리를 흔들어 뻗고 허리를 굽혔다 펴고 어깨를 흔들며 그는 천천히 방 안을 돌았다. 그러나 슬픔은 그의 가슴에 둥지를 튼 새처럼 날아갈 줄 몰랐다. 그 슬픔은 여전히 낯설었다.

이처럼 주인공은 스스로 늑대-되기를 상상한다. 하지만 상상된 것으로 존재의 전환이 일어나는 것은 아니다. 상상된 것은 일시적인 위안이 될 수는 있다. 또한 반복적으로 상상될 때 마취제 역할도 한다. 그러나 이것이 근원적인 "슬픔"을 치유하진 못한다. 따라서 아버지 찾기라는 적극적인 행위는 근원적 상처를 대면하려는 의지를 지닌 주인공으로서 필연적인 선택이다. "그 고독하고 냉연한 야성과, 사막처럼 텅 빈 듯하면서도 그 너머에 무언가를 향하여 타오르는 영혼의 불꽃을 느끼게 하는 그 눈"은 상상되나 재현되지는 않는다. 말할 것도 없이 이 소설이 "늑대의 눈" 이미지로 대변되는 야성 재현의 성공여부에 대한 해답을 목표로 하는 것은 아니다. 무엇보다 중요한 것은 실재에 가까워지려는 노력이다. 의식과 존재의 합치는 하나의 이상에 불과하다. 인간의 의식은 끊임없이 분열하고 찢어진다. 문제는 이러한 의식을 타자와 외물에 종속시켜 봉합하는 데 있다. 비록 실패를 거듭하더라도 자기의식을 지키고 유지하며 확장하는 것이 죽음을 향한 존재인 인간이 드러내는 실존적 위의다.

「길 위에서」는 존재의 근원적인 조건이 되고 있는 아버지를 찾아가는 과정을 통하여 의지적 자아를 실현하는 삶의 한 양상을 드러낸다. 그런데 이러한 의지적 주인공의 면모는 「구글 어스」나 「정글 게임」에서 크게 약화되어 있다. 야성을 찾으려는 주인공들의 행위는 현실에서보다 꿈을 통해 이뤄지거나 야성 이미지의 중독적 소비라는 형태로 바뀐다. 가식과 허위를 넘어 실재에 다다르려는 「길 위에서」의 주인공의 의식과 상당한 거리를 만들고 있는 것이다.

그는 간밤의 꿈을 생각한다. 그는 꿈 속에서 한 마리 표범을 보았다. 그것은 나뭇가지 위에 길게 드러누워 있었다. 그는 카메라를 어깨에 메고 풀숲에 엎드려 몰래 표범을 바라보고 있었다. 표범의 점박이 무늬와 늘씬한 자태가 너무도 아름다워 그는 황홀한 느낌이었다. 그는 뷰파인더를 통해

표범의 얼굴을 클로즈업시키며 촬영하기 시작했다. 어디선
가 누군가가 작은 목소리로 외쳤다. 레디 고.

이처럼 「구글 어스」가 밤의 꿈을 되새기고 있다면 「길 위에
서」는 그 꿈을 현실화하려 한다. 많은 이들이 말하고 있듯이 밤
의 꿈은 억압된 것의 표출이다. 이러한 점에서 낮의 백일몽이
훨씬 적극적이다. 물론 「구글 어스」의 결말은 밤의 꿈을 기억하
는 행위를 통하여 내재된 욕망을 암시한다. 그러나 이러한 암시
가 주인공이 기존의 삶의 조건으로부터 탈주할 것이라는 전망
을 주는 것은 아니다.

「정글 게임」에 등장하는 "퓨마"는 회복되어야 할 야성의 징
표를 지니지 못한다. 오히려 그것은 중독된 이미지를 표상한다.
이 소설의 주인공은 가상세계와 현실의 경계를 구분하지 못한
다. 그만큼 가상세계에 중독되어 있는 것이다. 가상을 실재와
혼동하는 가운데 현실을 모두 가상적 실재로 받아들인다. 모니
터 화면이 켜지고 꺼지듯 눈앞의 풍경이 그려질 뿐 아니라 인간
의 생애나 운명도 "환상"에 지나지 않는다고 생각한다. 포르노
와 게임에 중독된 그는 아내와의 대면적 섹스에 실패하고 게임
과 현실을 혼동하게 된다. 애초 "퓨마"를 좋아하게 된 것도 "퓨
마"가 지닌 "황태자 같은" "황홀한 이미지" 때문이다. 그러나
이러한 이미지는 그의 꿈 속에 들어와 그의 생명을 위협한다.
"정글 게임"에서의 가상의 죽음이 실제의 그의 몸을 위협하는
전도가 일어나고 있는 것이다. 이 소설이 그리고 있는 삶은 이

처럼 매우 그로테스크하다. 그것은 가상의 환상에 중독된 삶이
드러내는 환멸적 양상이다. 실제의 삶에서 환상과 환멸은 서로
맞물려 가치를 만들고 희망을 만드는 원리가 된다. 그러나 가상
세계의 환상은 끊임없이 그 이미지만을 소비하게 한다. 실제의
삶에 아무런 희망을 주지 못하는 것이다. 이 소설에서 "퓨마"는
더 이상 원초적인 생명력의 상징이 되지 못한다. 오히려 근원적
인 생의 에너지를 추락시키고 고갈시키는 죽음의 사자에 불과
하다.

「구글 어스」 등에서 서술된 정태규의 비관적 인간학은 여타
의 작품에서도 일관된다. 그것은 대체로 상실의 시간 현상학으
로 명명해도 될 만큼 일정한 지향들을 지닌다. 그가 보이는 상
실의 시간 현상학은 1) 삶은 갈수록 악화되고 현재는 아름다운
과거에 비하여 추악해지고 있다, 2) 시간이 흘러가는 것은 "소
멸과 부패"에 다를 바 아니다, 는 등의 내용으로 요약된다. 이러
한 시간 현상학을 드러내고 있는 「시간의 향기」는 그의 소설 가
운데 예외적일 정도로 훼손됨이 없는 관계들을 서술하고 있다.
아내의 죽음 이후에 주인공이 맞게 되는 삶이 잔잔한 내면의 흐
름을 따라 그려진다. 그런데 이 소설의 주된 서술 대상은 아내
"선영"과의 추억이나 그녀의 후배이자 새 아내가 될 "소희"와
의 관계나 딸아이 "민지"에 대한 것이 아니다. 물론 이들도 주
요 서술 대상이나 이 모두를 배후로 서술자가 말하고자 하는 것
은 "시간"이다. 여기서 시간은 모든 것은 사라진다는 의미를 지
닌다. 한편으로 이것은 아내의 죽음이 던지는 충격을 드러낸 것

이기도 하지만 다른 한편으로 서술자의 시간관이 크게 개입되고 있는 것으로 읽히기도 한다.

꽃은 지고 열매를 맺고 그 열매가 떨어져 썩어 다시 싹을 틔우고 거기에서 나무가 자라 다시 꽃을 피운다. 시간 속에서⋯⋯. 생명을 가진 모든 것은 시간이란 배를 타고 흘러간다. 살아 있는 모든 것은 최첨단의 시간을 산다. 누구도 살아 보지 못한, 늘 새로운 시간을 살아가고 있다. 산 시간들은 언제나 뒤에 퇴적물을 남기고 사라진다. 저 허공 속으로, 저 우주 속으로 그것은 까마득히 사라져 버린다. 아아, 내가 저 시간 속을 살면서 만났던 꽃송이들은, 그토록 애틋하고 간절한 마음으로 만났던 꽃송이들은, 이제는 저 시간의 퇴적물이 되어 사라져 버린 그 소중한 꽃송이들은 어이할거나.

이처럼 주인공의 목소리를 빌어 작가는 그의 시간관을 우리에게 전한다. 그에게 시간은 상실이자 소멸을 뜻한다. "생명을 가진 모든 것은 시간이란 배를 타고 흘러"가기 때문이다. 그렇다면 그가 말하는 시간은 죽음에 맞춰져 있다. 달리 말해서 잎과 줄기의 시간이 아니라 꽃의 시간에 집중되어 있다. 그렇기에 주인공은 결말에서 "어디선가 꽃이 썩어 가는 듯한 향기가 난다. 아아, 그것은 시간의 향기 같다. 저 쌓이고 쌓여 부패해 가는 시간의 향기"라고 말한다. 죽음을 향한 존재인 모든 유기체에게 시간은 삶의 시간들이다. 그럼에도 이 소설의 주인공은 삶의 시간들보다 죽음의 시간들을 강조한다. 부패와 소멸 그리고 상실이 점철된 삶이라는 해석이 관여하고 있는 것이다. 달리 무(nothingness)에의 지향 혹은 허무의식의 반영이라 생각된다. 아내의 죽음을 아내와 함께 갔던 공간을 여행함으로써 극복하려는 한 주인공의 이야기를 담고 있는 이 소설에서도 시술자의 시선은 삶의 구체보다 이러한 구체들을 소거한 자리의 끝에 남아 있는 상실과 소멸에 집중된다.

죽음에 대한 탐구는 정태규 소설의 주요 목록 가운데 하나이다. 「솔베이지의 노래」는 사랑하는 사람의 죽음이라는 기억을 안고 사는 여성인 "한윤서"가 등장한다. 「겨울에서 봄으로」는 유괴된 딸의 죽음이라는 깊은 상처를 밤하늘의 "별"에 투사하다 그 또한 죽음을 맞는 사내 이야기를 담고 있다. 앞서 언급한 「길 위에서」도 그 결말은 아버지의 죽음이다. 「시간의 향기」가 이미 살펴본 바처럼 아내의 죽음을 통해 소멸하는 시간을 서술하고 있다면 「브루스 리를 추억함」은 친구의 죽음을 계기로 그를 회상하고 있다. 이처럼 많은 죽음들이 그의 소설에 등장하는 것은 삶과 죽음이 인생을 구성하는 기본 얼개라는 보편적인 원리에 기인한다. 그런데 「솔베이지의 노래」에서 죽음은 전면적인 장치가 아니다. 이 소설은 얼핏 연애 이야기에 가까우나 주된 테마는 낭만적 사랑의 의미라 할 수 있다. 이 소설에서 낭만적 사랑은 두 층위를 내포한다. 그 하나는 "한윤서"와 죽은 운동권 애인의 관계이고 다른 한 층위는 "강진우"와 그녀의 관계

이다. 전자가 운동권 애인의 죽음으로 완성되지 못했다면 후자
는 그녀가 영국으로 떠남으로써 이루어지지 못한다. 어느 경우
든 사랑은 완결되지 않는다. 이처럼 이 소설은 한편으로 사랑
이야기이지만 다른 한편으로 그러한 사랑의 불가능성을 말하고
있다. 그것은 마치 "강진우"가 동경하는 "설산"의 존재와 같은
것이다.

　　가끔씩 스스로 자폐되어 있다는 답답증 때문에 가슴이
터질 것만 같은 때가 있었다. 그럴 때면 히말라야의 산 속으
로 가고 싶었다. 만년설을 이고 선 산봉우리엔 신들이 살아
인간의 마을을 굽어보고 있고 산기슭엔 도인들의 움막이
드문드문 보이고 별빛이 내리는 마을엔 사람들이 착하게
잠이 들고 계곡 사이 푸른 초원에는 말과 양들이 아침의 햇
빛 아래 풀을 뜯는 그 산 속의 어느 귀퉁이에 작은 움막을
하나 짓고 살고 싶었다. 눈 녹아 흐르는 그 시린 계곡물에
아침마다 세수를 하면 잃어버린 자신의 얼굴이 말갛게 되
살아날 것 같았다. 설산을 향해 매일 내가 누구인가 하고 물
으면 어느 날 문득 그럴듯한 대답 하나가 마음 깊숙한 곳으
로부터 우렁우렁 울려 나올 것도 같았다.

　　지금-이곳의 세계를 떠나 시원의 세계를 동경하는 이러한 의
식은 낭만주의의 한 의식현상에 다를 바 없다. 꿈이 사라지고
열정도 바닥이 났을 뿐 아니라 아내와의 친밀성도 잃어버린

"강진우"가 일상과 현실을 버리고 가고자 하는 "설산"은 어떠한 의미를 지니는 것일까? 이는 현재의 "불안과 초조로부터 벗어나" 항구적인 자기와의 합일을 꿈꾸는 것이라 할 수 있다. 그러나 이것은 세계를 상실한 낭만주의이며 유아론적(唯我論的) 경사를 보인다. 달리 이러한 의식은 원초적인 평화와 조화로운 자연, 행복한 순진무구함과 무시간적인 것에 대한 지향을 갖는다. 그러므로 이 소설에서 "설산"은 현재에 대한 강한 거부의식에 투영된 것이며 현재를 극복하려는 의지와 무관하다. 이러한 의미에서 "설산"은 미래의 세계가 아니다. 그것은 삶 이전의 과거부터 영원히 존재하는 것이다. 한 개인의 역사에서 이러한 화해와 조화의 공간은 자주 유년의 세계로 그려진다. 정태규의 소설에서 이러한 의식현상으로서의 유년 지향이 뚜렷하다.

「길 위에서」가 보여주듯 의식의 원형으로서의 유년은 정태규 서사의 기저를 이룬다. 유년은 그의 소설에서 평안과 화해 그리고 행복과 환희가 충만한 공간으로 그려진다. 이는 시원 혹은 원초적인 것이 가지는 완전함과 순결함에 대한 그의 지향을 대변한다.


그는 시골에서 보냈던 어린 시절을 떠올렸다. 집 앞을 흐르던 맑은 개울물과 검정고무신으로 잡아 올리던 은빛 붕어들, 해거름에 산길을 내려오는 아버지의 높다란 나뭇단에 꽂혀 있던 진달래 묶음, 누렇게 익은 보리가 바람에 출렁이던 들판, 뽕나무 가지에 바지를 찢겨 가며 따먹던 오디의

붉은 맛, 호미로 밭두둑을 건드리기만 해도 툭툭 불거져 나
오던 고구마, 여름 한낮에 혼곤한 낮잠에서 깨어나 듣던 그
짙푸른 매미소리, 추수가 끝난 텅 빈 들판으로 날려 보내던
화살의 하얀 포물선, 볏짚단의 황금빛 냄새……

그런데 그의 소설에서 유년 이후 이러한 풍경들은 다시 반복
되지 않는다. 월남에서 입은 아버지의 정신적 외상으로 인하여
가족은 해체되고 소설 속의 주인공은 난폭한 현실과 직면한다.
유년의 원형은 사라지고 상실과 상처가 그의 비루한 일상을 이
끌게 되는 것이다. 따라서 유년은 한 인간의 삶을 추동하는 내
적 에너지가 되지 못하고 타락한 세계와 추악한 현실을 증명하
는 기원이 된다. 어떤 의미에서 정태규의 소설에서 유년은 현실
의 질곡을 증폭하는 방법이 되며 주된 서술 대상과의 거리로 인
하여 시적 지평을 보인다. 이는 시원에 대한 서술에서 이미 드
러난 바 있듯이 자아와 세계 사이에 내재한 깊은 단절을 드러내
는 일과 무관하지 않다. 진정한 시적 지평은 세계와의 근원적
불화에서 비롯하고 이러한 불화를 품은 비극적 인식에서 열린
다. 그렇다고 이러한 지적이 정태규 소설이 서정 소설이라는 것
은 아니다.

그의 소설은 현실의 구체와 싸우는 일을 포기하는 대신 현실
을 애상적 감성으로 서술하려 한다. 가령 독백에 의해 서술되고
있는 「브루스 리를 추억함」에서 이러한 서사문법은 잘 드러난
다. 이 소설은 우선 "너"에게 말 건네는 형식을 선택함으로써

330

표제가 말하고 있는 "친구"에 대한 정감을 효과적으로 그려 내고 있을 뿐 아니라 "친구"의 일생을 회상한다. 여기서 서술 대상인 "브루스 리"라는 별명을 지닌 "친구"의 삶은 폭력적 질서인 세계로부터 부당한 상처를 입고 좌절하는 것으로 그려진다. 그런데 이 소설의 주된 서술 목표는 이러한 친구의 불행이 아니다. 이러한 불행과 더불어 원형으로서의 아름다운 유년 세계와 단절된 시간들을 말하고자 한다. 이 소설의 의도는 오히려 이러한 대비에서 더욱 잘 드러난다.

강을 따라 위 아래로 아득히 뻗어 있는 모래사장과 쉼 없이 흘러가는 강물과 강 건너 그늘 진 벼랑과 강을 가로지르는 철교와 섬진강의 아득한 상류를, 우린 말없이 제법 진지하게 바라보기도 했지. 아아, 그때 우리가 본 세상은 너무도 평화로웠어. 너도 기억할 거야. 그때 우리가 본 세상이 얼마나 아름다웠는지. 난 아직도 기억해. 그때 강 건너 벼랑의 숲에 깃들이고 있던 흰 날개의 물새들이 둥지와 수면 사이를 오르내리던 그 한가로운 날갯짓까지. 하지만 우리가 본 아름다운 세상은 거기까지였는지 몰라. 그날 이후로 우리는 그 아름다운 세상으로부터 강물처럼 자꾸만 멀어져 왔거든.

모든 사물과 교감하고 합일하던 세계로부터 분리와 단절, 훼손과 죽임의 세계로 변전되어 왔다는 서술 화자의 진술은, 이

진술에 개입된 작가의 목소리와 무관하지 않을 것이다. 이러한 사실은 이 소설의 결말에서 다시 한 번 더 확인된다. "그 옛날 우리가 함께 했던 섬진강 송림의 그 아름다운 밤은 어디로 가 버렸을까. 그 날개 하얀 물새들은 여전히 거기에 살고 있을까." 그렇다면 유년의 진실과 현실의 진실은 어떠한 상관관계가 있는 것일까? 이는 시적 세계와 소설의 세계만큼 거리를 가질 것이다. 정태규 서사가 안고 있는 문제의식이 여기에 있는 것은 아닐까?

극화된 화자가 서술을 맡고 있는 소설은 「브루스 리를 추억함」과 「겨울에서 봄으로」 그리고 「육교를 건너서」, 세 편이다. 그 외 모두 3인칭 전지의 시점을 보인다. 인칭이 중요한 것이 아니라는 점에서 정태규의 서술은 모두 전지에 바탕을 두고 있다. 그만큼 객관적 재현보다 해석과 주관적인 서술을 선호한다. 세계보다 주체의 관점이 중요하게 작동하고 있는 셈인데 이는 작가의 세계인식과 유관하다. 작가가 세계를 회의적으로 바라보고 있다는 것이다.

가령 「감춰진 머리」는 세계를 판옵티콘으로 만드는 독재 권력에 대한 우화여서 말할 것도 없고, 이러한 극단의 예시가 아닌 경우에도 「브루스 리를 추억함」이 시사하듯 삶은 불가해한 폭력에 노출되어 있는 것이다. 또한 대부분의 작중인물들이 트라우마로 인해 안주하지 못하고 방황하고 있을 뿐 아니라 뚜렷한 정신적 외상이 없는 이들조차 살아가는 과정을 있어야 할 가치들이 상실되는 시간의 연쇄로 받아들이고 있다. 이와 같은 인물군들을 그려 내고 있는 서술자의 입장이기에 주인공이나 주인공을 둘러싼 인물들의 구체적 삶보다는 회상과 정서적 투사가 두드러질 수밖에 없다. 이러한 사실은 예를 들어 「겨울에서 봄으로」에서 유괴되어 죽은 딸을 "별"에 투사하는 사내나 "별" 없는 세계를 자신의 현실로 받아들이는 주인공의 태도에서 잘 드러난다.

여기서도 "별"은 "어린 시절 고향 마을에서 또래 친구들과 냇가 방죽에 누워 올려다보던 별빛 찬란하던 밤하늘"과 무연하지 않다. 아울러 「육교를 건너서」가 보이는 회상 또한 과거와 현재의 거리를 만드는 서술전략으로 활용된다. 따라서 "나"가 진술하는 "추 노인"에 대한 경험들은 악화되고 더욱 속악해진 현실을 증명하는 방안이 된다. 따라서 본래의 서술 대상이었던 인물의 삶이 지니는 구체성이 옅어지는 것이다. 그렇다면 이러한 작가의 경험 유형을 어떻게 볼 것인가? 유년에의 꿈, 시원에 대한 동경, 야성을 향한 갈망, 고갈되는 관계, 전도된 가치들, 불모의 현실, 난폭해지는 세계 등등, 작가가 제시하고 있는 주제적 목록들이 매우 선연하다. 삶의 구체를 말하기에 상처에 대한 기억이 크고 현실의 대안을 찾기에 상실감에서 비롯하는 연민이 깊다. 앞으로의 글쓰기에서 작가의 목소리는 더 많이 드러나고 시적 지평으로 기우는 경사면이 더욱 넓어질 것이라 생각한다.

# 길 위에서

**첫판 1쇄 펴낸날** 2007년 11월 20일

**지은이** 정태규
**펴낸이** 강수걸
**펴낸곳** 산지니
**등록** 2005년 2월 7일 제14-49호
**주소** 부산광역시 연제구 거제1동 1493-2 효정빌딩 601호
**전화** 051-504-7070 | **팩스** 051-507-7543
sanzini@sanzinibook.com
www.sanzinibook.com
**편집** 김은경·권경옥 | **제작** 권문경
**인쇄** 대정인쇄

ISBN 978-89-92235-25-9 03810

값 10,000원

* 이 책은 부산광역시 2007년 '문예진흥기금' 을 받았습니다.